그녀의 인생은 고통으로 가득 차 있다.

그리고 그 고통이 보답받을 날은 영원히 찾아오지 않는다.

그렇다면 그 연쇄를 일찌감치 끊어주는 것이

—— 암살자의 자비다.

어새신즈 프라이드

어새신즈 프라이드
ASSASSINS PRIDE
암살교사와 무능영애

네르바 마르티요
마르티요 백작 가문의 딸로 글래디에이터
클래스를 가진 능력자. 메리다를 괴롭힌다.

「네, 네엡. ......이얏.......」

「메, 메리다 엔젤한테는 아까운선생이야......!」

메리다 엔젤
공작 가문에서 태어났지만 마나 능력을
가지지 않은 소녀. 성 프리데스위데
여학원 1학년. 학교에서는 '무능영애' 라고
무시당하고 있다.

「기병단 군복이
어쩜 저렇게 잘 어울릴까—!」

「아무리 봐도 『전문가』인데 무슨문제라도?」

라는 분위기네·····.

「그럼 기본적인 형태의 연기부터,

틀려도 좋으니 끝까지 계속해보세요.」

「귀축훈남 교사·····.」

쿠퍼 방피르

군의 첩보조직 〈백야기병단〉에 소속된
에이전트.
메리다의 가정교사 겸 암살자로
엔젤 가문에 파견된다.

「피차 귀한 집 딸 가정교사이니, 앞으로 친하게 지낼 수 있으면 좋겠네!」

「······미안해, 리타.」

로제티 프리켓

평민출신이지만 유례가 드문 마나 능력을 지녔고, 최연소로 엘리트 부대에 입대한 천재. 특별한 사정이 있어 엘리제의 가정교사 일을 명받았다.

엘리제 엔젤

메리다의 사촌으로 공작 가문의 분가의 딸. 메리다와 달리 공작 가문에 어울리는 팔라딘 클래스와 높은 실력을 가졌다. 메리다를 '리타' 라고 부른다.

「……선생님은, 절여자라고
전혀 의식하지 않는군요.」

「나도 부끄럽습니다.
다만 감정이 겉으로 나오지 않도록
훈련하고 있는 것뿐입니다.」

「저, 정말로 부끄럽다면
왜 이런 짓을 하는건가요?」

「——이야아앗!」

도망치지도 않고 맞설 태세를 갖추는 메리다의

눈동자가 화악 번득이나 싶었더니.

성스러운 황금색 불꽃이 전신으로부터 해방됐고.

엄청난 속도로 휘두르는 칼날이 메이스의 측면을 긁습했다.

「무사해서 천만다행입니다.

……늦어서 죄송합니다.」

「선생님……」

언젠가 성장한 그녀가 나를 죽일 것인가.

혹은 그 전에 내가 그녀를 베어버릴 것인가.

어느 쪽의 결말이든지 받아들이자.

왜냐하면──그것이 나의.

암살교사의 서약이기 때문이다.

어새신즈 프라이드
ASSASSINSPRIDE
❖ 암살교사와 무능영애 ❖

아마기 케이

ASSASSINSPRIDE
CONTENTS

메 리 다   엔 젤

클래스:불명

HP	5		MP	0		
공격력	1		방어력	1	민첩력	2
공격지원	-		방어지원		-	
사념압력	0%					

주 요 스 킬 / 어 빌 리 티

없음

종합평가……[1-G]

※프란돌 통일 백병전 능력 측정기준에 따른 스테이터스 표
(성 프리데스위데 여학원 입학자료에서 발췌)

HOMEROOM EARLIER

"이건 좀 심한데……."

자기도 모르게 신음하며 청년은 양피지에서 눈을 뗐다. 등불 하나 없는 현관 홀. 높직한 의자에 걸리지 않도록 유의하면서 한숨과 함께 걷기 시작한다.

"이 정도로 심각한 스테이터스 수치는 본 적이 없어. 아니, 양성학교 성적평가에 [G]라는 랭크가 존재했던 건가."

"그러게, 나도 이번에 처음 알았어."

옆에서 나란히 걷는 남자가 큰 목소리로 대꾸하며 리포트를 슬쩍 받아갔다. 한 자릿수뿐인 스테이터스 수치를 바라보고서 "크하핫." 하고 메마른 웃음과 담배 연기를 내뿜는다.

마흔을 넘어 보이는 이 남성은, 일단은 군무에 있어서 청년의 상사다. 하지만 단정함과 거리가 먼 헌 군복, 손질하지 않아 있는 대로 뻗친 머리카락, 마구잡이로 기른 꺼끌꺼끌한 수염이 그의 존엄을 땅에 떨어뜨리고 있었다. 청년은 아무 생각 없이 담배 연기를 손바닥으로 물리쳤다.

탄탄한 장신에서 어른스러운 분위기를 자아내곤 있어도 청년은 아직 열일곱 살이다. 물론 온갖 임무에 대응하기 위해 담배

나 술뿐 아니라 모종의 약까지 즐길 수 있도록 훈련받긴 했지만, 어른의 기호품이니 하는 것들은 영 거북하다.

현관 홀 테이블에는 바로 그러한 기호품, 한 병이 청년의 몇 달치 월급이 될지도 모르는 위스키가 여러 병 늘어서 있었는데, 그중 몇 개는 깨져서 융단에 내용물을 흘리고 있었다. 난로에는 불이 없고, 당연히 사람 사는 흔적도 없다.

홀 끝에는 2층으로 이어지는 나선계단과 만찬실과 응접실로 연결되는 두 개의 문이 있는데, 상사가 걷는 데에 쓰고 있었던 지팡이로 휘적휘적 위층을 가리키자 청년은 말없이 고개를 끄덕였다.

허리에 찬 칠흑의 칼에 왼손을 대면서, 상사보다 먼저 계단에 발을 올려놓았다.

"뭐, 자세한 스테이터스는 따지지 말자. 꼴통이든 뭐든 앞으로의 성장에 달렸으니까. ──하지만 이상하군. 클래스가 불명에, 마나(MP)가 제로라는 건."

상사가 손에 든 리포트를 쳐다보는 김에 그의 얼굴도 힐끗 노려본다.

"확인하겠는데, 유년학교 입학자료는 아니겠지?"

"당연히 아니지. 이 아이가 올해 4월…… 다시 말해 3개월 전부터 다니고 있는 학교는 유서 있는 성 프리데스위데 여학원이다. 귀족 아가씨가 모이는, 의심할 여지 없는 마나 능력자 양성 학교지. 놀랍게도 문제의 메리다 양은 태어나고서 오늘에 이르기까지 마나가 전혀 발견되지 않았고, 당연히 어떤 클래스를 가졌는지도 아직 불명이라는군."

"그렇다면 열세 살이란 건데…….."

있을 수 없는 이야기다. 일반적으로 열 살 전후에 각성한다, 그것이 《마나》라는 것이다.

능력자에게 다양한 이능을 주어 신체능력을 범인 이상으로 높이는 마나는, 선택받은 귀족계급에만 주어진 은총이다. ── 아니, 반대일지도. 그들은 마나를 지니기 때문에 귀족의 특권을 부여받고, 그 반대급부로서 《외적》의 표적이 되는 책무를 부과받는다.

"더구나 엔젤 가문이라고 하면 3대 기사 공작가문의 《팔라딘》이잖아!"

경악이 섞인 청년의 목소리가 나선계단을 타고 메아리친다.

마나가 가져다주는 이능의 힘은 그 방향성에 따라서 11종류의 《클래스》로 분류된다.

방어력이 뛰어난 《펜서》, 공격력이 빼어난 《글래디에이터》, 민첩력에서 타의 추종을 불허하는 《사무라이》. 또한 원거리 전투에서 진가를 발휘하는 《거너》, 《위저드》, 《클레릭》에 자유자재로 변환하는 전투를 장기로 하는 《메이든》과 《클라운》…….

대부분의 마나 능력자는 이 중 하나의 클래스에 속하고, 귀족으로서의 작위는 당대 가주(家主)가 세웠던 무훈에 의해 결정된다. ──딱 세 가지의 예외를 제외하고.

그 특례가 이른바 3대 기사 공작가문이다. 다른 귀족과는 신분도 능력도 예외로 취급되는 이들은 《팔라딘》, 《드라군》, 《디아볼로스)로 명명된 세 개의 상급 클래스를 가지고 있다.

특별취급을 받는 까닭은 그들의 클래스가 매우 강력한 동시에 희소하기 때문이다. 우선, 수십 개가 넘는 가명(家名)이 줄지어 있는 여덟 개의 하급 클래스와는 달리 상급 클래스에 속하는 것은 단 세 가문뿐이다. 드라군 클래스를 계승하는 쉬크잘 가문. 디아볼로스를 상징하는 라 모르 가문. 그리고 마지막 하나, 팔라딘의 핏줄을 이어받는 것이—— 메리다가 태어난 엔젤 공작 가문이다.

마나는 피에 깃들고, 피에 의해 자손에게 계승된다. 따라서 귀족의 자식 또한 귀족이 되며, 그 잠재능력은 귀족으로서의 피의 순도가 큰 영향을 끼친다고 사료되고 있다.

이 로직 또한 상급 클래스가 최고임을 뒷받침해준다. 그들의 마나는, 그 피는 불가침적인 우위성이 있어서 하급 클래스의 귀족뿐만 아니라 설사 평민의 피와 뒤섞인다 해도 태어나는 아이는 확고하게 상류 클래스의 마나를 품게 된다——⋯⋯⋯⋯고 하는데.

그런데 앞서 본 자료는 그 상식을 뒤집고 있다. 이는 즉.

"그 메리다 양은⋯⋯ 엔젤 가문의 진짜 딸이 아니다⋯⋯?"

"그래. 바로 그 가능성을 의심받고 있어."

상사가 낮은 목소리로 긍정하는 것과 동시에 계단을 다 올라 2층에 도착했다.

이 층에도 마찬가지로 사람 사는 흔적은 없고, 가스등도 전부 꺼져 있다. 상사가 지팡이로 가리키는 방향을 따라 청년은 좌측

복도로 이동하며 상사가 내민 리포트 뭉치를 받았다.

"요컨대 누군가가 갓난아이를 바꿔치기했다?"

"아니, 출산 때는 많은 사람이 입회했으니까 그렇게는 생각하기 어려울 것 같아."

"그렇다면……."

말이 막힌 청년과는 반대로 사십이 넘은 상사는 시원하게 말했다.

"간단해. 전술한 메리다 양은 엔젤 가문의 현 당주 페르구스 엔젤의 친자식이 아니고, 그녀의 어머니 메리노아 엔젤이 불륜 상대와 간통하여 낳은 자식일 가능성이 있어."

"…………."

청년은 조용히 아래를 보았지만, 리포트는 무기질적인 보고를 돌려줄 뿐이다.

새 담배에 불을 붙이면서 상사는 술집에서 잡담이라도 하는 것처럼 이야기를 계속했다.

"이 일의 의뢰인은 평의회의 일원이기도 한 몰드류 무구 상공회 회장 몰드류 경이야. 메리노아 엔젤의 아버지로, 메리다 양에게는 외할아버지에 해당하는 인물이지. 그로서는 기사 공작 가문에 시집간 자랑거리인 딸이 설마 팔라딘의 핏줄을 끊어지게 만들었다는 사실을 인정할 수 없을 테지. 그래서 어떤 일이 있더라도 진상을 밝혀내야 한다며 이렇게 메리노아 부인의 교우관계를 샅샅이 조사시키는 거야."

"요컨대 이 저택의 주인이 그 불륜 상대의 《용의자》 중 하나라는 소린가.”

　여전히 쥐 죽은 듯이 고요한 저택의 천장을 청년은 올려다보았다. 복도에 난 문 하나를 열어보니 어둠에 둘러싸인 빌리어드 룸이 나왔다.

　──여기도 텅 비었군. 의아함에 눈살을 찌푸리면서 소리를 내지 않고 문을 닫는다.

　상사는 품에서 다른 리포트를 꺼낸 다음 접혀 있던 그것을 쫙 펼쳤다.

　“──보석상 지브니 엘스네스. 옛날, 몰드류 경이 그의 아버지를 방문했을 때 따라왔었던 당시 열한 살이었던 메리노아 양은 지독하게 한가한 시간을 주체하지 못하고 있었다. 그걸 본 청년 지브니가 특기인 피아노 연주를 보여줬고, 거기에 감격한 메리노아 양은 답례로 그의 초상화를 그려서 선물했다. 둘의 모습은 굉장히 사이좋게 보였다……라는군.”

　“그게 다야? 열한 살 무렵의 이야기잖아?”

　청년이 자기도 모르게 정색하며 놀라자, 상사도 마찬가지로 진저리가 나는 표정을 지으며 리포트를 집어넣었다.

　“요는 그 정도로 상황이 막혀 있다는 얘기야. ──기숙학교 친구, 다녔던 동아리, 상공회의 젊은 남정네, 각각의 친척에 이르기까지! 아무튼 메리노아 님과 교류가 있었던 인물을 닥치는 대로 뒤지고 있지만 유력한 정보가 도통 안 나오고 있어!”

　“그렇게까지 애를 먹고 있으면 차라리 메리노아 님을 직접 추궁하는 편이…….”

상사는 한숨을 쉬며 머리를 흔들고서 청년의 대사를 가로막았다.

　"그게 말이다, 그녀는 이미 묘비 아래에 있어. 벌써 5년도 더 된 일이지."

　"……그렇군."

　"그래서! 더더욱 네가 나설 차례라는 거야!"

　파앙, 소리 높이 손뼉을 치고서 상사는 연극이라도 하듯이 팔을 쫙 벌렸다.

　"네 임무는 이렇다. 이 무능영애, 메리다 엔젤 양의 가정교사가 되어 그녀가 팔라딘으로 각성하는 것을 돕고, 이끌어서 기사공작가문에 어울리는 여전사로 교육해라!"

　"외부가 힘들다면 내부에서부터, 라는 건가."

　"바로 그거다. 몰드류 경 쪽에서도 수시로 압박을 주고 있는 것 같은데, 효과가 통 없는 모양이라서 말이지. 거기서 전문강사가 필요하다는 결론이 나온 거다."

　"그건 이해하겠는데……."

　청년은 괴멸적인 수치의 스테이터스 표를 집어 들고 맥 빠진 한숨을 쉬었다.

　"……왜 나야? 임무라면 나도 지금처럼 신변조사 쪽을 돌고 싶어."

　"아니, 아니, 너 이외에 적임이 없지. 생각해봐, 기인, 괴짜뿐인 우리 부대의 면면을! 도저히 이런 섬세한 임무는 맡길 수 없다고. 그런 점에서 너라면, 앙?! 인상도 좋고, 내숭은 아주 천하

일품이지!"

"좋아, 알았어. 거절한다."

파앙. 상사의 가슴을 리포트로 때리며 돌려주고 청년은 군복 옷자락을 휘날렸다. 복도 끝에 있었던 미닫이문으로 발길을 돌리자, 상사가 간사한 목소리로 조르기 시작한다.

"부~탁~좀~하~자~ 기사 공작가문의 의뢰라구? 아빠 좀 살려준다고 생각해~."

"어디서 주워온 게 전부인 주제에 자기 편할 때만 아버지인 척하지 마, 영감탱이야."

"알았다, 오케이, 진지하게 이야기하자, 알았으니까 이쪽을 봐."

옆에 나란히 선 상사는 몸짓 손짓을 섞어 나름대로 진지하게 호소하기 시작했다.

"사실, 이미 골라잡을 단계가 아니야. 사태는 움직이기 시작했다."

"그 말은?"

"범죄조직까지 나왔어. 메리다 양에게 재능이 전혀 없다는 소문이 서서히 전국에 퍼지기 시작해서 말이지. 한가한 마님들의 사교장 이야깃거리가 되는 수준이라면 그래도 괜찮지만, 불온한 패거리까지 메리노아 님의 불륜 상대를 찾으려고 냄새를 맡으며 돌아다니는 모양이야. 계급제도의 철폐를 주장하는 무리 입장에서 보면 공작가문의 기반을 흔들지도 모르는 이 사건은 분명 맛있는 먹이로 보일 테지."

"그건 탐탁지 않군."

그렇게 대꾸하며 복도 끝에 도착한 청년은, 상사와 나란히 서서 미닫이문을 동시에 열었다.

아무리 봐도 범죄자로 보이는 얼굴을 한 악한들이, 문 건너편에 주르륵 모여 있었다.

""……………."

저쪽 입장에서도 예상외의 침입자였던 모양인지, 어딘가 얼빠진 침묵이 몇 초 동안 이어졌다.

그곳은 서재였다. 벽 측에 정연하게 늘어선 책꽂이에, 좌석감이 좋아 보이는 의자. 집무용 책상에는 고급 브랜드 연미복을 입은 남성이 걸터앉아 있는데, 상체를 축 늘어뜨리고 있다.

그 주위를 옷깃이 바짝 선 검은 옷을 입은 십수 명의 남자들이 둘러싸고 있었다. 양지의 사회를 살아왔다면 절대 저렇게는 되지 않을 듯한 움푹 팬 눈매. 전원 무언가로 무장하고 있음을 분위기로 알 수 있다. 팟, 팟 켜지는 가스등 불빛이, 칼날에 미끄러지며 반짝인다.

상사의 입에서 담배가 뚝 떨어졌다. 청년을 곁눈질로 보며 능청스럽게 웃는다.

"……하나도 안 무섭지?"

직후 검은 옷들이 일제히 권총을 들이밀었다.

십수 개나 되는 격철을 때리는 것과 동시에, 청년의 허리에 있던 칼이 '링' 하고 칼집 입구를 울렸다.

청년의 팔이 희미해지는 것처럼 번뜩였다. 총알보다 빠른 속도로 칼을 뽑아, 비보라 같은 총격을 하나도 남김없이 튕겨낸다. 최후의 한 발을 날려 버렸을 때, 뒤늦게 날아온 총성이 고막을 때렸다.

전신의 근육이 으르렁거린다. 폭발적인 움직임으로 청년은 바닥을 박찼다.

돌격과 동시에 한 명을 칼로 베어 넘어뜨린다. 양다리를 벌리고 아크로배틱하게 춤을 추며 좌우의 검은 옷을 난도질한다. 나선형으로 튄 선혈이 뺨을 때렸고, 그제야 적 집단은 청년의 모습을 인식하고 동시에 그 상식 밖의 스피드를 깨달았다.

"제기랄──."

검은 옷 한 명이 총구를 겨눈── 순간 이미 청년은 공격을 마친 상태였다. 바닥에 무릎으로 착지하는 동작과 연동해서 세 개의 검섬(劍閃)이 뻗는다. 목덜미를 향한 공격, 오른쪽 어깨에서 왼쪽 겨드랑이에 걸친 내려치기, 마지막으로 되받아친 세 번째 공격이 몸통을 반으로 가른다.

검은 옷의 전신에서 핏줄기가 분출할 즈음, 청년은 다시금 바닥을 달렸다. 웅크린 자세에서 상체를 극한까지 숙여, 전신을 용수철처럼 휘게 한 상태에서 바닥에 닿을락 말락 하게 뛰어간다. 동시에 부옇게 보이는 엄청난 속도의 칼이 종횡무진으로 춤추면서 검은 옷들에게 치명상을 새겨 나간다.

바닥을 박차고 벽을 달리면서, 책장 하나에 구두 끝을 찔러 넣는다. 그대로 무게를 실어 밀어버리자 꽂혀 있었던 책들이 탄막처럼 튀어나갔다. 총알 같은 책을 뒤집어쓴 검은 옷이 저도 모르게 얼굴을 감쌌고, 그 직후 옆에서 튀어나온 청년에게 목이 찢어발겨진다.

"앞으로 한 마리!"

상사의 호령에 반사운동같이 청년은 벽을 걸어찼다. 늘어선 의자 사이를 질주하면서 가차 없이 속도를 붙여, 초스피드로 칼 끝을 최후의 적의 목덜미에――

키이이잉!! 목에 닿기 직전, 쑥 올라온 적의 팔이 청년의 칼을 막아냈다.

놀랍게도 무기조차 안 든 팔로 직접 방어했다. 전력으로 칼을 꽂아 넣었지만 뚫리기는커녕 무시무시한 힘이 저항했고, 밀고 당기는 경합이 시작됐다. ――강하다.

가만 보니, 이 최후의 적은 옷차림도 다른 무리와는 달랐다. 마치 망령처럼 옷자락이 너덜너덜한 검은 외투를 걸쳤고, 후드를 깊숙이 써서 민얼굴을 가리고 있다. 신장은 청년과 비슷하다. 성별은 아마 남자일 것이다.

예상대로 녀석은 후드 안에서 청년의 음성으로 말을 걸어왔다.

"내 부하를 5초도 안 걸려서……. 어두운색 군복도 그렇고, 정규 기병단(길드)이 아니시군?"

"그렇게 말하는 네놈들은 어디 조직이냐. 그 수상한 검은 외투, 당장 벗겨주겠다."

청년이 순간적으로 발차기를 때려 넣는다. 그러나 암반이라도 때린 것처럼 미동도 하지 않는다.

그렇다면 돌려차기를 안면에—— 꽂기 직전, 축 다리에 무언가가 휘감겼다.

바로 검은 외투의 소매에서 뻗어 나온 붕대였다. 청년이 바닥에 질질 끌려 쓰러지는 것과 동시에 검은 외투가 징이 달린 부츠를 높이 들었다. 엄청난 힘이 실린 뒤꿈치가—— 서재 바닥을 분쇄한다.

한발 앞서 바닥을 구른 청년은 검은 외투의 등 뒤에서 브레이크 댄스를 췄다. 하반신이 회전하면서 급상승, 양발뒤꿈치로 검은 외투의 후두부를 연달아 두들겨 팬다.

웬만한 상대라면 이 공격에 졸도했을 텐데, 묵직한 충격음이 울려 퍼져도 검은 외투는 끄떡도 하지 않았다. 하지만 청년은 상대가 잠시 주춤한 틈을 타 재빨리 나이프를 뽑아 왼쪽 발목을 속박한 붕대를 절단한 다음 댄스를 마저 추며 뒤로 물러섰다.

교대하듯이 앞으로 나온 상사가 장대한 리볼버를 뽑아 검은 외투를 향해 방아쇠를 조였다. 그러나 대구경 탄환은 외투의 소매에서 튀어나온 붕대에 의해 튕겨 나간다.

느긋하게 뒤를 돌아보는 검은 외투의 소매와 옷자락에서 길쭉한 붕대가 줄줄 뻗어 나와 있었다.

마치 의사를 가진 듯한 움직임에 범상치 않은 주력(呪力)—— 청년의 검은 칼로도 관통할 수 없는 방어력의 정체는 저 기묘한 붕대일 것이다. 청년은 칼과 나이프를 들어 이도류 자세를 갖추고, 상사는 방심하지 않고 리볼버를 들이댄 채 어딘가 재미있어하는 것처럼 담배 연기를 내뿜었다.

"여어, 형씨! 불륜조사야? 뭐 돈 좀 되는 정보는 찾았고?"

"글쎄, 거기 있는 주인에게 직접 물어보지그래?"

가볍게 대꾸한 검은 외투는 무릎 높이에 있던 테이블을 걷어 찼다. 청년은 손쉽게 베어버렸으나, 적은 그 틈을 이용해 창문으로 뛰어들었다.

요란한 소리를 내며 유리를 깨고 검은 외투는 어둠 속으로 도망가 버렸다. 청년은 즉각 창문으로 달려갔지만, 이미 표적의 모습은 어디에서도 찾을 수 없었다.

"뒤쫓을 수 있는데, 쫓을까?"

"지금은 됐어. ——휴우~, 엄청 세던데. 스테이터스만이라면 너와 동급이었어."

상사가 어깨에서 성대하게 힘을 빼며 장대한 리볼버를 품으로 되돌렸다.

청년은 아직 경계는 풀지 않은 채 칼을 휘둘러 바닥에 피를 털었다. 그리고 아차 하며 상사에게 말했다.

"맞다, 엘스네스 경은……."

상사는 말없이 집무용 책상으로 걸어가, 거기에 푹 엎드려 있는 연미복을 입은 남성의 머리카락을 움켜쥐었다.

홱 끌어올려 얼굴을 들여다본다. 금세 손을 떼고, 답답한 표정으로 고개를 저었다.

"죽었다."

"……결국, 엘스네스 경이 《진범》이었다는 건가?"

"글쎄다. 아무것도 모르고 죽을 때까지 고문당했던 걸지도 모르고, 비밀을 말한 다음 입막음으로 죽은 걸지도 모르지. ──그래서 말했잖아? 사태는 이미 절박하다고!"

상사가 문 앞에 떨어져 있던 양피지 묶음을 주워 청년에게 던졌다. 청년은 한 손으로 그것을 받고, 다시금 거기에 쓰여 있는 임무의 개요를 확인했다.

"메리다 엔젤이라……."

괴멸적인 스테이터스. 귀족임에도 불구하고 마나를 쓸 수 없는 이단적인 존재. 심지어 그런 소녀를 최고의 기사로 육성하라는, 클라이언트의 터무니없는 요구…….

덧붙여 주목해야 할 점은 그 기간이다. 가정교사로서 예정된 시간은 지금부터 약 3년간. 3년 후에 있을 모든 양성학교 졸업생이 참가하는 통일 토너먼트에서 일정한 성적을 거둬 그녀가 막힘없이 성 프리데스위데 여학원 졸업식을 맞이할 때까지──일찍이 없던 장기임무다.

지금의 첩보활동이 미적지근할 정도로 하드한 3년이 될 듯한 예감이 든다.

"……어쩔 수 없군. 이 무능영애, 메리다 엔젤 양의 가정교사, 내가 맡도록 하지. 그런데 영 궁금한 게 하나 더 있어."

"뭐지?"

"이 임무── 애초에 왜 우리에게 온 거야? 메리노아 님의 신변조사라면 모를까, 가정교사 같은 일은 양지의 길드, 번듯한 부대 녀석들한테 돌리면 되잖아."

지극히 당연한 의문을 입에 담자 상사는 검은 옷들의 피를 뒤집어쓴 볼을 긁고 담배에 불을 붙였다.

　"……천만에. 이 임무는 틀림없이 네가 적격인 일이야."

　"무슨 뜻이야?"

　"어이어이, 뭘 시치미 떼고 그래! 우리한테 어울리는 일이 하나밖에 더 있냐."

　지금 이곳은 어둠으로 가득 차 있다.

　난도질 된 가구. 대량으로 흩어진 시체. 숨 막히는 죽음의 냄새.

　밤을 응집한 것 같은 군복과, 미끈한 성질을 띤 선혈을 전신에 걸친 채——

　지팡이를 짚은 남자는 이렇게 빈정거렸다.

　"——바로 암살이지."

LESSON: Ⅰ ～금조(金鳥) 눈뜨다～

대지에 처박힌 거대한 샹들리에. 그것이 이 세계의 모습이다.

사람들이 올려다보는 하늘에는 빛이 일절 없다. 별이나 달, 태양과 같은 눈부신 천체의 존재는 고대문헌 속에나 전승으로서 전해져오고 있을 뿐이다. 시인의 창작이라는 학자도 많다. 옛날에는 머리 위로 온통 하늘이 파랗게 빛나고 있었다는, 그런 소리는 도저히 믿을 수 없다며.

이 세계는 천정에서 대지 그리고 그 끝에 이르기까지 모든 것이 칠흑 같은 밤으로 뒤덮여 있다. 그 어둠 속에 어떤 환경이 펼쳐져 있는지도 분명하지 않다. 대지의 총면적 같은 것은 감히 상상할 수도 없다. 어떤 색채도 알아볼 수 없는 완전한 어둠……. 그 한쪽 구석에, 높이 수백에서 수천 미터에 달하는 초거대 유리 용기들만이 휘황찬란한 빛을 발하고 있다.

그것이 인류 최후의 도시국가, 《랜턴 속의 세계(프란돌)》였다.

랜턴의 직경은 최대 5킬로미터. 이 엄청난 스케일의 유리 용기는 '캠벨'이란 명칭으로 불리며, 저마다 가구(街區)를 가지고 있다. 특권계급들이 많이 사는 《성왕구(聖王區)》를 에워싸듯이 24개의 캠벨이 밀집하여 금속기반 위에 질서정연하게 우뚝 솟은 모습은 샹들리에라고 형용할 수밖에 없을 것이다. 비록 사이즈는 차원이 다르지만.

각 캠벨의 중간에는 금속제 다리가 겹겹이 설치되어 있고, 다리를 건너는 철도가 사람들의 이동수단이다. 그리고 현재 성왕구의 가장자리에 있는 터널을 뛰쳐나와 수백 미터의 고가선로를 따라 다른 캠벨로 내려가는 열차 한 대가 보인다.

그 2등 객차. 후부 쪽 객실에서 무심히 창문을 쳐다보는 한 청년은, 장엄한 위용을 자랑하는 수십 개의 캠벨을 시야에 담으면서 막연히 생각했다.

이런 터무니없는 건조물을 누가 만들었을까, 상상하기조차 꺼려진다.

──라고.

† † †

청년이 탄 열차가 도착한 곳은 성왕구 외곽에 위치하는 캠벨의 하나, 카디널스 학교구였다. 다양한 분야의 칼리지가 늘어서 있고, 주민의 반수가 학생인 프란돌 제일의 학원가다.

시각은 이른 아침. 하얀 증기가 자욱한 플랫폼에 내려선 순간 청년은 이곳이 학생들의 도시임을 한눈에 인식했다.

열차에서 내리는 자, 올라타는 자. 구내를 오가는 승객들의 연령층은 대체로 젊다. 청년은 신선한 공기를 가슴 가득히 들이쉬고, 익숙해진 군복을 가볍게 정돈한다.

겉옷 주머니에서 시내의 대략적인 지리가 그려진 종잇조각을 꺼냈다.

카디널스 학교구의 특징이라고 하면 '사색하는 첨탑'이라고도 불리는 아름다운 건축물들이다. 수학자와 물리학자와 예술가가 마음을 하나로 합쳐 설계한 것 같은 논리정연한 원추형 지붕이, 몇백 개나 모여 하늘을 찌르는 경치는 가히 압권이다.

행선지는 이 첨탑들의 맨 끝.

시가지를 횡단하는 심즈 수로 주변에, 언질을 받은 메리다 엔젤의 저택이 세워져 있다.

오늘부터 3년간—— 이 도시에서 청년의 가정교사 생활이 막을 올린다.

"성왕구하곤 상당히 공기가 다르군."

청년은 메모를 주머니에 넣으면서 코를 살짝 킁킁거렸다.

""머리가 좋을 것 같은 냄새.""

중얼거린 말이 공교롭게도 높고 맑은 목소리와 겹쳤다.

옆을 홱 내려다보자, 동시에 이쪽을 올려다보는 인물과 시선이 마주쳤다.

지금 막 트랩을 내려온 한 소녀였다. 청년보다 조금 연하, 열여섯 살쯤 되어 보인다. 도회풍이라고 해야 하나, 옷차림에 깨나 신경 썼음을 한눈에 알 수 있었다.

광택이 나는 붉은 머리칼은 손질이 잘 되어 있고, 늘씬한 팔다리는 매혹적이고도 날씬하다. 요정의 날개같이 화려한 옷차림은, 무대에서 뛰어 내려온 쇼 댄서나 잡지에서 튀어나온 패션모

델을 연상케 한다.

당연히 주위의 적잖은 남성의 시선을 끌고 있었지만, 정작 본인에게는 자신의 매력에 대한 자각이 없는 듯하다. 이쪽을 바라보는 천진난만한 미소가 무척이나 아이처럼 보였다.

"에헤헤, 생각이 똑같았네."

"그런 것 같군. ——이 아니라, 으으음."

청년은 냉담하게 대꾸하다 곧장 머리를 살살 흔들었다.

이곳에 도착한 순간부터 임무는 시작된 것이다. 현재 자신은 기사 공작가문에 부임할 가정교사란 신분. 그 입장에서 접하는 모든 이에게 가면을 철저히 쓰고 행동하지 않으면 안 된다.

잠시 후 청년은 붉은 머리카락의 여자에게 싹싹한 미소를 보내고 있었다.

"여행이신가요?"

"으, 으응, 일이에요! 그러는 당신도……."

"네. 보시는 대로 학생은 아니라서. ——가실까요."

그녀를 자연스럽게 에스코트해서 열차 앞 화물차량 쪽으로 향한다.

그러자 그 순간, 붉은 머리 여자를 넋 놓고 보고 있었던 주위 남성뿐 아니라 구내를 오가는 부인들까지 얼굴을 화악 붉히며 가는 길을 멈췄다. 캔버스를 펼치고 있었던 초상화 화가는 바로 그림 도구와 붓을 집어 들었고, 기자로 보이는 양복을 입은 남성이 찰칵하고 셔터를 누른다.

이 여자와 내가 이렇게 나란히 있는 모습이 그렇게나 그림이 되는 걸까. 마음 한구석에서 의아해하는 청년과는 정반대로 붉은 머리 여자는 아무래도 주위의 시선을 깨닫지 못했는지, 뺨이 홍조를 띤 게 어딘가 신이 난 분위기다.

화물차량에 도착하자 청년이 한발 먼저 트랩을 밟는다.

"번호표는?"

"어라, 몇 번이었더라, 으으음…… 찾았다!"

스커트 주머니에서 나온 택을 청년은 자연스럽게 떠맡았다. 혼자 화물차량으로 들어간 그가 다시 나왔을 때는 오른손에 자신의 트렁크를, 왼손에는 많은 액세서리가 장식된 크고 귀여운 여행가방을 들고 있었다.

"기다리셨습니다, 레이디."

여행가방을 내밀자 입을 떡 벌리고 있었던 붉은 머리 여자는 흥분한 듯 소리쳤다.

"시, 신사닷!"

"이 정도는 당연하죠. 목적지까지 함께할 수 있으면 좋겠습니다만……."

미안해하며 머리를 붕붕 흔든 소녀는 황급히 여행가방을 건네받았다.

그녀의 목적지는 카디널스 학교구에서 가장 근사한 고급 주택가란다. 인기척 없는 교외로 향하는 청년과는 정반대 방향.

역을 나간 다음 시가지를 한눈에 볼 수 있는 길고 커다란 계단 위에 섰다.

마치 무대의 한 장면같이, 거기서 두 사람은 악수했다.

"사실 나, 혼자라 불안해서 견딜 수 없었는데……. 이 도시에 오자마자 친절한 사람과 만나서 다행이야! 왠지 앞으로 일이 다 잘 풀릴 것 같아!"

"그거 다행이네요. 그럼 언젠가 또 다른 곳에서 뵙죠."

"응, 또 봐! 반드시, 반드시, 또 만나줘!"

청년의 손바닥을 양손으로 잡고 몇 번이나 위아래로 흔든 다음 소녀는 한발 먼저 계단을 뛰어 내려갔다. 이따금 붉은 머리칼을 나부끼며 이쪽을 향해 미소와 함께 손바닥을 흔들어준다.

손을 살짝 흔들어 화답한 청년은 멀어져가는 그녀의 뒷모습을 바라보면서…… "후우." 하고 남몰래 한숨을 쉬었다.

상사가 '천하일품'이라고 극찬한 내숭은 폼이 아니다. 안타깝게도 이번 임무, 정말로 부대 안에서 자신이 가장 적임이었던 모양이다.

붉은 머리 여자가 인파 속으로 사라진 것을 확인하고, 청년도 다시 목적지를 향해 트렁크를 한 손에 들고 계단으로 발걸음을 내디뎠다.

메모를 의지해 방사형으로 뻗은 길 중 하나를 고른다. 지적인 원추형 지붕의 건물과 선선한 눈빛을 한 학생들 틈바구니를 지나, 교외 쪽으로 마냥 걸어간다.

도시국가 프란돌을 구성하는 25개의 캠벨은 그 자체가── 정확하게는 내부의 도시가, 칠흑 같은 밤을 밀어낼 정도로 강렬한 빛을 발하고 있다. 그 정체는 도로에 일정한 간격으로 걸려 있는 가로등이다. 유리창 안에 가득 찬 특수한 기체(氣體)의 빛.

《태양의 피(넥타르)》.

프란돌 근교의 광맥에서 채취되는 이 액체연료는, 기화시킨 다음에 불길에 쬐면 강력하고도 신성한 빛을 발한다. 그것은 이 세계의 저주받은 밤으로부터 도시를 지키는 방패이자 갑옷이다. 인류가 문명사회를 유지하기 위한 최후의 생명선———.

광맥의 넥타르가 바닥났을 때, 과연 프란돌의 생활은 어떻게 될 것인가. 평의회에서 수차례 의논됐고, 아직도 명확한 답이 나오지 않은 그 질문이 청년의 뇌리를 스치고 사라진다.

먼 미래의 걱정보다 지금은 이 낯선 마을에서 미아가 되지 않는 일이 더 중요하다.

메모를 의지해 발걸음을 옮기고 이따금 노점상에게 길을 물으면서 계속 걷자, 마침내 목적지인 캠벨의 끄트머리까지 도착했다. 조금 전부터 길 오른쪽으로 돌담이 이어지고 있고, 튼튼해 보이는 철책이 방문자를 막고 있다.

울타리 건너편에 보이는 것은 놀랍게도 울창한 식물원이었다.

캠벨 안에 존재하는 녹음인 만큼 당연히 천연이 아닌 인공이다. 저만한 정원을 유지할 수 있다니, 도대체 얼마나 큰 재력을 가진 명가이길래.

청년의 대략적인 예상대로……라고 해야 할까. 거기서 조금 나아간 대문 앞에 에이프런 드레스를 걸친 소녀가 세 명, 가스등 아래에 얌전히 서 있었다.

청년이 다가가자 메이드들이 동시에 천천히 인사를 한다.

"쿠퍼 방피르 님이시죠? 어서 오세요, 기다리고 있었습니다."

이번 임무를 위해서 준비된 그 가명을 들고 청년은 우아한 미소로 화답했다. 이 가면이 만인에게 유효하다는 것은 아까 붉은 머리 여자가 증명해 주었다.

"처음 뵙겠습니다. 앞으로 잘 부탁드리겠습니다."

"네, 저희야말로. 뵙게 되어 기쁩니다."

세 명 중에서 한 발 나와 있는 중앙의 메이드가 꽃처럼 화사한 미소와 함께 얼굴을 든다. 목가적이고 부드러운 인상이지만, 동시에 단단한 심지를 느끼게 하는 소녀였다.

"전 당 저택의 메이드장 에이미라고 합니다. 모르는 게 있으시면 사양치 마시고 뭐든지 말씀하세요."

"메이드장?"

청년—— 쿠퍼는 아주 약간 눈살을 찌푸렸다. 에이미라고 이름을 댄 그녀는 어떻게 봐도 열일곱가량으로, 다시 말해 자신과 그렇게 차이가 나지 않는다. 하녀들의 우두머리는 '미세스'란 경칭으로 불리며 통상 좀 더 나이와 경험을 쌓은 여성이 맡는 것이 보통이다.

문득 임무를 맡기 전에 상사로부터 들은 이야기가 생각났다. 핏줄을 의심받고서부터 예의 메리다 양은 엔젤 가문 내에서 입장이 상당히 미묘해진 모양인지, 부친으로부터도 냉랭한 대우를 받게 되어 최소한의 하인과 함께 별장으로 쫓겨났다고 했던 것 같은데.

최소한이라는 것은 즉, 사람 숫자만이 아니라 경험치를 가리키는 의미이기도 한 것이 아닐까. 에이미 뒤에 있는 메이드 두 사람도 아직 소녀라고 부르기에 지장이 없을 연령이다.

"봐봐, 남자야!"

"남자다……!"

"아주 젊네……."

"차분하신데, 몇 살이실까?"

소곤소곤. 그녀들은 손님 앞인데도 얼굴을 맞대고 비밀스러운 이야기꽃을 피우고 있다. 노골적인 관심의 시선에 어딘가 열이 담겨 있어서 낯간지럽다.

"봐봐, 저 늘씬하고 큰 키……. 길드 군복이 어쩜 저렇게 잘 어울릴까!"

"윤기 있는 보랏빛 흑발은 어떻고. 갸름하고 시원한 눈동자도 멋져……!"

"아무리 봐도 '전문가인데 무슨 문제라도?' 라는 분위기야!"

"오히려 선배인 우리가 교육이라는 이름의 따끔한 지도를 받게 생겼어."

"아앗, 그럼 귀축 아니니!"

"귀축교사였어……!"

누가 귀축교사냐.

말과는 정반대로 왠지 기뻐하는 모습의 소녀들의 수군거림을 쿠퍼는 못 들은 척하면서 조그맣게 탄식했다. 그러자 그 동작을 오해한 것인지 에이미가 황급히 손을 뻗어왔다.

"어머, 미안해요, 피곤하시죠! 짐을 들어드리겠습니다."

"아니요, 염려하실 필요 없습니다."

부드럽게 거절하면서 쿠퍼는 에이미가 뻗은 손바닥을 잡는다.

"오늘부터 동료니까 서로 편하게 지내죠? 날 부하라고 생각하고, 시킬 일이 있으면 무엇이든지 분부만 내리세요."

"어머나!"

에이미가 뺨을 확 붉혔다. 뒤에 있는 두 명이 웅성거린다.

"그새 에이미가 넘어갔어."

"에이미, 저 여우가!"

어흠, 부자연스러운 헛기침을 하고 젊은 메이드장은 치마를 펄럭였다.

"그, 그럼 저택으로 안내해드리겠습니다. 가시죠?"

세 명의 메이드 곁을 따라서 쿠퍼는 대문을 빠져나간다. 그러자 담 건너편에서도 보였던 광대한 식물원이 나왔다. 울창하게 우거진 키 큰 식물 사이를, 포장된 좁은 길이 꼬불꼬불하게 뻗어 있다. 길의 끝은 녹음에 가려져 저택의 모습은 아직 보이지 않는다.

"남자분이 와주셔서 살았습니다. 여자들끼리 살림을 꾸리면 여러 가지로 힘들어서……."

에이미가 의중을 떠보자 다른 메이드들도 편승해서 몸을 내밀어왔다.

"힘쓰는 일 같은 거 부탁해도 될까요~?"

"짐 나르는 거라든가, 높은 곳 청소라든가!"

쿠퍼가 쓴웃음을 지으면서 놀고 있는 팔로 힘껏 알통을 만들고,

"얼마든지."

대답해주자 ""꺄아악~~~!!"" 하고 요란한 환호성이 되돌아
왔다.

이들의 말에 따르면 저택에 동년배 메이드가 한 명 더 있다고
한다. 뒤집어 말하면 하인은 딱 그만큼……. 남자 금지, 라는
흔한 문구가 뇌리를 스친다.

일이라곤 해도 그 꽃밭에 발을 들여놓는다는 사실에 긴장하지
않는 것은 아니다. 하지만 이 말랑말랑한 분위기를 보건대 임무
에 지장이 생길 만큼 마음이 혹할 일도 없을 것 같다.

——길 끝에서 《그녀》와 만날 때까지는, 쿠퍼는 그렇게 확신
하고 있었다.

메리다 엔젤의 저택은 대여섯 명이 살기에 알맞은 넓이의 산
뜻한 2층 건물이었다. 지붕도 카디널스 학교구 시가지에 어울
리는 원추형으로, 주위를 메우는 식물원과 더불어 마법사의 은
신처 같은 분위기를 풍긴다.

대문에서 약 5분을 걸어 도착한 현관 입구에서 에이미가 휙 뒤
돌아보며 말했다.

"쿠퍼 씨, 정식으로 말씀드리지요. 이 집에 오신 것을 환영합
니다. 이곳이 오늘부터 3년간 당신의 직장입니다. 이미 아가씨
께서 기다리시고…… 어라?"

거기서 문득 깨달은 것처럼 에이미는 머리 위를 쳐다보았다.
여기까지 안내받은 쿠퍼도, 그리고 함께 따라온 메이드 두 사람
도 거의 동시에 고개를 든다.

말소리가 들려왔기 때문이다.

현관 바로 위로 테라스가 돌출해 있었다. 목소리의 근원지는 그 안쪽의 큰 방이었다.

'얘, 아직이니? 마중 나가고 꽤 지났는데.'

'아가씨도 참, 똑같은 질문을 몇 번을 하는 거예요? 에이미 일행이 똑바로 마중 나갔으니까 곧 볼 수 있대도요~~.'

'하지만 예정된 도착시각까지 이제 3분밖에 안 남았잖아. 어쩌면 길을 잃었을지도 몰라. 아니면 설마, 열차사고를 당해서……! 나, 상황 좀 보고 올래!'

'자, 잠시만요, 메리다 아가씨?!'

직후, 테라스에서 갑자기 사람이 튀어나왔다. 분주한 구두 소리가 쿠퍼와 메이드들 머리 위에 반향을 일으킨다. 쿠퍼는 그 모습을 확인하고자 한 발, 두 발, 세 발자국 뒷걸음친다.

──직후, 시야에 들이닥친 눈부심에 자기도 모르게 눈을 가늘게 뜨고 바라보았다.

황금색 머리칼이었다.

넥타르의 신성한 빛보다도 더 눈부시다. 이쯤 되면 색이라기보다 《빛》이다. 보석의 반사광을 천사의 손가락이 뜨개질하면 저 같은 성스러운 금발이 나올까.

튀쳐나온 속도 그대로 난간에 점프하자 퉁겨진 하프의 현처럼 금발이 흩날린다. 저 왈가닥한 행동력만큼은 자료에 있었던 열셋이라는 나이 그 자체였다.

인형이라는 표현이 딱 맞는, 어리지만 정교하게 다듬어진 얼굴의 조형.

말랑해 보이는 복숭아색 볼에, 가냘픈 체구와 귀여운 신장──.

유년학교를 갓 졸업했다고는 생각되지 않을 정도로 완성된 미모에 쿠퍼의 눈이 순식간에 빨려 들어갔다.

반쯤 넋이 나간 시선 끝에 놓인 문제의 메리다는, 난간 너머로 몸을 쭉 내밀고 먼 쪽을 바라보고 있었다. 찾는 사람이 바로 아래에 있음을 전혀 눈치채지 못한 모양이다.

"으~음…… 안 보여! 식물원에는 안 계시네. 그렇다는 건 아직 마을 쪽? 아니면 문 앞에…… 진짜, 전부터 생각했었는데 식물이 자라도 너무 많이 자랐다고!"

"자, 자, 잠시만요! 아가씨, 위험하다니까요!"

큰 방에서 뒤따라온 메이드가 당황한 것도 당연하다.

무척이나 왈가닥인 이 아가씨가, 유감스럽게 불평을 하면서 난간에 무릎 하나를 척 얹었으니 말이다. 그 광경에는 산전수전 다 겪은 쿠퍼도 목구멍이 켁 막혀버렸다.

곧 등교시간인지, 메리다는 학원 교복 차림이었다. 붉은 장미처럼 깊이 있으면서도 산뜻한 색조가 금발에 잘 어울린다.

그것은 훌륭하지만…… 당연하게도 아래는 스커트다. 이쪽의 시점에서 보면 대담하게 말려 올라간 옷자락 안쪽이 매우 경망스럽게 되어──…….

쿠퍼는 즉시 얼굴을 홱 돌렸다.

대신 당황해준 것은 동일한 시점에서 보고 있던 에이미 일행이었다.

"안 돼요, 안 된다구요, 아가씨! 이쪽! 이쪽이에요!"

"다 보여요! 남자가 보고 있는데, 참!"

"엥?"

전혀 예상하지 않았던 방향에서 목소리가 들려와 메리다는 그 자세 그대로 멍하니 고개를 갸우뚱거렸다. 그리고 간신히 깨달았다. 현관 앞에서 자신을 올려다보고 있는 메이드 세 명과 그 가운데에 선 군복 차림의 장신을.

자신의 모습과 남자가 선 위치를 생각하면—— 상상할 수밖에 없지만, 쿠퍼는 그녀의 어린 미모에 홍조가 순식간에 번지는 것을 알 수 있었다.

"엇…… 아앗, 흐아아아……?! ——꺄아악!"

"""아앗!!"""

귀를 간질이는 부끄러워하는 목소리, 그것은 곧바로 날카로운 비명이 되어 울려 퍼졌다. 동시에 에이미 일행이 숨을 꿀꺽 삼키는 것을 감지하고—— 쿠퍼는 순간적으로 고개를 쳐들었다.

메리다가 중심을 잃고 2층 테라스에서 떨어진 것이다. 이런 경우 마음의 준비가 안 된 인간은 곧바로 움직일 수 없다. 쿠퍼는 트렁크를 버리고 바닥을 박차 메리다의 낙하지점으로 슈욱 들어갔다. 팔을 벌리고 기다리며, 약간의 여유를 가지고—— 받아냈다.

사뿐하고 깃털과 같은 충격이 쿠퍼의 팔에 담겼다. 메리다는 공주님처럼 안겼다.

무슨 일이 일어났는지 모르는 것인지, 메리다는 눈을 꽉 감고 꼼짝도 하지 않는다.

"괘, 괜찮으세요? 아가씨."

"어엇……? ──아, 으으음, 네, 네에……."

조심조심 눈을 뜬 그녀는 쿠퍼와 시선을 탁 충돌시켰다.

그 순간, 그녀의 어린 미모가 귀까지 새빨갛게 물들었다.

조금 전의 일이 생각나서일까. 아니면 겁이 나서? 혹은 미세한 근육이 빽빽이 붙은 쿠퍼의 팔이 너무 딱딱해서 거북했기 때문일까.

복숭아색 입술이 떨리고, 뜨거운 한숨과 함께 중얼거리는 소리가 흘러나온다.

"당신이, 제 선생님, 인가요……?"

"네──넵, 쿠퍼라고 합니다. 앞으로 3년간, 잘 부탁드리겠습니다."

"……으."

메리다는 다시 입술을 꾹 다물었다.

보석 같은 눈동자가 인력을 발하여 쿠퍼의 시선을 끌어당긴다. 뜻밖에도 가까이서 서로 쳐다보는 꼴이 됐고, 시야는 점점 좁아져 그녀 외에는 아무것도 보이지 않게 되었다──.

에이미 일행이 우르르 달려와 쿠퍼도 메리다도 동시에 정신을 차렸다.

"아가씨!! 무사하셔서 천만다행입니다!"

"와왓! 에, 아, 나…… 대, 대체 이게 무슨 꼴이람……!"

그제야 겨우 자신의 자세를 돌아본 모양이다. 이성에게 공주님처럼 안긴 것은 처음 있는 경험인지, 새빨간 얼굴로 쿠퍼의 팔을 밀어내고 뛰어내린다.

그대로 도망쳐 버리나 싶었는데—— 그 직전 공작가문의 프라이드가 메리다의 발을 세웠다.

"서…… 선생님을 방으로 안내해줘."

온 힘을 다한 목소리로 말을 남긴 후 저택으로 후다닥 들어간다. 어수선하고도 귀여운 부츠의 음색이 멀어졌고…… 현관 앞에 남겨진 하인들은 자연스럽게 얼굴을 마주 보았다.

"으음, 저분이 내 주인이 되시는……?"

"……메리다 엔젤 님입니다."

머리를 숙이는 에이미의 모습은 무척이나 골치 아파 보였다. 다른 메이드들도 '에휴' 하며 어깨를 으쓱인다. 아무래도 이 저택 주인의 왈가닥한 모습은 항상 있는 일인가 보다.

이거 여러모로 각오해야겠군. 그렇게 결심하는 쿠퍼에게 저택 안에서 구두 소리가 다가왔다. 메리다가 돌아온 줄 알았는데 그게 아니었다.

콰앙! 현관문을 열어젖힌 것은 아직 이름도 모르는 네 번째 메이드였다.

"아가씨가 테라스에서 플라이 하이! 큰일이에요!! ……어, 어라? 아가씨??"

두리번두리번 현관 앞을 둘러본 그녀는 모습이 보이지 않는 주인 대신 동료 네 명을 발견했다. 또래 메이드들, 상사인 에이미, 처음으로 얼굴을 마주하는 가정교사 청년…….

쿠퍼가 바로 싱긋하고 사무적인 미소를 선물하니,

"귀축 훈남 교사……."

메리다의 위기를 완전히 잊고 흐리멍덩한 눈동자를 글썽였다. 귀축 아니라니까 그러네.

† † †

현관 앞에서 예상 못한 소동에 휘말리긴 했으나 쿠퍼는 어찌어찌 집 안으로 초대받았다.

개인실로 할당된 것은 2층과 다락방의 중간에 있는 반은 다락방, 반은 방이라고 할 만한 곳이었다. 계단 중간에 달린 문을 열고 에이미가 가볍게 고개를 숙인다.

"지금까지 남자 방이 없어서 급히 빈방을 치웠습니다. 불편을 끼쳐 죄송합니다."

"아뇨, 천만에요."

묵직한 트렁크를 손에 들고 쿠퍼는 앞으로 3년을 보내게 될 자기 방으로 들어갔다.

짐을 바닥에 내려놓고서야 겨우 마음에 평온이 찾아왔다. 에이미는 겸손해했지만, 쿠퍼가 이제까지 묵었던 성왕구 교외의 낡은 아파트에 비하면 낙원이나 마찬가지다.

거짓이 아닌 본심이지만 에이미는 액면 그대로 받아들이지 않았나 보다. 쿠퍼가 이 직장을 마음에 들었으면 하는지, 열심히 몸을 내민다.

"우리 저택에서는 아가씨와 우리 하인들이 함께 식사합니다. 오늘 밤은 쿠퍼 씨 환영 파티를 계획하고 있으니 기대해 주세요!"

"네, 기대하겠습니다."

"……아, 이거 쿠퍼 씨한테는 비밀인데! 내 정신 좀 봐……!"

"아하하."

부끄러워하며 뺨을 누르는 에이미의 모습에 이쪽의 표정도 저절로 풀어진다.

에이미가 퇴실한 후 쿠퍼는 다시금 방 안을 둘러보았다.

빈방이라고 했지만 구석구석까지 청소가 잘되어 있다. 침대는 전례 없을 정도로 푹신푹신. 새 매트리스에서는 넥타르의 온기를 잔뜩 머금은 부드러운 냄새가 난다. 이 모두가 메이드들이 새로운 직장 동료를 위해서 준비한 것이리라.

"괜찮은 직장이군."

트렁크를 벽 측으로 옮기고 창문을 열었다.

실내에 불어오는 꽃향기. 《등볕》은 잘 든다. 2.5층에서 보는 경치는 장관──.

"나쁘지 않아."

스읍, 가슴 가득히 신선한 공기를 들이쉬고 눈을 감는다.

그러자 갑자기 문밖에 누군가가 서 있는 낌새가 느껴졌다.

약간 망설이는 듯한 침묵 뒤에, 콩콩 하고 조심스러운 노크 소리가 울려 퍼졌다.

"……서, 선생님. 잠시 괜찮을까요……?"

"아가씨?"

쿠퍼는 즉시 문으로 뛰어갔다. 문을 열어보니, 성 프리데스위데 여학원 교복을 입은 메리다가 머뭇머뭇 무릎을 맞대고 비비면서 이쪽을 올려다보고 있었다.

"무슨 일이십니까? 아직 학교에 가실 시간이 아니잖습니까?"

"네, 네에. 그래서 저기, 그……."

좀체 말을 꺼내지 못하던 메리다는, 이윽고 마음을 먹었는지 시선을 들었다.

"괜찮다면 학원에 가기 전까지, 당장 레슨을 부탁할 수 없을까 해서……."

"하……."

"죄, 죄송해요! 피곤하실 텐데!"

꾸벅, 하고 힘차게 고개를 숙이는 소녀를 앞에 두고 쿠퍼는 가볍게 당황했다.

──헤에, 이거 좀 놀랐는걸. 얼마나 의욕이 없으면 그런 꼴통 같은 성적을 받는가 했건만, 본인은 아주 노력가잖아. 의외야, 의외.

쿠퍼 쪽에서도 갑자기 메리다에 관한 흥미가 솟기 시작했다.

"괜찮습니다."

대답하면서 쿠퍼는 군복 외투를 벗고 넥타이를 살짝 풀었다.

"그럼 간단히 힘을 보도록 할까요. 운동할 수 있는 복장으로 정원에 나와 주세요."

"네, 네엡! 잘 부탁합니다!"

고개를 든 메리다는 무척 기쁜 듯이 웃었다.

순간 쿠퍼의 심장이 펄쩍 뛰었다. 메리다의 너무나도 눈부신 미소에 자기도 모르게 숨 쉬는 것도 잊은 채 넋을 잃고 바라본 것은—— 분명 불의의 습격을 당했기 때문이리라.

† † †

 저택의 뒤편에는 티타임을 위한, 꽃밭으로 둘러싸인 광장이 있었다. 공놀이를 할 수 있을 만큼 넓어 트레이닝에는 나무랄 데가 없다. 거기서 와이셔츠 차림의 쿠퍼와 트레이닝복과 스패츠로 갈아입은 메리다가 각자 연습용 무기를 손에 들고 마주 보고 있다.

 "그럼 기본적인 자세의 동작부터. 상용검술교본(마스터 오브 디펜스)의 《귀인의 입문》을 1번부터 28번까지, 틀려도 좋으니 끝까지 한번 해보세요."

 "네, 네엡."

 딱딱한 목소리로 대답하고 메리다는 자신의 키만큼이나 큰 목검을 들고 자세를 취한다.

 검이 워낙 커서 그녀의 체격에는 맞지 않아 보였지만, 팔라딘 클래스들은 저 정도 장검을 수족처럼 휘두른다. 메리다도 그것을 의식해서 들고 있는 것이리라.

 메리다가 정말로 팔라딘이라면 문제는 없겠다만…….

 "——이얏."

 짧은 날숨과 함께 메리다가 발을 디뎠다. 무릎이 유연하게 쑤욱 내려가고, 쭈욱 휘두른 칼날이 휘익 하고 공기를 울린다.

"호오."

쿠퍼의 입술에서 자기도 모르게 감탄의 숨결이 새어 나왔다.

도리어 무기에 휘둘리지나 않을까 걱정했는데, 메리다는 원심력을 이용해서 장검을 잘 다루고 있었다. 내려치기부터 거꾸로 비스듬히 올려치기로, 맑은 물과 같이 매끄럽게 돈 후 이어지는 일섬.

쿠퍼의 시선을 의식하고 있기 때문인지, 군데군데 어색함은 있었다. 하지만 그래도 몸에 밴 노력의 양은 배신하지 않았다. 교본에 실린 견본을 몸이 완벽히 재현할 수 있게 될 때까지, 필시 몇백, 몇천 번 목검을 반복해서 휘둘렀을 것이다.

끝까지 막힘없이 동작을 마치고, 메리다는 검을 슉 올렸다.

"연습을 잘하고 있으신 것 같군요."

수첩에 술술 메모를 하고서 쿠퍼도 목검을 손에 쥐었다.

"그럼 이어서 가볍게 공격을 해볼까요."

메리다의 정면으로 돌아가, 눈을 슉 감는다.

어둠 속, 의식의 깊은 곳에 떠오르는 창백한 불꽃 덩어리.

작은 조각에 불과한 그것에, 사념을 있는 대로 전부, 순간적으로 때려 박는다. 격렬함이 배가된 불꽃은 무시무시한 기세로 팽창해 음속을 넘어 전신을 거슬러 올라가──

단숨에 타오른다!

화악! 쿠퍼의 전신에서 푸른 불길이 솟구쳤다. 마나가 해방된 것이다.

불길이라고 해도 사용자의 몸을 직접 태우지는 않는다. 《밤》을 물리치는 신성한 힘을 발할 뿐. 때문에 마나는, 능력자의 몸에 깃드는 《태양의 피(넥타르)》라고도 불린다.

"후와아……!"

메리다가 눈을 동그랗게 뜨고 이쪽을 쳐다보고 있다.

"선생님의 마나는 푸르네요……! 그렇게 탁하지 않은 불길은 저, 처음 봐요!"

"그런가요? 민망하군요."

"저기, 실례지만 선생님의 클래스는 어떻게……?"

"《사무라이》입니다. 민첩력이 뛰어난 클래스죠."

구부러진 길쭉한 목검을 휘잉 돌리자 메리다는 재차 감탄의 목소리를 질렀다.

쓴웃음을 지으면서 쿠퍼는 목검을 정면으로 겨누고 자세를 취한다. 손바닥에서 전달된 마나가 푸른 불길이 되어 한쪽 날을 따라 이동, 칼끝에서 공기를 쉭 태웠다.

"그럼 자유롭게 공격해보세요. 제가 맞을 것 같아도 직전에 멈출 필요는 없습니다."

"네, 네엡."

긴장한 얼굴로 고개를 끄덕이고 메리다는 장검을 들었다. 아무래도 조금 무거운지 칼끝이 흔들린다.

부동자세로 기다리길 몇 초, 메리다가 움직였다. 파고드는 것과 동시에 칼끝이 튀어 올랐고, 머리 위로 높이 든 채 단숨에 거리를 좁혀온다.

"이야앗!"

우렁찬 기합 소리를 귀로 듣는 한편 쿠퍼는 "어라?" 하고 속으로 고개를 갸우뚱거렸다.

하지만 이미 늦었다. 장검의 칼끝이 중량을 더해서 힘차게 떨어진다. 궤도를 계산해 위치를 살짝 비튼 목검 위로 날카롭게 내려쳐지고——

파지지지직!! 귀청을 찢는 충격과 함께 튕겼다.

"꺄아아악!"

메리다는 2미터는 뒤로 날아가 엉덩방아를 찧었다. 그녀의 손에서 벗어나 상공으로 날아오른 장검은 천장에서 두 동강이 나부서졌다. 낙하지점이 마침 메리다 바로 위였기 때문에, 쿠퍼는 재빨리 전진해서 목검을 휘둘러 잔해를 물리쳤다.

"죄송합니다, 아가씨. 괜찮으세요?"

경솔했다. 그녀의 자료에 있었던 [MP 0]에 관한 대목을 완전히 잊고 있었다.

왜 마나를 지니는 능력자들이 귀족의 특권을 부여받고, 그 대가로 외적의 표적이 되는 책무를 부과받고 있는지, 조금만 생각하면 예상할 수 있는 일인데. 메리다는 마나를 전혀 다루지 못한다. 마나를 입힌 무기와 그렇지 않은 무기가 충돌하면 이런 결과를 초래한다.

"예정을 변경하죠. 우선은 마나를 눈뜨게 하는 것부터 시작하겠습니다."

산산이 조각난 메리다의 목검을 둘러보고 한 번 더 쓴웃음을 짓는다.

"무기도 새로운 것을 준비하지요."

"……죄송합니다."

조금도 잘못하지 않았는데 메리다는 그렇게 말하고 머리를 깊숙이 숙였다.

연습용 무기를 거두고, 메리다를 광장 중앙에 세운다.

쿠퍼 또한 가벼운 복장을 하고, 그녀의 정면에서 기본적인 강의를 개시했다.

"능력자의 육체에는 눈에 보이지 않는 몇 개의 기관이 갖춰져 있습니다. 전신에 맨틀이라고 불리는 열 군데의 마나 분출구가 있고, 그것들을 베이퍼라이저라고 하는 22개의 통로가 잇고 있지요."

투욱. 메리다의 머리에 손바닥을 놓는다. 정확히 가리키고 싶은 장소는 두개골 중앙이지만.

"맨틀에는 저마다 이름이 붙어 있습니다. 여기가 《케테르》."

이어서 가냘픈 우측 상완, 우측 전완. 좌측 상완과 좌측 전완. 날씬한 우측 넓적다리에 종아리, 좌측 넓적다리에 종아리로, 차례차례 손을 이동시킨다. 동시에 소리 내어 읊는 명칭은 각각 '비나, 게부라, 호크마, 헤세드, 호드, 말쿠트, 네짜흐, 예소드' 였다.

마지막으로 쿠퍼는 가슴의 중앙에 손가락 끝을 댔다. 메리다의 볼이 조금 빨개졌지만, 이쪽의 얼굴은 어디까지나 진지하다. 열세 살 소녀도 입술을 꾹 다물었다.

"《티페레트》── 이곳이 가장 중요한 맨틀입니다. 마나의 원천은 이곳이고, 22개의 베이퍼라이저는 전부 여기에 집적됩니다. 이 티페레트에 능력자의 의사로 압력을 가함으로써 베이퍼라이저를 통해 마나가 전신에서 해방되는 것이지요."

한번 해보죠, 하고 재촉하자 메리다는 고개를 크게 끄덕였다.

눈을 단단히 감고 손바닥을 맞대 기도하는 자세를 취한다.

그대로 잠시 기다려보지만…… 아무 일도 일어나지 않는다.

메리다의 이마에 땀이 맺히고, 볼을 타고 흘러내린다.

──역시 안 되나. 쿠퍼는 소리 내지 않고 중얼거렸다.

예를 들면 쿠퍼는 꼬리를 가진 고양이의 감각을 이해하지 못한다. 초음파로 비행하는 박쥐의 흉내도 낼 수 없다. 물고기처럼 아가미가 있지 않으면 수중에서 호흡하기란 불가능하다.

자신에게 없는 신체기관을 가지고 있다고 한다면, 그것은 이미 자신과는 다른 생물이다.

메리다가 지금 느끼고 있는 고뇌도 그와 비슷한 것이리라.

그녀의 신체에는 맨틀도 베이퍼라이저도 그리고 마나 자체도 존재하지 않는다──.

"……아가씨, 슬슬 학원 가실 시간입니다."

결국 에이미가 부르러 올 때까지 아무런 성과도 얻지 못했다. 터벅터벅 저택으로 물러가는 자그마한 뒷모습을 메이드장은 안타까운 표정으로 쳐다본다.

에이미는 갑자기 쿠퍼 쪽을 돌아보고 억지로 미소를 지었다.

"그래요, 쿠퍼 씨. 학원에서도 아가씨를 잘 보살펴 주세요."

"맡겨 주세요. 공작가문의 하인으로서 정신을 바싹 차려야겠군요."

"──에엥?!"

깜짝 놀란 듯이 돌아다본 것은 메리다다. 조심조심 질문해온다.

"서, 선생님도 학원에 가시는 거예요……?"

"아, 네에. 모르셨습니까? 저는 아가씨의 교육담당인 동시에 종자이기도 합니다. 성 프리데스위데 여학원은 원칙적으로 남자는 출입금지입니다만, 저는 아가씨의 수행원 자격으로 특별히 출입을 허가받았습니다."

"……으."

메리다는 복잡한 표정으로 입술을 다물고 몸을 확 돌렸다. 저택으로 뛰어 돌아가는 그 뒷모습에 남겨진 쿠퍼와 에이미는 얼굴을 마주 볼 뿐이다.

그녀가 걱정하는 것이 무엇인지, 이때의 쿠퍼에게는 알 도리가 없었다.

† † †

메리다가 다니는 성 프리데스위데 여학원은 성처럼 생긴 교사에 대성당이 병설된 역사와 풍격이 있는 칼리지다. 남쪽 지구 알베르토 대로에 위치했고, 광대한 부지를 높은 성벽으로 두르고 있다. 멀리에서도 하늘을 찌르는 교사의 첨탑이 보일 만큼 위풍당당하다.

귀족의 자제가 다니는—— 즉, 수습 마나 능력자들이 공부하는 양성학교는 프란돌 전체에 13개교가 있는데, 그중에서도 성 프리데스위데 여학원은 한 명의 어엿한 숙녀로서 갖춰야 하는 교양을 가르치는 데에 중점을 두고 있는, 유서 깊은 귀족 여학교이다.

통학 시간대이다 보니 거리에 학생이 넘칠 만큼 많았다. 전통적인 로브 차림이나 귀여운 플리츠스커트 등 학교마다 교복도 다양하다.

그 사이를 성 프리데스위데 여학원의 사랑스러움과 품격이 조화된 고딕풍 교복을 입은 메리다가 약간 고개를 숙여 돌바닥을 쳐다보며 걸어간다.

가냘픈 양팔은 묵직한 내용물이 가득 든 가죽 가방을 들고 있었다.

"무거워 보이네요, 아가씨. 들어드릴까요?"

"아, 아니요! 괜찮아요!"

이쪽을 안 보고 머리만 붕붕 흔든다. 도대체 뭐가 들어 있기에?

머지않아 알베르토 대로에 이르렀고, 주위에는 같은 교복을 입은 여학생들의 모습이 늘기 시작했다. 홀로 늠름한 군복 차림의 쿠퍼만이 색채도, 신장도 돌출되어 있어 하나둘씩 신기해하는 시선이 모여들었다. 메리다는 더더욱 거북해졌는지 어깨를 움츠렸다.

성 프리데스위데 여학원의 입구는 성문을 겸하는 길쭉한 터널로 되어 있다. 그쪽에 메리다와 같은 1학년 휘장을 단 소녀 몇 명이 모여 있는 것이 보였다.

걸어오는 메리다를 확인하자 머리카락을 양 갈래로 묶은 한 명이 손바닥을 들었다.

"이제야 오셨네! 늦었잖아, 메리다!"

메리다는 얼굴을 든 다음 어째선지 힐끔 쿠퍼 쪽을 신경 쓰는 기색을 보였다.

그리고 미소를 지으며 동급생들이 있는 곳으로 달려간다.

"조, 좋은 아침이야."

"좋은 아침! 얘, 부탁한 건?"

트윈 테일 여자애가 손바닥을 내민다. 다른 몇 명이 키득키득 웃고 있다.

메리다가 가방을 열고 두꺼운 책 두 권을 꺼낸다.

그것은 전구적(全區的)으로 유명한 어떤 작가가 쓴 연애소설 최신작이었다. '학생이 읽기에는 내용이 다소 과격하지 않나'라는 이유로 성왕구에서 조금 화제가 된 것을 기억하고 있다.

트윈 테일 여자애는 메리다에게서 낚아채듯이 소설을 받았다.

"이거야, 이거! 크리스 러트위지 선생님 신작! 이게 얼마나 읽고 싶었는지!"

"네르바 님, 다 읽으면 제게 빌려주세요!"

"저도요! 저도 꼭 읽고 싶어요!"

여학생들이 소설에 우르르 몰려들었다. 네르바라고 불린 트윈 테일 여자애가 싱긋 웃으며 메리다를 돌아보았다.

"다행이야! 우리 집은 엄격해서 이런 건 보내주지 않거든. 그 점에서 메리다는 좋겠다. 집에 어머니도, 아버지도 계시지 않으니까!"

메리다는 애매한 표정으로 고개를 끄덕이고, 어색하게 웃어주었다.

그때, 네르바가 등 뒤에 대기하고 있었던 군복의 존재를 깨달았다.

"어머, 메리다, 그쪽 분은?"

"아…… 오늘부터 와주신 우리 가정교사……."

"메리다 님이 가정교사라니요!"

연애소설에 몰려들어 있었던 여학생들이 수군대기 시작했다. 그들의 리더로 보이는 네르바가 잽싸게 손바닥을 들어서 시선을 모았다.

그리고 쿠퍼 앞으로 나오더니, 정숙하게 스커트를 집고 인사를 한다.

"처음 뵙겠습니다. 전 마르티요 백작가의 네르바라고 합니다. 메리다와는 저의 《블루멘》에서 무척 친하게 지내고 있습니다."

"블루멘?"

"《블루멘 브라토》…… 이른바 유닛을 말하는 건데요, 선생님?"

좋게 말하면 놀리듯이, 나쁘게 말하면 바보 취급하듯이 네르바는 웃었다.

유닛이란 프란돌의 수호를 맡는 군사조직—— 즉, 마나 능력자들에 의해 구성된 《길드》의 최소 운용형태이다.

최대 다섯 명이 한 개의 《유닛》이 되고, 유닛을 복수로 늘어놓으면 《레기온》이 된다. 공세도 방위도 이 유닛 또는 레기온을 기본으로 전술을 세운다.

그 예행연습의 의미도 겸하는 것이리라. 귀족자녀 훈련생들이 다니는 양성학교에서는 재학 중부터 동급생들과의 유닛 설립을 장려하고, 레기온 편성을 전제로 한 커리큘럼이 짜여 있다고 들었다.

네르바가 득의양양하게 해설하기 시작한다.

"성 프리데스위데에서는 유닛을 《꽃밭》을 의미하는 블루멘이란 이름으로 불러요. 저희는 학교에서도 기숙사에서도 늘 함께 있죠. 스터디도 하고, 티타임도 갖고, 때로는 파자마 파티까지…… 진짜 자매로서의 유대를 맺는 거예요."

"그렇군요. 아름다운 관습이네요."

"후훗, 공부가 되었나요? 선·생·님."

밉살스러운 악센트에도 쿠퍼는 꿋꿋이 시원한 미소로 대답한다.

"황송한 가르침입니다. 저는 쿠퍼 방피르. 앞으로 기억해주십시오."

"방피르……? 들어본 적 없는 가문인데."

네르바는 조금 고개를 갸웃하더니 아무래도 그만이라는 식으로 돌아섰다.

그때 그룹── 아니, 자매(블루멘) 중 누군가가 흥미로워하며 발언했다.

"참, 엘리제 님도 가정교사를 얻으셨다고 하지 않았어?"

"뭐어?!"

순간, 메리다는 어깨를 흠칫했다.

다른 소녀들 뒤에 숨어서 알아채지 못했는데, 조금 떨어진 곳에도 1학년 여학생이 한 명 있었다. 가지런히 자른 청초한 은색 머리카락에 하얀 눈을 연상케 하는 부드러운 피부. 얼음같이 차가운 눈빛이 메리다를 똑바로 바라보고 있다.

이 두 사람, 어딘지 모르게 닮았다. 메리다의 입술이 새파래졌고, 파르르 움직였다. "있었니, 엘리." 갈라져서 사라져 버릴 것 같은 목소리가 쿠퍼의 귀에만 닿았다.

엘리제라고 불린 소녀는 표정 하나 변하지 않고 짧게 대꾸했다.

"……오늘 아침, 저택에 왔어."

"더구나 그분, 최연소로 성도친위대(크레스트 레기온)에 들어가신 엘리트라던데!"

"어머, 격이 다르군요!"

네르바가 부추기듯이 말하자 엘리제를 제외한 다른 소녀들이 까르르 웃었다. 누구와 어떤 격이 다르다고는 하지 않았지만 메리다는 어깨를 사르르 떨었다.

"자, 이러다 홈룸에 늦겠어요. 가죠."

네르바의 말에 뭉쳐 있었던 1학년 병아리들이 걷기 시작했다. 메리다는 조금 주저했지만 뒤따르지 않을 수는 없는 것 같다.

메리다가 엘리제라는 여학생을 경원하고 있음은 명백하다.

쿠퍼가 임무 전에 읽었던 자료에도 그 이름이 있었다. 엘리제 엔젤…… 그녀 또한 기사 공작가문의 일원으로, 소위 분가의 핏줄에 해당한다. 메리다와는 사촌 자매다.

수면 아래에서 출생을 의심받고 있는 메리다와는 달리 엘리제는 오래전에 팔라딘 클래스를 각성시켜 입학 직후부터 눈에 띄게 두각을 나타내고 있다고 한다.

낙오된 본가와 우수한 분가……. 당사자끼리의 관계만이 아닌, 많은 어른의 이해가 뒤엉켜 있으리란 것은 상상하기 어렵지 않았다.

열의 뒤에서 이리저리 생각하는 쿠퍼를, 선두에 있는 네르바가 힐끔 돌아보았다. 뭔가 의미심장하게 웃고서 거침없는 목소리로 자매들에게 화제를 던진다.

"친위대 얘기가 나와서 말인데, 다들 졸업 후 진로에 대해서 생각하고 있나요?"

"어머, 네르바 님도 참. 조금 성급하지 않은가 싶은데. 저희는 이제 막 입학한 참이잖아요?"

"그렇지 않아요, 3년은 눈 깜짝할 사이니까. 안 그래, 메리다?"

"으, 응?"

갑작스러운 물음에, 열의 끝에서 너무 붙지도 떨어지지도 않고 걷고 있었던 메리다의 어깨가 튀어 오른다.

네르바는 회심의 미소를 띠며 말을 계속했다.

"난 쭉 생각했었어. 너 같은 낙오자를 어느 부대가 떠맡아줄지를 진지하게 고민했지. 우린 친구잖아. 너도 양성학교에 다니고 있으니까 당연히 장래는 길드에 들어갈 생각일 거 아냐? 안 그래?"

"으, 으응……."

"내가 메리다에게 딱 맞는 소속처를 생각했는데, 백야기병단 (길드 잭 레이븐)은 어떠니?"

네르바의 발언에 다른 소녀들이 "꺄아아악." 하고 부산을 떤다.

수백에 달하는 레기온으로 구성된 프란돌의 군사조직, 즉 인류의 총전력은 《등화기병단(길드 페르닉스)》란 이름으로 불린다. 그들에게 발행되는 임무는 크게 네 가지. 캠벨 내의 질서를 유지하는 《치안유지》, 인류의 생존권을 사수하는 《영토방위》, 방위선을 뚫은 외적을 제거하는 《외적토벌》에, 위험한 밤의 영토로 조금씩 진출하는 《야계탐색》이 바로 그것이다.

또한, 임무에서 크나큰 공적을 거두거나 큰 무예대회에서 우승하는 등의 눈부신 실적을 세운 자는 엘리트 부대 《성도친위대(크레스트 레기온)》으로 뽑혀 성왕구의 경비를 담당하는 특별임무, 《성역수호》에 종사하게 되는 규칙이 있다.

그런데 항간으로는 어떤 소문 하나가 사라지지 않고 끈질기게 수군대고 있으니, 프란돌의 뒤편에, 평화를 상징하는 길드 페르닉스와 짝을 이루는 어둠의 길드가 존재한다는 소문이다…….

그 주인공은 바로 사회의 음지에서 암약하는 비밀조직. 귀족이나 대상인은 하나같이 그들의 마수를 두려워한다. 가령 밀담을 주고받을 때는 벽 건너편에 있을 그들의 존재를 의심해야 한다. 하층민 거주구역에서 쿠데타를 획책하던 무장조직이 하룻밤 사이에 마을과 함께 사라져 버렸다는 설도 있고…… 그들에 관한 전설은 너무 많아 일일이 셀 수가 없을 정도다.

그들을 가리켜 부를 말이 필요해졌고, 그래서 누가 먼저 부르기 시작했는지, 어느샌가 침투한 호칭이 바로 《길드 잭 레이븐》이다. 그 이름은 유령이나 천재지변 등과 비견되는 공포의 상징으로서, 또는 '실제로는 있지도 않은 것'이라는 대명사로서도 잘 알려져 있다.

즉, 깊이 생각할 것도 없이 네르바는 메리다를 조롱하는 것이다.

"그래도 뭐, 메리다는 벌써 장래의 진로를 정했다며? 난 다 알아."

"――으!!"

움찔. 결정적인 한 마디를 예감한 것처럼 메리다가 혼자 멈추어 섰다.

그에 반해 다른 소녀들은 여흥의 클라이맥스를 기대하고 몸을 내밀며 재촉한다.

"가르쳐주세요, 네르바 님!"

"저, 아주 관심 있어요!"

"어머, 진정들 해. 입학면접 때 우연히 메리다와 같은 그룹이었는데, 거기서 이 애가 면접관한테 이렇게 이야기하는 걸 들었어. ―― '제 목표는 크레스트 레기온에 들어가는 것입니다. 그래서 사람들의 희망의 검이 되는 것이 제가 어렸을 때부터 꾸었던 꿈입니다.' 라고. 그 말을 하는 사람이 그 유명한《무능영애》라는 걸 알았을 때, 난 정말 웃겨도 너무 웃겨서……!"

네르바를 포함한 블루멘들이 """"꺄하하하!!"""" 하고 자지러지며 폭소했다.

그들이 주도면밀한 점은 여기가 통학로 한복판이라는 것이다. 주위에는 성 프리데스위데 여학생들이 북적거리고 있고, 큰 소리로 이야기하면 저절로 내용은 누설된다.

이런 장소에서 마음의 내면을 폭로 당했으니, 그 굴욕이 얼마나 클지 상상도 안 된다.

"……………으."

메리다는 온몸을 부들부들 떨면서도 입술을 꽉 물고 참았지만,

"저기, 엘리제 님은 어떻게 보세요?"

"──으!"

한 명이 은발 소녀의 의중을 떠보자 메리다의 가냘픈 어깨가 후들거렸다.

열의 반대 측에 있는 엘리제는 웃음바다에는 끼지 않았고 여전히 무표정하다.

주목을 받은 그녀가 이윽고 천천히 입술을 연다.

"……나는."

그 순간, 메리다가 홱 뛰기 시작했다. 교사 방향이 아니다. 어디로 가려는 것인지, 본인조차 모르는 걸지도 모른다.

그런 메리다의 모습을 통학로의 적잖은 시선이 지켜봤다. 다름 아닌 동정의 눈길로. 그들에게 악의는 없다 하더라도 메리다

에게는 가시방석이다.

그 광경이 무슨 최고의 명화라도 되는 양 네르바는 빙그레 웃음을 지었다.

"아, 재미있어라…… 앞으로도 내 친구로 있어 줘, 메리다."

잔혹함을 가득 머금은 혼잣말을 했을 때, 소녀가 한 명 더 열에서 빠져나갔다.

"어머, 엘리제 님, 어디 가시려고?"

"…………."

말없이 힐끔 보고, 그녀도 타다닥 달리기 시작했다. 메리다가 뛰어간 방향이다.

여기까지 그림자를 관철해왔던 쿠퍼지만 아무래도 가정교사 겸 종자로서 따라가지 않을 수 없다. 네르바 일행에게 가볍게 인사를 하고서 두 사람을 뒤쫓았다.

† † †

너무나도 광대한 부지의 넓이에 조금 헤매기는 했으나 쿠퍼는 인기척 없는 대성당의 뒤편에서 두 사람의 모습을 발견했다. 먼저 들려온 것은 메리다의 고함 소리였다.

"……왜 뒤쫓아오는 거야! 너도 어차피 무리라고 말하고 싶은 거지?!"

안 보이는 곳에 숨어 슬쩍 얼굴을 내밀자, 메리다가 엘리제를 힐문하는 모습을 엿볼 수 있었다. 금발 소녀의 눈매가 빨갛게 부어 있어, 울고 있을 때 말을 걸어서 동요한 상황임을 바로 알았다.

　숨을 죽이고 바라보는데, 은발 소녀가 쿠퍼가 본 이래 처음으로 표정을 바꿨다. 아주 약간 눈살을 찌푸리고서 주저하며 입을 연다.

　"있잖아, 리타, 나도 크레스트 레기온에……."

　"——!!"

　메리다의 얼굴이 확 빨개졌다.

　"거리낌 없이 리타라고…… 부르지 마!!"

　엘리제의 어깨가 움찔거렸다. 어깨가 흔들릴 만큼 큰 소리로 고함을 치고, 메리다는 또 자리를 벗어났다. 성당의 모퉁이를 돌고, 마침 거기에 숨어 있었던 쿠퍼와 마주쳤다.

　"선생님……?!"

　눈이 휘둥그레지고, 점점 눈동자가 글썽이는 것이 보였다. 새빨간 얼굴을 쓱쓱 문지르고, 그녀는 고개를 돌려 달리기 시작했다.

　쿠퍼의 옆을 빠져나갔을 때 반짝이는 물방울이 한 방울, 쿠퍼의 손바닥에 튀었다.

　금발이 정신없이 춤추면서 멀어져가는 것을 쿠퍼는 그냥 지켜보았다. 뒤돌아보자 엘리제도 아직 메리다의 뒷모습을 향한 채 머리를 숙이고 있었다.

　문득 떠오른 바가 있었는지, 쿠퍼는 수첩을 꺼내 펜을 술술 놀린다.

　——《무능영애》의 목표는 길드의 최고봉인 크레스트 레기온

입대.

"웃기지도 않는 농담이군."

피식하지도 않고 중얼거리고서 수첩을 주머니에 넣었다.

† † †

요컨대 이것이 메리다 엔젤의 현 상황이었다. 귀족 집안에서 태어났지만 마나를 쓸 줄 모르는, 그런 이단아가 아이들의 커뮤니티에서 잘 어울릴 수 있을 리가 없다.

그런데도 그녀는, 할 수 있는 범위에서 나름대로 노력을 하고 있는 것 같았다.

실제로 쿠퍼는 오전 이론 수업시간에 늠름한 자세로 바로 앉은 주인의 뒷모습을 보았다.

교단에 선 20대 후반 정도의 여성 강사가, 180도로 편 부채를 그리는 학생들의 책상을 둘러보면서 마치 유아를 상대하는 것 같은 느긋한 목소리로 호소한다.

"여러분, 곧 고대하는 하계휴가가 다가옵니다. 여러분의 관심은 온통 학기말의 공개시합과 그 후에 개최되는 서클렛 나이트 축제에 몰려 있겠지만…… 그 전에 1학기의 총 마무리인 학력시험도 기다리고 있다는 사실을 잊지는 않겠죠?"

학생 몇 명이 창피해하며 시선을 떨군다. 여성 강사는 키득거렸다.

"여러분이 성 프리데스위데에 입학하고 치르는 첫 학력시험입니다. 무예를 연마하는 데에만 열중하고, 공부를 소홀히 하는 사람은 없겠죠? 오늘은 지금까지 배운 내용을 복습해보죠. ——역사학의 '저주받은 밤과 란칸스로프와 인간의 관계성' 항목에 관해서 설명할 수 있는 사람, 누구 없나요?"

거기서 누구보다도 빠르게 손바닥을 쑥 드는 사람이 메리다였다. 여성 강사는 기뻐하며 그녀를 지명한다.

메리다가 의자에서 일어났다. 아주 잠깐, 쿠퍼가 있는 쪽을 신경 썼다.

"……인간은 프란돌에 사는 우리입니다. 《밤》은 프란돌 바깥에 펼쳐져 있는 어둠을 가리킵니다. 그리고 《란칸스로프》는 어둠 속에 숨어 있는 괴물입니다. 란칸스로프는 지성이 높은 개체부터 짐승이나 다름없는 몬스터까지 각양각색으로, 그들의 생태는 거의 수수께끼에 싸여 있습니다. 최고위급 란칸스로프 《흡혈귀》, 늑대인간 《워울프》, 포식성을 지닌 《트렌트》에, 형체가 없는 《윌 오 위스프》 등……. 그들에게는 마나와 상극을 이루는 아니마라는 이능력이 있고, 인간을 해치고자 습격합니다. 란칸스로프로부터 힘이 약한 사람들을 지키는 것이 우리 귀족——마나 능력자들의 사명입니다. 란칸스로프를 격퇴하고, 프란돌에 접근하지 못하도록 하는 것이 길드 페르닉스의 가장 중요한 임무입니다."

여성 강사는 눈길로 다음 내용을 재촉했다. 메리다는 침을 한 번 꿀꺽 삼키고서 계속했다.

"란칸스로프가 문제가 되는 까닭은 원래 인간이나 평범한 동

식물이었다는 점입니다. 이것이 '밤은 저주받았다'라고 말하는 첫 번째 이유입니다. 칠흑 같은 밤은 생물을 좀먹고, 급기야는 란칸스로프로 변화시켜 버립니다. 그러한 위험 때문에 우리는 프란돌에서 벗어날 수 없습니다. 밤의 영역으로 나가는 길드의 용사는 넥타르의 빛을 놓을 수 없습니다. 만약 프란돌의 캠벨이 부서지는 날이 오면, 그것이 인간이 이룬 역사의 종언이 되겠지요. 넥타르를 지닌 마나 능력자는 프란돌에 사는 모든 것의, 그리고 이 세계 마지막 인류의 희망입니다. 우리는 그 사실을 계속 명심해야 합니다."

"오늘이 시험일이 아니라 아쉽구나. 이렇게 모범적인 대답을 들은 적이 없어요."

여성 강사의 노골적인 칭찬에 교실 안 학생들이 "우와아……!" 하고 눈동자를 반짝인다. 메리다는 얼굴을 붉히며 고개를 숙였고, 곧바로 네르바가 그 후두부에 찬물을 들이부었다.

"'우리 마나 능력자'라니요! 쟤가 인류의 희망이라니요!"

"아주 잘 들었습니다! 제가 같은 입장이었다면 창피해서 얼굴에 불이 났을 거예요!"

그녀의 블루멘 자매들이 동조하고 킥킥거린다. 반대로 교실은 소리 하나 없이 아주 조용해졌다. 여성 강사는 타이르듯이 헛기침을 하고서 교본을 들어 올렸다.

"……수업을 계속할게요. 이어서 '넥타르의 용도. 압력식과 흡입식의 차이' 항목을——"

여성 강사가 바로 다음 학생을 지명했고, 메리다는 착석했다.

네르바 그룹 몇 명은 계속 그녀를 조소했고, 다른 학생들은 그걸 신경 쓰면서도 아무 말도 하지 못했다.

메리다 역시 한마디도 대꾸하지 않았다.

설령 교본을 통째로 암기하더라도, 전투자세의 동작을 완벽하게 재현할 수 있게 되더라도, 그녀는 마나를 쓰지 못한다는, 터무니없는 디스어드밴티지를 안고 있기 때문이다.

오후 실기 수업시간── 쿠퍼는 메리다가 《무능영애》라고 불리는 이유를 지겹도록 목도할 수 있었다.

성 프리데스위데에는 넓은 부지에 부끄럽지 않은 연무장이 몇 개 갖추어져 있다.

그중 한 곳에 서커스에서 쓰이는 것과 비슷한 원형 스테이지가 있었다. 로프로 원추 모양으로 구획이 나누어진 무대 위에 다양한 운동기구가 설치되어 있다.

마치 유원지 놀이기구같이 보이기도 하지만 결정적인 차이가 있으니 그 위험도다. 수십 미터 높이까지 올라가야 하는데, 낙하를 방지하는 난간 하나 없다. 그럼에도 불구하고 도전자를 떨어뜨리기 위한 장치는 여기저기에 둘러쳐져 있다.

학원지정 트레이닝복으로 갈아입은 1학년들이 스테이지 입구에 줄지어 서 있었다. 옆에 선 교관의 신호로 몇 명씩 입장해 각 장해물을 돌파할 때의 숙련도나 클리어까지의 시간을 측정한다. 이 성적을 《프란돌 통일 백병전 능력 측정기준》에 맞춰서 능력자의 스테이터스를 가시화할 수 있는 것이다.

물론, 도전자가 마나를 사용하는 것을 전제로 설계된 이 스테이지는 일반적인 신체능력밖에 가지지 않은 인간이 발을 들여놓으면 무사히 끝나지 못한다.

도저히 뛰어넘을 수 없는 거대한 구멍을 앞에 두고 메리다의 다리가 얼어붙어 있었다. 동시에 스테이터스를 재고 있었던 네르바가 여봐란듯이 뒤에서 재촉한다.

"야, 메리다! 뒤에서 기다리니까 냉큼 뛰어!"

"……으."

무릎을 바들바들 떨고 있는 메리다를 올려다보며 스테이지 뒤의 학생들은 조마조마해 한다. 보다 못한 교관이 기록하고 있던 리포트를 놓고 대신 목검 두 개를 집어 들었다.

"메리다 엔젤! 거기서 잠깐 기다리고 있도록!"

스테이지에 뛰어든 교관은 학생들이 몇 분 걸려서 오르는 코스를 고작 수십 초도 안 걸려 돌파했다. 사뿐히 메리다 앞으로 내려와, 목검 하나를 그녀에게 주었다.

직접 겨루어 스테이터스를 재고자 하는 것이다. 이 또한 방법의 하나다.

그러나 쿠퍼는 학생들 후방에서 지켜보면서 '마찬가지다.' 하고 탄식했다.

공격력이 [1], 방어력이 [1], 민첩력이 간신히 [2]── 그것이 마나를 가지지 않은 메리다 엔젤의 한계이니까.

"이야아앗!!"

어울리지 않는 목검을 들고 메리다는 씩씩하게 덤벼들었다.

하지만 그것을 맞이하는 여성 교관은, 길드 현역에서 물러나고도 오히려 마나를 갈고닦은 인물이다.

——목검이 하늘을 춤추고 메리다가 꼴사납게 바닥에 쓰러지는 데에 5초도 걸리지 않았다.

"아으윽……!"

벌써 몇 번째가 되는지 알 수 없는 광경이다. 메리다가 괴로워하는 소리를 지른 순간, 타이밍을 재고 있었던 것처럼 스테이지 바깥에서 네르바 일행의 폭소가 날아들었다.

"아하하하하!! 얘, 메리다, 넌 역시 엔터테이너가 되어야 해! 크레스트 레기온 같은 것보다 훨씬 현실적이라고!"

"……으!!"

엎어진 채, 살이 하얘질 정도로 손바닥을 꾹 움켜쥐는 메리다. 그것을 내려다보고 있었던 여성교관이 한숨을 쉬면서 등을 돌린 순간이었다.

"——우아아앗!!"

상처 입은 새끼 강아지처럼 울부짖으며 메리다가 벌떡 일어나자마자 목검을 머리 위로 쳐들었다. 이미 전투자세를 푼 여성교관은 달려드는 여학생의 모습에 눈이 휘둥그레졌다.

"메리다 엔젤! 엉뚱한 짓은 그만둬!"

무방비인 교관의 어깨를 목검이 정통으로 때리고—— 귀청을 찢는 듯한 충격음과 함께 튀어 올랐다.

교관은 아무것도 하지 않았다. 설령 아무것도 하지 않고 가만히 서 있는 상태일지라도, 마나를 두르고 있다는 것만으로도 보통 사람에게는 불가침의 존재다. 기세를 실은 내려치기는 몇 배의 위력이 되어 자신에게 되돌아왔고, 조그맣고 가냘픈 메리다의 몸은 농담같이 후방으로 날아간다.

그리고 허무하게 코스 밖으로 튀어나갔다.

"아……."

전신이 바람에 희롱당했고, 메리다는 머리가 새하얘진 듯한 표정을 짓고 있었다. 중력에 잡아 당겨지는 상태에서 상체가 아래로 기울고, 몇십 미터 높이에서 낙하가 시작되었다.

"메리다 엔젤!!"

교관이 절규하고 학생들이 숨죽인다. 그리고 쿠퍼는 고개를 가로저으며 몸을 일으켰다.

직후, 빼애액!! 하고 무시무시한 구두 소리가 연무장을 가로질렀다.

여학생들이 그 소리를 후방에서 느낀 것과 동시에 검은 질풍이 스테이지에 날아들었다. 착지와 함께 날카로운 각도로 턴, 발밑에서 연기가 피어오를 정도로 속도를 더한다. 여성 교관이 10초 걸린 코스를 2초도 안 들여 유린한 다음 적당한 곳에서 도약하고 팔을 벌렸다.

낙하하는 금발 소녀를 쿠퍼는 공중에서 꽉 붙들었다. 흡사 공주님을 안는 우아한 자세로 구출에 성공하고 운동 에너지를 전신에 분산시키면서 착지. 촤아악, 하고 다시 발밑에서 연기가 난다.

메리다를 사뿐히 바닥에 내려놓고 물 흐르는 듯한 동작으로 무릎을 꿇었다.

"다치신 데는 없으십니까? 아가씨."

머어엉. 메리다는 물론, 스테이지 내외에 있는 전원의 말문이 막혔다. 한발 늦은 여성 교관이 옆에 내려서고, 흥미로운 미소로 쳐다본다.

"굉장하군요. 100점 드릴까요?"

"영광입니다, 미세스."

쿠퍼가 공손하게 인사한 순간, 감정이 뒤늦게 따라잡은 여학생들이 환호성을 폭발시켰다. 스테이지가 우웅우웅 흔들릴 만큼 어마어마한 열광이 쿠퍼를 에워싼다.

"이름을! 이름을 가르쳐주세요!"

한 명이 도화선에 불을 댕기자 더는 멈추지 않았다. 여학생들이 봇물 터지듯 스테이지로 들이닥쳐 순식간에 전 방위가 각양각색의 꽃으로 휩싸였다.

그 덕에 메리다가 울타리 밖으로 튕겨났지만 아무도 신경 쓰지 않았다.

"처음 뵈었을 때부터 궁금했었어요! 전 콜라다 자작가문의……."

"새치기는 좀 아니죠! 인사랑 선물은 한 명씩 차례대로예요!"

"잘 보이지는 않았지만, 홀딱 반해버렸어요! 교관 선생님보다 빨랐던 것 같은데?"

"어머, 그냥 들어 넘길 수 없는 말이네요. 누가 이 사람한테 목검 좀 빌려주세요!"

"미, 미세스, 장난도……."

학생들에 교관까지 더해져 아주 야단법석이다. 이 인간 울타리에 끼지 않은 네르바 그룹은 아주 재미없어 보이는 표정으로, 어떻게 물을 끼얹어줄까 하고 머리를 쥐어짜다.

"메, 메리다 엔젤한테는 아까운 선생이군!"

그렇게 날아간 야유는 누구의 귀에도 닿지는 않았으나 당사자인 메리다에게만은 닿았다.

"…………으!!"

스테이지와 대조적으로 냉랭한 외측에서 메리다는 몸을 돌렸다. 아직 수업시간 중인데도 연무장을 떠난다. 명백한 수업포기지만 말리는 자는 아무도 없다.

그러기는커녕 누구 하나 메리다가 없어진 것을 알아채는 일도 없었다.

"…………."

쿠퍼만이 그녀의 금발이 사라지는 것을 지켜보고 있다. 원래라면 따라가야 하겠지만, 지금은 달라붙어 봐야 역효과일 것이다. 그뿐만 아니라 자신은 이미 저 소녀에게……————.

"쿠퍼 님?"

엉뚱한 방향을 보고 있던 쿠퍼에게 여학생 하나가 고개를 갸웃거렸다. 쿠퍼는 즉각 웃는 얼굴로 더할 나위 없는 대답을 돌려주며, 가면 안쪽에서 생각했다.

——때가 되었군.

† † †

　그날 늦게 저택의 모두가 조용히 잠든 무렵, 쿠퍼는 자기 방 책상 앞에 앉아 있었다.

　임무의 보고서를 작성하는 중이다. 보고서는 우체부조차 모르는 루트를 통해 날이 밝기 전, 비밀리에 상사에게로 도착한다.

　리포트에 쓰는 것은 대강 다음과 같았다.

　——오늘 하루 관찰했지만 메리다 엔젤에게 재능은 전혀 보이지 않는다.

　——결론. 그녀는 기사공작, 페르구스 엔젤의 친딸이 아니다.

　——따라서 나는, 내게 주어진 《두 번째 임무》를 이행하겠다.

　깃털 펜을 놓고 쿠퍼는 의자에서 일어났다. 아직 짐도 풀지 않았던 트렁크를 매트리스에 올리고 벨트를 풀었다.

　갈아입을 옷과 일용품, 문고본 등이 담긴 그것은 교묘한 이중 바닥으로 되어 있었다. 장치를 풀고 뚜껑을 열어 쿠퍼는 그 아래에 숨겨져 있던 것을 드러냈다.

　——소문이 있다. 모친이 말을 안 듣는 아이에게나 들려줄 법한 시시한 괴담이다.

　사람들이 말하길, 이 나라에는 공식적인 길드 페르닉스와 쌍극을 이루는 평의회 직속 어둠의 길드가 있다. 그들에게 발행되는 임무는 《요인암살》에 《기밀관리》, 때때로 인간조차 피험체로 삼는 《금기실험》 등 귀를 의심하게 되는 꺼림칙하고 더러운 일뿐.

　그 구성원은 대부분이 유소년기부터 조직에서 교육된, 양지에는 존재할 리 없는 자들이다. 사람들 앞에 나올 때마다 이름을 바꾸고, 직업을 바꾸고, 목적을 달성한 후에는 안개처럼 어딘가로 사라진다. 범죄의 하수인은 애당초 이 세계에는 존재하지 않는다——.

"설마, 이렇게 빨리 《가정교사 가면(방피르)》를 버리게 될 줄이야……."

트렁크 바닥에 숨겨져 있던 것은 독약, 화약에 폭약, 와이어 그리고 검은 칠을 한 나이프 등등. 무엇이 필요하게 될지 몰라서 이것저것 갖춰 왔다.

그는 우선 칠흑 같은 가죽 장갑을 양손에 끼면서 생각했다.

——이번에 나한테 하달된 임무는 두 가지다. 하나는 저 낙오자 아가씨를 교육해 엔젤 공작가문에 어울리는 전사로 길러내는 것.

그리고 두 번째. 만약 메리다 엔젤의 성장을 전혀 기대할 수 없어, 즉 그녀가 정당한 팔라딘의 핏줄이 아니라고 확신할 수 있는 경우에는.

저 엔젤 가문의 오점이 될 소녀를 흔적도 남기지 않고——

"처치하라."

와이어를 꽉 쥐고 소매 안으로 넣는다. 피를 한 방울이라도 남기면 곤란하니 교살하는 편이 좋을까. 아니면 재가 될 때까지 태우는 게 좋을까. 사후 조사가 이뤄질 수 없도록 '시체를 남기지 않는' 것은 은근히 귀찮고 어렵다.

만일을 위해 나이프를 요대에 꽂고 쿠퍼는 방을 나갔다. 사무라이 클래스로서의 애도(愛刀)는 아무래도 필요 없을 거라 생각해 매트리스 아래에 숨겨놓은 상태다.

메이드들이 모두 잠들어 조용해진 저택의 복도를 발소리도, 옷이 스치는 소리도 없이 쿠퍼가 나아간다.

"미안해요, 에이미 씨. 그리고 메이드 여러분."

작은 목소리로 메이드들에게 사과했다. 바로 조금 전에 성대한 환영회를 개최해주었다.

원래대로라면 이렇게 빨리 작업에 나서서는 안 된다. 상사는 '잘하면 한 달 정도로 돌아올 수 있을지도 모르지?' 라며 웃었지만, 신중을 기하는 차원에서 조금 더 시간적인 간격을 둘 필요는 있다.

여하튼 새로운 하인이 온 당일에 아가씨가 수상한 변을 당하면 누구라도 의심의 눈길을 보낼 것이다. 아무리 《쿠퍼》가 사회적으로 존재하지 않는 인간이고, 혐의는 클라이언트가 수습해준다고는 해도 관심을 끄는 일 자체를 피해야 한다.

그것을 무릅쓰고 오히려 임무를 감행하는 것은…… 순전히 참을 수 없게 됐기 때문이다.

메리다 엔젤은 차마 눈 뜨고 볼 수 없는 인간이다.

방과 후 레슨에서도 그녀는 아무런 성과를 내지 못했다. 당연하다. 모친이 상인 집안 인간이었다고 하는 메리다는, 예상이 맞는다면 귀족의 피를 잇고 있지 않을 테니 말이다.

부호라고는 해도 평민계급이었던 모친과 어디의 누구인지도 알 수 없는 불륜 상대와의 사이에서 생긴 딸. 엔젤 가문의 이름을 대고는 있어도 메리다에게 팔라딘이 될 자질은 없다.

그것을 모르고 그녀는 우직하게 자신의 재능을 믿고 있다.

"불쌍한 소녀다."

진심이다. 환영 파티 시작 때만 얼굴을 내밀고 인사만 한 뒤 자기 방으로 돌아가 버린 메리다의 표정을 쿠퍼는 떠올렸다.

그녀의 인생은 고통으로 가득 차 있다. 앞으로도 고통이 계속될 것이다. 그리고 그 고통이 보답 받는 날은 영원히 찾아오지 않는다.

그렇다면 그 연쇄를 일찌감치 끊어주는 것이——

암살자의 자비(어새신즈 프라이드)다.

불빛 없는 복도, 날씬하고 큰 그림자가 1층에 있는 메리다의 침실 앞에 섰다.

"아가씨, 세상은 잔혹합니다."

최소한 그 절망을 모른 채로 죽을 수 있는 것을 행복이라——.

거기까지 생각했을 즈음 쿠퍼는 문득 문 건너편의 위화감을 깨달았다.

즉각 문을 열어 실내로 뛰어든다. 너무 넓지 않은 침실에, 귀여운 물건들이 많다. 소녀다운 화장대와 옷장. 그것들이 똑똑히 보이는 것은 책상 위에 양초가 빛나고 있기 때문이다. 천장이 달린 침대에는 네글리제가 개어져 있다.

메리다의 모습은, 없다.

"어디로……."

책상에는 학원의 교본이 쌓여 있고, 노트를 펼쳐보니 깔끔한 글씨가 빽빽이 쓰여 있었다. 그리고 훈련용 목검이 없어 옷장을 열어보니, 그녀의 트레이닝복도 보이지 않는다.

　이는 즉, 이런 시간까지 자지 않고 내일 예습을 하고 있었을 뿐만 아니라, 검까지 들고 자율연습을 하러 간 것이리라. 그녀의 열성에는 정말이지, 머리가 수그러진다——…….

　아니, 잠깐만.

　쫑긋. 쿠퍼의 예민한 청각이 위화감을 탐지했다.

　메리다의 침실 창문이 열어 젖혀져 있다. 창문을 통해 직접 테라스로 나가 트레이닝을 하러 간 걸까. 그러나 새카만 정원 어디에도 그녀의 모습이 없다.

　저택을 에워싸는 식물원 쪽에서 다시 딱딱한 위화감이 울려 퍼진다.

　"——읏."

　생각하기에 앞서 쿠퍼는 뛰쳐나갔다. 바람처럼 식물원으로 뛰어든다.

　프란돌의 하늘은 낮이든 저녁이든 상관없이 어둡다. 하지만 그럼에도 사람들은 생활시간이란 개념이 있다. 하루가 끝나가면 상점은 닫히고, 사람들은 집으로 돌아가고, 가로등은 빛을 줄여 모두가 잠든다. 모두가 잠들어 조용하고 어두컴컴해진 도시는, 먼 곳의 소리가 잘 울린다.

　위화감의 정체는 쉽게 알 수 있었다.

　"왜 이런 곳에……!!"

검은 표범을 방불케 하는 다릿심으로 오솔길을 빠져나가, 곧 시야의 끝에서 복수의 그림자를 발견했다. 즉각 지면을 차고 수풀에 섞여서, 사냥하는 짐승같이 기척을 죽였다.

　바이올렛 색깔의 눈동자가 어둠 저편에 있는 표적의 모습을 포착했다.

　한 명은 메리다 양. 예상대로 트레이닝복 차림으로, 신장에 맞지 않는 목검을 열심히 휘두르고 있다. 그런 그녀를 둘러싸고 있는 것은, 너덜너덜한 광대 옷을 입고 호박에 눈 코 입을 판 머리를 얹은, 이상한 모습의 삼인조였다.

　"란칸스로프……?!"

　소리를 내지 않고 쿠퍼는 신음했다. 공교롭게도 낮에 학원에서 들은 강의가 뇌리를 스쳤다.

　밤의 영역에서 사는 인류의 적. 일찍이 인간이었던 자들의 구슬픈 말로. 그 명칭은 '깊은 잠에 빠져 본래의 자아를 잃어버린 것'을 의미한다.

　저 호박 머리들은 란칸스로프 중에서도 최하급에 위치하는 《펌킨 헤드》라고 불리는 종족이다. 이렇다 할 아니마도, 변변한 지성도 없이 본능적으로 힘이 센 상대를 따를 뿐. 때에 따라서는 인간에게 사역당하기도 하는 조무래기다.

　그런 조무래기가 이런 고층 가구(街區)까지 침입할 수 있을 리가 없다.

　쿠퍼는 문득 생각났다. 임무를 맡기 전에 상사가 했던 대사——'몰드류 경 쪽에서도 수시로 압박을 주고 있는 것 같은데, 효과가

통 없는 모양이라서 말이지.' 라는 무심한 말이.

"저게 압박인가⋯⋯!"

펌킨 헤드 셋이 메리다의 조부, 몰드류 경의 작품임은 명백하다. 란칸스로프와 강제로 싸우게 하여 그녀 안에 잠자고 있을지도 모르는 마나를 흔들어 깨우려고 하는 것이리라.

막장에도 정도가 있는 법이다.

"하아, 하아⋯⋯! 너희는 대체 뭐야⋯⋯!"

메리다가 거칠게 숨을 쉬며 노려봐도 펌킨 헤드들은 낄낄거리는 표정을 무너뜨리지 않는다. 메리다는 용감하게 목검을 번쩍 들어 돌격했다.

"이야아앗!"

매끄러운 폼에서 나오는 내려치기. 하지만 목검이 호박 윗부분에 충돌한 직후 메리다는 튕겨서 나동그라지듯이 후방으로 날아갔다.

"꺄아악?!"

내려친 목검이 중간부터 부서졌고, 그 반동이 메리다를 덮친 것이다. 펌킨 헤드는 피하지도 않고, 지면에 쓰러진 메리다를 손가락으로 가리키며 낄낄 웃는다.

저것이 란칸스로프의 성가신 점이다. 녀석들은 통상의 무기·병기에 의한 공격수단 일체를 무효화한다. 그 방어를 뚫을 수 있는 것은 넥타르의 빛이나 마나──《태양의 인자(因子)》뿐. 그러므로 국가는 란칸스로프에 대항할 수 있는 유일한 존재, 마나 능력자들에게 귀족의 특권을 주고 그 육성과 운용에 심혈을 기울이는 것이다.

"으윽…… 크……!"

부러진 목검을 꽉 쥐고 메리다가 몸을 일으킨다. 그 애처로운 모습은 본의 아니게 쿠퍼나 학교 교관과의 겨루기에서 속수무책으로 당하던 그 장면을 방불케 했다.

그것을 비웃기라도 하듯 펌킨 헤드 하나가 메리다의 손을 힘껏 걷어찼다. "아얏!" 하는 비명과 겹치며 절반만 남은 목검이 빙글빙글 하늘을 날아간다.

"아, 야아…… 이 자식이!"

피가 밴 손바닥을 쥐고 메리다는 주먹으로 직접 때리려고 했다. 눈이 휘둥그레진 펌킨 헤드는 춤추듯이 스텝을 밟고서 다리를 걸었고, 달려들었던 기세 그대로 메리다는 얼굴을 지면에 처박았다.

"흐으윽! ……으으……!"

얼굴이 온통 흙투성이가 되며 자빠지는 메리다를 펌킨 헤드 셋이 둘러싼다. 낄낄 웃고, 괴이한 춤을 추고, 장난치듯 뾰족한 구두로 걷어찬다.

데굴데굴 지면을 구르는 메리다를 손가락질하며 또 귀에 거슬리는 웃음소리를 터뜨렸다.

"으윽……으으……으……!"

메리다는 악에 받쳐 땅을 긁으면서 발버둥 쳤고, 계속해서 일어서려고 했다.

──뭘 하는 거야? 수풀 속에서 쿠퍼는 눈살을 찌푸렸다.

마나를 가지지 않은 보통 인간은 아무리 발버둥 쳐도 란칸스로프에게는 대적할 수 없다. 귀족의 자식이든 평민의 자식이든 유년학교에서 입이 닳도록 배우는 사실이다. 그래서 평민은 란칸스로프에게서 필사적으로 숨지 않으면 안 되고, 귀족은 그들을 지키기 위해서 앞으로 나가지 않으면 안 된다.

　메리다는 마나를 가지지 않은 쪽이니까 도움을 외치면 된다. 그런데 왜 아까부터 글썽이는 눈물을 필사적으로 참기만 하고 비명 하나 지르려고 하지 않는 것인가.

　카디널스 학교구에는 길드 내의 우수한 부대가 대기하고 있다. 큰 소리를 질러 순회 중인 그들을 부르면 된다. 저런 최하급 란칸스로프 따윈 하품을 쏟으며 정리해줄 것이다. 아니면 저택의 메이드들이 말려들까 봐 겁내고 있는 건가? 하지만 지금은 마나 능력자인 쿠퍼도 저택에 있다는 것을 알고 있을 터——…….

　좀처럼 답을 찾지 못하는 사이에 눈앞의 상황은 더욱 나쁜 쪽으로 굴러가는 중이었다.

　"이제…… 됐잖아…… 돌아가……!"

　지면에 엎드린 채 메리다가 신음했다. 펌킨 헤드들의 이목이 쏠린다.

　종종 압박을 받는다고 했으니, 이번이 처음 있는 습격도 아닐 것이다. 녀석들은 지금까지도 여러 차례 메리다가 훈련하는 중에 나타나 일방적인 전투를 걸고선 큰일이 나기 전에 철수했을 것이다. 그 상황은 아마도 지금과 똑같았으리라——.

　그러나 이번만은 녀석들의 상태가 달랐다. 펌킨 헤드 하나가 팔을 휘두르자 소매 끝에서 녹슨 갈고리발톱이 소리를 내면서 튀어나왔다. 다른 한쪽 손을 뻗어 지면에 흩어져 있던 메리다의 금발을 쥔 다음 난폭하게 위로 당겼다.

"어어, 뭐야…… 아파!"

처음으로 메리다의 입술에서 비명 같은 목소리가 새어 나왔다. 펌킨 헤드는 그녀의 허리까지 닿는 금발을 쭈욱 끌어올린 다음 그 중간쯤에 녹슨 발톱을 댔다.

사태를 깨닫고 메리다의 표정이 덜컥 굳어졌다.

"세상에, 싫어…… 하지 마! 머리에 손대지 마!"

즉각 일어나려고 하지만 다른 펌킨 헤드 둘이 그녀를 단단히 누른다. 팽팽히 잡아당긴 머리카락에 발톱을 대고 있는 하나는 히죽히죽 야비한 웃음을 지었다.

메리다는 발버둥 치면서 필사적인 표정으로 소리쳤다.

"하지 말라고, 이거 놔! 그건 어머니의 유품이야! 돌아가신 어머니와 똑같은 금색이라고! 이걸 잃으면 난 어머니에 대한 걸 떠올릴 수 없게 돼!!"

'낄낄, 낄낄, 낄낄…….'

실로 유쾌하다고 말하고 싶은 듯이 펌킨 헤드가 비웃는다.

쿠퍼 같은 암살자마저 보내는 상황이다. 메리다의 조부 몰드류 경이 기다리는 데 지쳤음은 명백하다. '팔라딘이 아니면 죽여도 상관없다'라고까지 호언했으니, 이제는 적당히 하고 갈 생각도 없는 것이다.

그러다 죽으면, 그것도 괜찮겠다고 판단한 것이다.

"으, 으으윽…… 이, 이거 놔……!!"

메리다는 한계까지 힘을 집중해 펌킨 헤드들의 괴력을 뿌리치려 하고 있었다. 그 체력으로 도움을 요청하면 바로 해결될지도 모르는데 여태 부르지 않는다.

——어째서? 이유를 알 수 없는 짜증이 메리다를 향한다. 왜 도움을 요청하지 않는 거지?!

쿠퍼는 무릎이 반사적으로 튀어 오르는 것을 이성의 왼손으로 즉각 억눌렀다. 말로 할 수 없는 충동이 자신을 움직이려 하고 있다. 도대체, 왜, 어째서——………….

그 답은 결국 메리다가 직접 한 말에서 얻을 수 있었다.

"나는…… 머리카락을 소중히 해야 돼……! 크레스트 레기온에 들어가지 않으면 안 돼……! 왜냐면, 그렇게 하지 않으면, 난 정말로……!"

"누구한테도 엔젤 가문의 자식이라고, 인정받지 못해…………————."

눈에 보이지 않는 전격이 머리 꼭대기부터 발톱 끝까지를 단숨에 빠져나갔다.

쿠퍼는 이 임무를 맡기 전, 엔젤 가문에 관한 자료를 대강 머리에 주입했다. 그중에 분명히 다음과 같은 기술이 있었다.

'엔젤 가문이 배출한 팔라딘은 전원 크레스트 레기온 소속 경험을 가짐.'

메리다도 그것을 의식하고 있는 것일까. 신장에 맞지 않는 목검을 휘두르는 건 자신이 팔라딘이라고 믿고 있기 때문일까. 이 마당에 와서 도움을 요청하려고 하지 않는 것은————

도움을 요청하면 자신이 《마나를 가지지 않은 측》임을.
귀족의 딸이 아님을, 엔젤 가문의 자식이 아님을—— 인정하게 되기 때문일까.

쿠퍼의 전신에서 일거에 힘이 빠졌다. 그렇다, 정말로, 웃기지도 않는 농담이다.
이런 갑갑한 수풀 속에서 나는 대체 뭘 하는 건지————……….
"키야아아아아————————악!!"
날카로운 괴성을 발하고 펌킨 헤드가 기어이 발톱을 치켜들었다. 그 직후, 호박 머리 중앙에 까————앙! 하고 시원한 소리가 나면서 나이프 한 자루가 박혔다.
대단한 대미지는 아니지만, 놈들은 예상 밖의 사태에 움직임을 뚝 멈추었다.
"내 주인을 건드리지 마라."
어두운 곳에서 걸어 나온 군복을 향해 펌킨 헤드들이 일제히 돌아보았다.
살의를 품고 아른거리는 눈동자에 일체의 감정이 사라진다.
"꺼져라."
부웅! 공기가 흔들렸고, 그 직후 펌킨 헤드 하나의 머리통이

십자로 베여 날아가고 있었다. 접근과 동시에 박혀 있었던 나이프를 쥐고 십자로 휘둘렀고, 놈들이 쿠퍼의 모습을 인식한 순간에는 펌킨 헤드 하나의 숨통이 끊어졌다.

하지만 동시에 나이프가 마나의 압력을 견디지 못하고 산산이 조각나 버렸다. 애초에 란칸스로프를 상대하기 위한 무기가 아니었기 때문이다. 쿠퍼는 즉각 와이어를 뽑아낸 다음 피어오르는 연기처럼 팔을 휘둘렀다. 어안이 벙벙해 멍하니 서 있던 다른 펌킨 헤드 하나의 머리에 와이어가 감겼고, 직후 마나의 푸른 불길이 와이어를 타고 뻗었다.

간신히 상황을 깨달은 펌킨 헤드는 필사적으로 와이어를 잡아떼려고 하면서 무언가 고함을 질렀다.

" '살려줘.' ……?"

쿠퍼는 눈을 깜빡이지 않는다.

"왜 살아 돌아갈 수 있을 거라고 생각하지?"

와이어를 쥔 팔을 날카롭게 휘두르자──퍼어어엉! 하고 잘린 호박 머리가 허공을 날았다.

세 번째, 마지막 펌킨 헤드는 상황 판단이 가장 정확했다. 다시 말해, 쿠퍼의 속도를 보자마자 등을 돌리고 도망쳤다. 스테이터스가 문자 그대로 차원이 다르다는 것을 이해한 것이리라. 두 번째 펌킨 헤드의 머리가 지면에 떨어질 즈음에는 와이어의 범위 밖으로 벗어나 있었다.

몰드류 경이 있는 곳으로 돌려보낼 수는 없다. 쿠퍼는 타오르는 마나를 오른손 손바닥에 집중해 초급 공격 스킬을 발동시켰다.

"《환도삼차(幻刀三叉)》……."

푸른 불길이 소용돌이치면서 급속히 날카로워졌고, 손바닥의 연장선에 칼날이 형성되었다. 속이 비칠 정도로 얇은 푸른 칼 세 자루가 쿠퍼의 팔에 연동하여 아른거린다.

"《허공아(虛空牙)!!》"

날카로운 대시와 함께 팔을 일섬(一閃). 저 멀리 떨어진 펌킨 헤드의 등을 노리고, 마나의 푸른 칼이 비상했다. 퇴로를 막듯이 세 방향에서 몰아쳤고, 세 날이 교차하는 수렴점에서――좌아아악! 하고 광대 옷을 난도질했다.

셋으로 분단된 펌킨 헤드는 비명을 지를 틈도 없이 지면에 쓰러졌다.

위력이나 화려함이 아니라 오로지 속도와 정확성을 추구한 사무라이 클래스의 전투 스타일. 거의 일반인이나 다름없는 메리다의 처지에서 보면 눈 깜짝할 사이의 일이다. 아주 작은 목소리와 소리와 빛을 느꼈다고 생각했더니 이미 주위에 정숙이 돌아와 있었다.

눈을 깜빡이면서 얼굴을 들어보니, 군복의 장신이 등을 보이고 있다.

"선, 생님……?"

메리다가 말을 걸어서 쿠퍼는 돌아보았다.

마음속으로 '저질러 버렸다…….' 하고 스스로에게 어이없어하던 참이다.

명백하게 클라이언트의 뜻을 거역하는 행위를 저질렀다. 몰드류 경을 납득시킬 수 있도록 펌킨 헤드 셋의 죽음을 얼버무려야 한다. 애당초 이런 고층 캠벨에서 녀석들이 발견되면 큰 소동이 난다. 시체를 잘 처리하지 않으면······.

하지만 그런 깜찍한 생각은 뒤돌아본 순간에 날아가 버렸다.

한 올도 뺏기진 않았다. 지면에 퍼져 흙투성이가 되어버린 금색 머리카락. 자신이 '고귀하다'고 느낀 소녀의 눈물과 피에 젖은 표정을 본 순간에──.

"······늦어서 죄송합니다. 아가씨."

무릎을 꿇고 손을 내밀자, 메리다는 그 손을 잡고 비틀비틀 일어났다.

쓰윽쓰윽 눈가를 문지르자 흙 자국이 더욱 넓어져 버렸다.

"아니요······ 폐를 끼쳐서······ 죄송합니다."

"아가씨."

꽈악, 쿠퍼는 그녀의 양손을 끌어당겼다.

차갑게 식은 그 손끝에 자신의 열을 전하고자 세게 쥔다.

"아가씨. 부디 저만큼은 아가씨를 돕게 해주십시오. 아가씨의 힘이 되고 싶습니다. 설령 어떤 폭풍 속이라 할지라도, 저는 반드시 아가씨의 목소리에 응답하겠습니다."

"··········으."

오늘 밤 내내 앙다물고 있었던 메리다의 입술이 눈 녹듯 갑자기 풀어졌다.

휘둥그레진 큼직한 루비 같은 눈동자에서 닭똥 같은 눈물이 넘쳐흐른다.

──한 번 터지니, 멈추지 않았다.

"으으…… 으아으…… 으아아아아아아!! 아아아아아아앙!!"

광대한 식물원 구석구석까지 울려 퍼지는 목소리로 메리다는 울었다.

오늘 하루 치의 눈물로는 도저히 조달할 수 없는 양이라고 쿠퍼는 생각했다.

† † †

저택으로 돌아가는 길. 식물원을 가로지르는 작은 길에 황금색과 검은색의 주종의 모습이 있었다.

얼굴이 엉망이 되도록 울고, 목구멍이 아플 때까지 소리쳐 가슴 속에 있는 것을 전부 토해내고서야 메리다는 진정이 된 모양이다. 원래 씩씩한 아이라서 그런지, 꼴사나운 모습을 보이고 말았다는 생각에 한동안 부끄러워했다.

자연스럽게 손을 잡고 걸으면서 어린 소녀는 머뭇머뭇 이쪽을 올려다봤다.

"저기, 선생님…… 오늘 학교에서 만난 엘리제라는 아이 기억하세요?"

"네? 예. 아가씨의 사촌 자매시라고, 말씀은 들었습니다."

"싸우는 모습을 보이고 말았네요……."

민망해하며 메리다는 웃었다. 대성당 뒤편에서 우연히 마주친 것이 계속 마음에 걸렸나 보다. 감정적으로 예민한 아이라고 쿠퍼는 생각했다.

　천천히 발걸음을 맞추어 나아가면서 메리다는 띄엄띄엄 이야기했다.

　"우린 예전엔 사이가 아주 좋았어요. 엘리는 평소 멍해서 뭘 생각하고 있는지 모르겠다고 주변 사람들에게 오해를 사기 십상이었어요. 그런데 사실 그 아이는 겁쟁이이고, 또 울보라……. 그래서, '내가 지켜줘야겠다.'고 생각했었어요."

　킥킥거리던 메리다의 표정은 금세 흐려졌다.

　"……하지만 유년학교에 들어가고 몇 년인가 지났더니 우리 관계는 변해버렸어요."

　"변했다고요?"

　"저는 아무리 시간이 지나도 마나에 눈을 뜨지 못했어요. 그런데 엘리는 팔라딘이 되었고, 갑자기 사람들에게 인정받았어요. 어느샌가 저 홀로 뒤처졌고, 괴롭힘당하는 저를 그 아이가 감싸주게끔 되어서……. 예전엔 반대였는데."

　그게 지금은 이렇습니다, 하고 메리다는 자조하듯이 말했다.

　"학교에서의 제 모습, 보셨죠? 같은 반 애들한테 놀림당해도 웃고 얼버무릴 뿐이고, 끽소리 하나 못해요. 그런 모습을 엘리가 보고 있다고 생각하면, 정말 창피하고 꼴사나워서…… 그 애와 얼굴을 마주할 수가 없어요……!"

　메리다의 독백이 쿠퍼의 가슴속을 꽉 졸랐다. 트라우마. 단순히 맞는 것보다도, 매도당하는 것보다도 남들 앞에서 창피를 당하는 경험이 마음을 후벼 파는 법이다.

"아가씨의 기분, 조금 알 것 같습니다."

"선생님도? 거짓말, 선생님은 엄청나게 훌륭한 분이……."

"저는 《야계(夜界)》출신입니다."

메리다의 눈이 휘둥그레졌다. 확 와 닿지 않는 모습이다.

"네……? 그 말은, 캠벨 바깥, 하층 거주구의……?"

"그보다 더 바깥쪽입니다. 말 그대로 밤의 영역에서 프란돌로 도망쳐 왔습니다."

메리다의 눈동자는 점점 커졌고, 무척 놀란 것처럼 소리쳤다.

"네에?! 프란돌 바깥에 사람이 살고 있나요?!"

"살고 있다기보다는 겨우겨우 목숨을 부지하는 상태였지만 말입니다. 저주받은 밤이라고 해도 당장 사람을 괴물로 바꿔버리는 건 아닙니다. 그래서 여러 이유로 밤의 영역에 남아서 란칸스로프에게 들키지 않도록 숨죽이고 숨어 사는 사람들도 아주 적지만 있습니다."

"흐아아……."

넋이 나간 메리다의 표정이 우스워서 쿠퍼는 살짝 웃었다.

학교의 교과서 등에는 실리지 않지만, 길드에 발행되는 임무의 한 가지 《야계탐색》에는 새로운 자원이나 생존권 획득 외에 그와 같은 난민의 구조도 포함되어 있다.

쿠퍼는 먼 곳의 하늘을, 학교구를 감싸는 캠벨의 건너편을 쳐다보면서 계속 말했다.

"철이 들었을 무렵에는, 야계의 대지를 떠돌아다니고 있었습니다. 사람들을 뭉개버릴 것만 같은 주위의 어둠과 당장에라도

다 타고 사그라질 것 같은 불안한 빛을 지금도 똑똑히 기억하고 있습니다. 저와 제 어머니는 정말로 운 좋게 이 도시까지 다다라서 목숨을 건질 수 있었지요.”

“선생님의 어머니요?!”

“네. 프란돌에서 살기 시작하고 얼마 안 있어 돌아가셨지만 말입니다.”

메리다의 표정이 오므라드는 것을 보기는 괴로웠지만 쿠퍼는 계속 말한다.

“애당초 야계에서의 강행군으로 인해 몸이 한계에 달하기도 했지만, 어머니를 가장 괴롭힌 것은 스트레스였습니다. 야계 출신자에 대한 프란돌 주민의 차별이요.”

“차별?”

“‘야계에 남아 있던 자는 몸이 저주로 더럽혀져 있다. 가까이 접근하면 전염된다.’고 합니다. 저도 어렸을 때는 근처 아이들로부터 ‘세균’이라고 불렸습니다.”

“너무해!!”

눈살을 찌푸리고 화내주는 메리다의 모습이 쿠퍼는 좋았다.

“물론 아무 근거도 없는 소문입니다. 하지만 중요한 건《사실이 어떤지》가 아니라《많은 사람이 어떻게 생각하느냐》이니까 차별의식은 눈 깜짝할 사이에 침투해서 끝없이 확대되어 갔습니다. ……그래도 어머니는 마지막 순간까지 저에게만은, 사랑하는 아들에게만은 행복이 있으라, 그렇게 빌고 숨을 거두었습니다.”

"…………."

메리다에게는 이 이상 들려줄 수 없지만, 비호자를 잃은 야계 출신 아이는 결국 살 곳을 잃는다. 거기서 소년을 인수한 것이 예의 《존재하지 않는 어둠의 길드》다.

이후, 쿠퍼는 스푼을 드는 감각으로 나이프를 잡게 되어 생지옥과 같은 훈련으로 청춘 시대를 보냈고, 지금은 그런 꾀죄죄한 아저씨 아래에서 더러운 일을 맡고 있다…….

"그래서 말이죠, 아가씨. 저는 아주 부러웠습니다."

"부러워?"

"저는 교육은 받았지만, 학교에는 간 적이 없기 때문입니다. 가끔 보는 교복을 입은 아이들이 옛날부터 아주 부러웠어요. 친구들과 웃고, 학교에 가서 공부하고, 방과 후에는 찻집에서 떠들기도 하고, 휴일엔 여자친구와 데이트도 하고……. 그런 당연한 청춘을 보낼 수 있는 그들이, 조금 샘났어요."

거기서 메리다 쪽을 돌아보고 싱긋 웃는다.

"——그래도 학교는 학교라서 힘든 부분이 여러 가지로 있겠죠?"

메리다는 순간 당황한 표정을 지었지만 금세 미소로 대답해주었다.

"그럼요? 선생님. 학교는 전장이니까요."

"후훗."

"에헤헤……."

함께 킥킥 웃는다. 이야기하는 동안에 메리다의 체력도 제법 회복된 모양이다.

슬슬 말을 꺼낼 타이밍인 것 같아, 쿠퍼는 갑자기 발걸음을 멈추고 표정을 다잡았다.

"아가씨."

분위기의 변화를 감지했는지 메리다도 확 긴장하면서 멈추어 섰다.

"네, 네에."

"제안이 있습니다."

"제안……?"

의아해하는 메리다에게──자신이 보기에 아주 작은 열세 살 여자아이에게 쿠퍼는 신중히 단어를 선택하면서 말을 계속했다.

"오늘 하루, 가정교사로서 아가씨를 보았습니다만…… 솔직히 말씀드리겠습니다. 아가씨가 이대로 아무리 단련을 거듭하신들 마나 능력자로서 각성할 가능성은 극히 낮으리라 생각합니다."

메리다의 표정에 순식간에 여러 감정이 스쳤다.

"에…………."

"드물게 있습니다. 귀족 집안에 태어나고도 마나를 이어받지 못했다는 케이스가. 그러한 이야기는 겉으로 드러내지 않고, 더구나 아가씨의 경우는 기사 공작가문이기 때문에 많은 사람들이 혼란스러워한다고 생각합니다만……."

출생에 대한 의문을 얼버무리기 위해 쿠퍼가 지어낸 말을 메리다는 거의 듣고 있지 않았다.

머리를 숙이고 자그마한 주먹을 가슴 높이에서 꼬옥 쥔다.

"그런……가요."

하지만 침울해할 틈을 주지 않고 쿠퍼는 몸을 내밀었다.

"그래서, 제안입니다. 아가씨, 제게 목숨을 맡겨보지 않겠습니까?"

"네에……?"

"위험한 도박입니다만――아가씨의 마나를 각성시키는 방법이 있습니다."

메리다의 반응은 흡사 오아시스 신기루를 발견한 여행자 같았다.

"어떻게……?"

"아직 일반적으로는 알려지지 않은 실험 중인 치료약이 있습니다. 약에 능력자의 마나, 이번 같은 경우는 제 마나를 섞어서 복용하여, 깊게 휴면 중인 아가씨의 마나에 충격을 주어 깨울 수 있는…… 가능성이 있습니다."

이것도 절반은 일시적으로 지어낸 말에 지나지 않는다. 실제로 쿠퍼가 생각하고 있는 것은 《마나의 이식》이다.

이론적으로는 꺾꽂이와 같다.

쿠퍼의 체내에 있는 나무(마나)에서 가지를 하나 잘라내서 메리다에게 이식한다. 잘린 나무에서는 새로운 가지가 생겨나기 때문에 지장은 없다. 그리고 이식된 가지는 새로운 땅속에 뿌리를 뻗고 든든한 나무로 생장한다.

"다만 위험성이 있습니다. 이 기법의 성공률을 70%……. 열 번 해서 세 번은 실패하는 셈입니다."

"실패하면, 어떻게 되는 건가요……?"

순간, 돌려서 말해야 하나 싶었지만 생각을 고치고 정직하게 고한다.

"후유증이 남습니다."

"후유증?"

"어떤 증상이 나타날지는 알 수 없습니다. 제가 아는 한에서는 한쪽 팔에 빽빽이 비늘이 나고 갈기갈기 찢어져 결국 팔이 빠진 사람, 안면이 내측에서 찌부러져서 귀신처럼 추해진 사람, 전신의 피부가 녹색으로 변색된 사람 등 다양합니다. 그리고 이런 후유증들은 어떤 명의가 봐도 절대로 치료할 수가 없으므로 평생 나아지지 않습니다. 최악의 경우…… 목숨을 잃을 수조차 있습니다."

"――으."

역시나 소름이 끼친 모양인지, 메리다가 자기 어깨를 꼭 껴안는다.

사람이 사람이 아니게 되어 죽는다는 것은 쿠퍼에게도 그다지 달가운 일은 아니다. 그러나 '유전자 구조를 조작하는 것은 그만큼 위험한 행위이다.'라고 내 어둠의 길드의 매드 사이언티스트가 득의양양하게 이야기했었다.

"제가 강제할 수는 없습니다. 어떻게 하겠습니까?"

"………………."

지독한 갈등이 자그마한 몸속을 뛰어다니고 있는 것이 옆에서도 훤히 보인다.

'시험 삼아 해보자.' 로는 끝나지 않는다. '역시 하지 말 걸 그 랬다.' 는 통하지 않는다.

이 선택은 메리다의 인생을 두 갈래로 분기시키는 것이다.

운명이 신이 아니라, 자신의 손에 걸린 흔치 않은 순간——.

하지만 그 중압감을 짊어지기에는 열세 살이라는 나이가 너무 나 미성숙할지도 모른다고, 도무지 결론을 내지 못하는 뒷모습 을 보고 쿠퍼는 생각했다.

"…………."

긴장된 5분의 시간이 지났을 때, 쿠퍼는 어조를 누그러뜨리고 말했다.

"물론 말씀드린 대로 하지 않는다고 해서 제가 가정교사를 그 만두지는 않습니다. 무사히 졸업할 때까지 아가씨의 성장을 도 와드리겠습니다. 지금 당장 결론을 내지 않아도 괜찮습니다. 어 떻게 하실까요?"

"하겠습니다."

메리다는 그렇게 말했다.

가슴팍을 부여잡은 그녀의 표정은 뭐라고 표현하면 좋았을까.

울지는 않았다. 이유는 말하지 않았다. 마음가짐을 이야기하 거나 하지도 않았다.

다만 한 번 더 똑똑히 말했다.

"하겠습니다."

"……그렇습니까."

쿠퍼는 조용히 고개를 끄덕이고 돌바닥 위에 무릎을 꿇었다.

캠벨 안에 존재하는 녹음은 당연히 자연의 것이 아니다. 기적과 같은 꽃들 속에서, 메리다의 왼손을 끌어당겨 그 끝에 입을 맞추었다.

"……마이, 리틀 레이디."

"네?"

"아가씨가 제게 목숨을 맡겼듯이 저도 지금 아가씨에게 목숨을 걸었습니다."

어리둥절한 열세 살의 주인을 쿠퍼는 웃으며 올려다보았다.

"준비를 해야만 합니다. 자, 어서 저택으로 돌아갈까요?"

† † †

테라스를 지나 열어놓았던 창문을 통해 메리다의 침실로 돌아왔다. 비밀리에 해야 하는 행위다. 저택의 메이드들이 깨지 않도록 쿠퍼는 그 자리에서 준비를 시작했다.

페블롯 잎을 곱게 갈아 으깨고 중화액에 섞어서 충분히 녹인다. 홍마접(紅魔蝶) 가루를 더해서 한 번 더 뒤섞은 다음 수정(水精) 다이아몬드 알갱이를 하나 떨어뜨리면, 거품을 슈슉 내면서 액체가 핑크색으로 물든다. 그리고…… 마시기 쉽도록 벌꿀을 스푼 가득 넣도록 하자.

유비무환이라더니, 정말로 이것저것 다 챙겨 온 게 정답이었다. 잠자는 것처럼 죽이는 독부터 중병을 일으키는 독까지, 소재의 조합을 바꾸면 쿠퍼가 말한 《치료약》이 된다. 전부 다 똑같은 극약이기 때문이다.

소재의 분량을 완벽하게, 넣는 순서를 정확하게, 뒤섞는 횟수와 속도까지 계산에 넣어서…… 신경을 갉아먹는 작업은 계속되었고, 몇 개의 소재를 조합하자 마지막에 퍼엉 하고 한 덩어리의 흰 연기가 피어오르며 비커의 액체가 희미한 빛을 발했다.

여기에 쿠퍼의 혈액과 타액을 섞으면 마나를 이식하는 약이 완성되는 것이다.

입 안을 물어뜯자 날카로운 통증과 함께 피가 배어 나왔다. 쿠퍼는 뒤돌아보았다.

"다 되었습니다."

메리다는 침대에 걸터앉아 기다리고 있었다. 바로 누울 수 있도록 하라고 지시해뒀기 때문에 쿠퍼가 조합에 전념하고 있는 동안 네글리제로 갈아입은 상태다.

약이 완성될 때까지, 그녀는 잠자코 자신의 무릎을 쳐다보고 있었다. 하지만 쿠퍼가 말을 걸었을 때 가냘픈 어깨가 움찔 튀어 오른 것을 쿠퍼는 놓치지 않았다.

"……으."

얼굴을 들지 않고, 몸은 돌처럼 굳어져 있다.

쿠퍼는 일단 비커를 내리고 물었다.

"역시 그만둘까요?"

"아, 아니요. 그런 게 아니고……."

메리다는 머뭇머뭇 눈을 치켜뜨고 이쪽을 올려다보았다.

"저기, 선생님……. 한 가지만, 거짓말을 해주실 수 없을까요?"

"거짓말?"

"네. ……거짓말이라도 좋으니, 약속해줬으면 좋겠어요."

메리다는 자신의 가느다란 어깨를 안고서 말을 이었다.

"그 약을 마시고, 만약, 제 몸이 이상해지게 되면…… 그때는 선생님, 저를 아내로 맞아주실래요?"

"아가씨……."

"거, 거짓말이라도 좋아요! 지금 이 순간만의 거짓말이라도 좋으니…… 조금만 안심시켜주세요."

"…………."

쿠퍼는 침대 앞에서 무릎을 꿇고 메리다의 손가락을 잡았다. 저택에 오기 전 입맞춤한 손가락이다.

"……안심하십시오, 아가씨. 치료는 반드시 성공합니다. 왜냐하면 비극의 공주님은 마지막에 반드시 행복해지는 것을, 많은 이야기가 증명하고 있으니까요."

그러자 메리다의 표정이 번쩍 환해졌다.

"그럼, 선생님은 왕자님인가요?!"

"저, 저는 어느 쪽이냐 하면, 독사과를 가져오는 나쁜 마법사가 아닐지……."

그러자 메리다는 조금 정색하며 몸을 쭈욱 내밀어왔다.

"나, 나쁜 마법사가 왕자님인 것도, 완전 괜찮다고 생각해요."

"그야말로 귀축왕자군요……."

자기가 두들겨 패놓고 다시 끄집어내다니, 꿈 많은 소녀도 벌떡 일어날 만한 참신한 설정이다. 쿠퍼가 "아이고." 하며 쓴웃음을 지으니 메리다도 "후훗." 하고 우스꽝스럽다는 듯이 웃었다.

어깨의 짐이 내려갔는지, 가냘픈 몸이 킥킥 하고 들썩인다.

자아—— 이것이 이야기의 시작이 될 것인가 혹은 비극의 종막이 될 것인가.

심판의 시간이다.

"시작하죠."

쿠퍼가 일어서자 메리다도 표정을 다잡고 고개를 끄덕인다. 쿠퍼도 고개를 끄덕이고, 비커를 입가 가까이에 대자 황급히 메리다로부터 잠깐 기다리라는 말이 나왔다.

"어, 어라? 왜 선생님이 마시는 거예요?"

"어? 아, 그렇군. 죄송합니다. 설명하지 않았었군요."

가장 중요한 내용을 말하는 것을 잊고 있었다. 일단 비커를 돌려놓고 말을 계속한다.

"약에는 마지막 재료로서 제 마나가 들어가는데, 제 몸을 한 번 경유시키지 않으면 안 됩니다. 그리고 그 이후 바깥 공기에 접촉하면 성분이 변화하므로, 아가씨는 제 입을 통해 직접 복용하시는 형태가 됩니다."

"그 말은, 다시 말해…… 키, 키스……으으으?!"

메리다의 금발이 부웅! 튀어 오르고, 얼굴이 새빨갛게 끓어올랐다.

……뭐, 정확히는 입에서 입으로 옮기는 거지만, 열세 살 여

자아이에게는 어느 쪽이든 마찬가지일 것이다. 방금 리액션과 그녀의 생활을 생각하면 첫 경험이 틀림없다. 소중한 퍼스트 키스를 이 같은 형태로 빼앗기는 것은, 역시 가엽기는 하다.

"그, 그만둘까요……?"

"아, 아니요, 아닙니다! 싫은 건 아니고! 그……."

메리다는 새빨갛게 물든 뺨을 누르고 필사적으로 얼굴을 감추려 했다.

"왠지 정말로 동화책 내용 같아서…… 어머, 나 좀 봐……!"

과, 과연. 왕자님이 입으로 흘려 넣는 것이 유전자 개조를 위한 독약만 아니라면 확실히 로맨틱하다고 할 수 있을지도 모르겠다.

그러나 한다면 하겠다 하고 단단히 각오하지 않으면 곤란하다. 쿠퍼의 입에 머금은 순간부터 약은 변화를 시작하므로, 옮기기 직전에 주저하기라도 하면 피차 위험하기 때문이다.

"괜찮습니까?"

"괘, 괜찮아요! 모, 못난 사람입니다만……."

"그렇게 부담 갖지 말고, 몸을 편히 하세요. ──그럼, 갑니다."

단숨에 끝내야 한다. 마음의 준비를 하는 데에 5초간 시간을 주고, 쿠퍼는 단숨에 약을 들이켰다. 입안에 담겨 있던 피와 침이 섞인 순간, 약에 파밧 하는 자극이 터졌다.

여기서부터는 1초의 틈도 있어선 안 된다. 메리다의 가냘픈 어깨를 잡고, 확인하지도 않고 입술을 밀어붙였다. 팽팽해져 있는 복숭아색 입술을, 자신의 입술로 밀어붙이고 강제로 벌린다.

"으으읍…… 후우……!!"

약이 이동하기 시작했다. 결코 넘기기 쉽지는 않은 맛과 혀가 마비되는 듯한 자극. 거기에 키스 경험 자체가 없으므로 메리다는 몹시 어색했다. 자칫하다간 흘려버릴지도.

그러나 부끄러워하고 있을 때가 아니라는 생각에 메리다는 쿠퍼의 머리에 팔을 둘러 꼬옥 껴안았다. 입술을 빈틈없이 맞추고, 서로의 혀를 휘감듯이 하여 열심히 약을 삼킨다. 적지 않은 양의 액체가 꿀꺽, 꿀꺽, 조그마한 목구멍을 미끄러져 떨어진다.

서로 땀을 흘릴 정도로 긴박했던 수십 초가 지났고, 겨우 약을 전부 다 이동시켰다. 아쉬운 듯이 천천히 입술을 떼자, 질척하고 매우 요염한 소리가 울려 퍼진다.

어느 틈엔가 둘이서 아플 만큼 서로 바싹 껴안고 있었음을 깨닫고 메리다는 몸을 홱 떼었다. 고개를 숙인 얼굴은 목까지 새빨갛고, 녹아버린 양 입술이 뜨겁다.

하지만 그 직후.

쿠웅! 하고 메리다의 몸이 크게 튀어 올랐다.

"으윽……!!"

"토해내면 안 됩니다. 참고 삼키세요."

쿠퍼는 입가를 누른 메리다를 즉각 제지했다.

지금 메리다의 몸속에서는 약이 극적인 변화를 만들고 있다. 위 속에서 마그마가 부글부글 끓어오르고, 온몸의 관절이 갈라진 것처럼 아프고, 빙산으로 추방당한 것과 같은 한기에 시달리고 있을 것이다.

메리다는 도저히 제정신으로 있을 수 없어서 침대에 쓰러졌다. 쿠퍼는 메리다를 안아 들어 베개에 눕히고, 그 위에 담요를 몇 장 덮어주었다.

 이제부터는 시간과의 싸움이다.

 몇 시간 있으면, 메이드들이 일어나기 전에는 결과가 나온다.

 마나를 손에 넣을지, 아니면 약에 패해서 몸이 부서질지──.

 "으윽, 으으……으으~……윽!!"

 "옆에서 보고 있을 테니 안심하고 주무십시오."

 들리지도 않을 메리다에게 그렇게 말했다. 지금 그녀는 잠들 수 없을 만큼 괴롭고, 동시에 제정신을 유지도 할 수 없을 정도로 의식이 몽롱할 것이다. 열세 살 여자아이에게 맛보여 주기에는 상상을 초월하는 지옥.

 쿠퍼는 조합기구와 재료를 잽싸게 정리하고, 의자를 가져와서 침대 옆에 앉았다. 마찬가지로 미리 준비해둔 쟁반에서 타월을 짜 메리다의 땀을 닦아준다.

 오늘 막 주인이 된 조그마한 여자아이. 혹은 가련한 암살대상. 자신이 당치도 않은 짓을 하고 있다고, 쿠퍼는 새삼 자각했다.

 이 방법이 성공한다 해도 메리다가 얻는 클래스는 대망의 팔라딘이 아니다. 쿠퍼와 똑같은 사무라이다. 그러면 암살의 의뢰인, 몰드류 경을 납득시킬 수 없다. 그는 메리다의 어머니 메리노아 엔젤의 불륜을 부정하기 위해서, 메리다가 기사 공작가문의 핏줄을 증명하기를 원하니까.

 쿠퍼는 이미 알고 있다, 메리다는 공작가문의 핏줄이 아니라

는 사실을. 그것을 은폐하려 한다는 사실이 만약 발각되면, 그
때는 쿠퍼 쪽이야말로 암살대상이 되어버릴 것이다. 자신의 보
신만을 생각한다면 메리다가 이대로 죽어주는 편이 좋다.

　──앞으로의 일을 생각하지 않으면…….

　몇 시간 후, 만약 메리다가 그로테스크한 시체가 되어 있다면,
저 펌킨 헤드 셋과 함께 뒤처리해야 한다. 숲에 묻는 것이 좋을
까. 아니면 관에 넣어 강 밑에 가라앉히는 게 좋을까. 어중간하
게 살아남으면 오히려 곤란하다. 그녀에게 이 같은 시술을 행한
것이 발각되면 공식적으로도 비공식적으로도 그냥은 끝나지
않는다.

　정말, 나는 대체, 무슨 짓을 하는 것인가……────.

　"……어머, 니…………."

　그때, 메리다가 작은 소리를 냈다. 가위에 눌린 것이다.

　"어머니…… 아버지…… 어디……?"

　무의식적으로 팔을 들어, 아무도 없는 새카만 천장에 뻗는다.

　"저를 혼자 두지…… 마세요……."

　감긴 눈동자 끝에서 한줄기 눈물이 흘러나왔다. 힘이 다한 것
처럼 팔이 늘어진다.

　팔이 담요에 떨어지기 직전──꽈악! 쿠퍼가 그 손바닥을 잡
았다.

　"힘내세요, 아가씨……!!"

　그대로 자신의 이마에 바짝 대고 양손으로 단단히 쥔다.

　"힘내요, 힘……! 이 정도로 지지 마……!!"

침대 끝에 팔꿈치를 괴고, 이마에 바짝 댄 작은 손바닥에 마냥
빌었다.

살인자인 자신의 기도에 과연 의미가 있을까?

없다면 저주라도 좋다. 제발 자신의 말이 사슬이 되어 이 아이
의 존재를 세계에 붙잡아 주시기를.

"살아라, 살아라, 살아라, 살아랏……!!"

쿠퍼는 두 눈을 꽉 감고, 눈처럼 차가운 손가락의 감촉만을 느
끼며 계속 빌었다.

그때, 괴로워하며 찡그리고 있었던 메리다의 눈썹이 갑자기
누그러지고,

"……선생님…………."

알아들을 수 없을 정도로 가느다란 숨소리가 안심한 것처럼
흘러나왔다.

† † †

"으응……."

얼마나 시간이 지났을까.

한순간 시야가 화이트 아웃 하는 듯한 감각이 들었고, 전신을
나른한 탈력감이 덮쳤다. 무거운 눈꺼풀을 깜빡이자 선명한 빛
이 망막을 자극한다.

세상이 밝다는 것은 즉 《아침》이 왔다는 알림이다. 사람들의
활동시간대가 다가오고 몇만 개나 되는 가로등이 눈부실 정도

로 빛을 늘린다. 잠들어 있었던 마을이 소리를 내며 움직이기 시작한다.

오랜만에 푹 잔 쿠퍼는 잠에서 깼고—— 즉각 벌떡 일어났다.

"아차, 잠들었……?!"

스스로도 자신의 행동을 믿을 수 없어 흘리지도 않은 침을 닦는다.

밤을 새워서 간병할 셈이었는데, 간단히 졸음에 지고 의식을 놓아버린 모양이다. 이식술로 마나를 잘라낸 만큼 상당히 체력을 소모한 것은 사실이지만, 이렇게나 무방비로 정신없이 잠에 빠지다니, 첩보부대 에이전트로서 실격이다.

"맞다, 아가씨는……!"

머리맡엔—— 메리다의 모습은 없었다. 흐트러진 담요가 그녀의 흔적을 말할 뿐.

제 발로 침대에서 나가 어딘가로 간 것으로 보아 적어도 죽지는 않은 모양이다. 그러나 잠에서 깬 그녀가 과연 모습이 되어 있을지는…….

그때, "꺄아악!" 하고 어딘가에서 소녀의 비명이 들렸다.

저택에서 일하는 메이드들의 목소리다.

"……으."

쿠퍼의 목구멍에서 긴장으로 꿀꺽 하는 소리가 난다.

이제 보니 창가의 커튼이 바람에 살랑거리고 있었다. 창문이 열려 있다. 정원 쪽으로부터 복수의 사람이 뛰어다니는 낌새를 느꼈다. 소녀들의 비명이 점점 단속적으로 울려 퍼진다.

소동의 중심에 메리다가 있으리란 것은 곧바로 헤아릴 수 있었다.

"아가씨……."

쿠퍼는 경쾌하지 못한 발걸음으로 창문에 뛰어갔다. 떨리는 손바닥으로 커튼을 쥐고 단숨에 걷는다.

"아가씨!!"

직후, 화아악! 하고 눈앞에 하얀 불길이 부풀어 올랐고, 쿠퍼는 견디지 못하고 몸을 젖혔다.

"우아앗?!"

"──아, 죄송해요, 선생님!"

당황한 듯한 목소리가 들렸고, 쿠퍼는 영문을 몰라 눈을 깜빡였다.

우선 눈앞에 몰아친 불길은 전혀 뜨겁지 않았다. 자연적인 발화현상이 아니다. 색도 마치 사자의 갈기 같은 품위 있는 황금색. ──마나의 불길.

광장 중심에서 만면에 미소를 띠고 있는 여자아이에게서 나오고 있는 불이었다.

"보세요, 선생님!"

꽃봉오리를 피우는 것같이 메리다가 양팔을 번쩍 든다. 황금색 불동이 대량으로 날아오르고 마치 꽃의 폭풍처럼 쏟아져 내린다.

발레리나를 방불케 하는 댄스를 추나 싶더니, 손가락 끝에서 터져 나온 눈부신 불길이 구렁이같이 굽이치고, 요염하게 춤을 장식했다.

하늘을 어지러이 나는 빛의 난무에 저택의 메이드들은 대흥분 상태다. 모두 잠옷 차림에 신발도 신지 않은 채 정원을 뛰어다니고, 까악까악 악을 쓰며 부산을 떤다.

"굉장해요! 정말 굉장해요, 메리다 님!"

"우와아, 어느 틈에 이런 걸 할 수 있게 되신 거예요?!"

"좀 보세요, 쿠퍼 씨! 아가씨가 드디어 마나를⋯⋯!"

메이드장 에이미가 뛰어와 훌쩍훌쩍 눈물을 닦는다.

"아가씨도, 저희도 줄곧 이날을 꿈꿔왔어요⋯⋯! 틀림없이, 쿠퍼 씨 지도 덕택이에요! 뭐라 감사를 드려야 좋을지⋯⋯!"

"⋯⋯네. 저도 무척 기쁘게 생각합니다."

감동하는 척하면서 쿠퍼는 얼굴의 절반을 손바닥으로 가렸다.

손바닥 뒤에 숨긴 것은 처절한 미소.

자아── 이로써 다시는 되돌아갈 수 없다!

아가씨에게 모친의 불륜이 알려져선 안 된다. 내가 암살자라는 사실도 당연히 비밀이다. 그리고 동시에 클라이언트인 몰드류 경이나 내가 소속된 《백야》에는 메리다의 진짜 출생과 내가 그녀를 깊숙이 돕고 있는 것을 끝까지 숨겨야 한다.

이것들 가운데 어느 하나라도 잘못되면 둘 다 그대로, 죽을 것이다──.

그러니⋯⋯ 아아, 제발, 마이 리틀 레이디여.

내가 당신을 죽이지 않게 해주세요?

갈등하는 암살자의 시선을 알지도 못하고 메리다는 마냥 즐겁게 춤췄다.

　네글리제 옷자락이 꽃잎처럼 퍼지고, 눈부신 불길이 다이아몬드같이 세상을 칠한다. 그 중심에서 눈부시게 아름다운 미소를 꽃피우는 그녀는, 마치 태양처럼 아름다웠다.

메 리 다   엔 젤

클래스:사무라이

HP	144		MP	16			
공격력	14(11)		방어력	12		민첩력	17
공격지원	0~20%		방어지원		-		
사념압력	10%						

주 요 스 킬 / 어 빌 리 티

은밀Lv1

종합평가……[1-F]

[사 무 라 이]

높은 민첩력과 《은밀》 어빌리티를 이용해 적을 사각(死角)에서 제거하는 암살 클래스. 마나의 수렴을 이용한 중거리전에도 약간의 적성이 있다. 반면 방어성능은 기대할 수 없으므로 글래디에이터와는 반대로 전장의 음지에 있어야 진가를 발휘하는 클래스라 할 수 있겠다.

적성 [공격 : B   방어 : C   민첩 : A   특수 : 중거리공격C   공격지원 : C   방어지원 : -]

LESSON : II ～가정교사는 이렇게 말했다～

　　──보고.

　메리다 엔젤의 가정교사로 부임하고 1일째, 빨리도 마나의 각성을 확인했다.

　아직 클래스는 분명진 않지만 팔라딘일 가능성이 극히 크다고 사료된다.

　이후의 육성에 따라서는 공작가문의 따님으로 어울리는 성장을 기대하는 것도 충분히 가능.

　따라서 클라이언트에게 암살 중지를 진언해──

　"안 돼."

　꾸깃. 쿠퍼는 작성 도중인 보고서를 쥐어 뭉갰다.

　주관이 메리다에게 지나치게 치우쳐 버렸다. 문장이 좀 더 딱딱하지 않으면 수상히 여길 것이다. 진실을 완곡하고도 심플하게 작성하고, 최소한의 거짓말을 효과적으로 밀어 넣어야 한다.

　"리포트 한 장 쓰는 데에 시간이 얼마나 걸리는 건지……"

　데스크 워크용 안경을 벗고 미간을 정성껏 주물러서 풀어준다.

　메리다의 저택에 가정교사로 잠입하고 3일째. 이제 곧 아침 다섯 시가 될 무렵이다. 철야로 자기 방 책상에 앉아 있었던 쿠퍼는 결국 한숨도 잘 수 없었다.

이 임무를 맡기 전까지 허위 보고서를 꾸며내는 짓은 생각조차 한 바 없다. 그 한밤중의 키스로부터 만 하루 이상이 지나, 쿠퍼는 이제야 실감이 나기 시작했다.

자신이 얼마나 위험한 입장에, 있는지를.

원래대로라면 자신은 이미 메리다 엔젤을 죽였어야 한다. 그녀를 살리고 동시에 쿠퍼 자신의 입장을 지키려면 터무니없는 난제를 수없이 클리어할 필요가 있다.

상사의 눈을 속이고, 클라이언트를 납득시키고 세간의 인상을 조작해야 한다. 그러면서 메리다 본인이 그녀의 불안정한 처지를 깨닫지 못하도록 해야 한다——.

거의 불가능하다.

3년 후, 자신과 메리다는 함께 무사히 살아서 졸업식을 맞을 수 있을까?

"……하지만, 이미 되돌아갈 수는 없으니."

몇 번씩이나 자신을 타이른 말을 다시 한번 음미한다.

쿠퍼는 기합을 넣고 의자에서 일어나 자기 방을 나갔다. 이렇게 된 이상, 이 난이도 SSS레벨의 초(超)급 임무를 완벽히 완수하는 수밖에 없다. 비밀은 한 방울도 누설하지 않겠다. 그리고 저 소녀를 후광을 업은 루비와 같이 완벽하게 연마해내리라!

그러려면 우선—— 결의도 새로이 다지고 향한 곳은 바로 메리다의 침실이었다.

문 앞에 발걸음을 멈추고, 너무 울리지 않도록 주의하면서 노크를 몇 번.

"……아가씨, 괜찮겠습니까?"

그러자 곧바로 방 안에서 다가오는 기척이 느껴졌다. 살며시 정중하게 문이 열리고, 오늘도 아름다운 메리다 엔젤이 얼굴을 내민다. 네글리제 차림은 천사 그 자체로, 철야업무로 날카로워져 있었던 쿠퍼의 마음이 따뜻해지는 것이 느껴졌다.

아직 이른 아침이라고도 할 수 없는, 모두 잠든 고요한 공기 속에서 둘은 조용히 인사를 교환했다.

"좋은 아침입니다, 아가씨. ──용케 일어나셨네요."

"좋은 아침이에요, 선생님. ──그야, 선생님의 지시니까요."

말하면서 메리다는 조금 수줍어하며 황금색 머리카락을 만지작거렸다.

"뭐, 어제 낮에 실컷 잔 덕분에 눈이 말똥말똥해서 그랬던 거였지만요……."

"잘 주무신 것 같아서 천만다행입니다."

쿠퍼는 피식 웃고 실례가 되지 않는 선에서 방 안을 가리켰다.

"실례해도 될까요?"

메리다는 바로 한 발 뒤로 물러나 헤헤 하고 웃으면서 문을 활짝 열었다.

"들어오세요, 선생님."

그 달콤한 목소리와 동작에 진심으로 '천사인가.' 하고 생각해버린 건 여기서만의 비밀이다.

그래서 벌써 여러 번 방문한 사춘기 소녀의 침실에 쿠퍼는 다시금 발을 들였다. 메리다에게서는 늘 고운 꽃향기가 감도는데, 그것이 에이미가 자랑했었던 입욕제의 효과인가 보다. 쿠퍼를 방 안으로 안내한 메리다는 문을 꽉 닫았다.

철커덕. 자물쇠를 채우고 열쇠를 화장대에다 놓았다.

"그래서 선생님. 중요한 할 말이라는 게 뭔가요?"

바로는 대답하지 않고 쿠퍼는 테라스 측으로 걸어간 다음 모든 창문과 자물쇠를 확인했다. 통풍을 위해서 걷어져 있었던 커튼을 촤아악, 빈틈없이 친다.

──이로써 이 방에서 행해지는 일을 알 수 있는 자는 한 명도 없다.

마나를 막 각성시켰던 어제, 쿠퍼는 신중을 기해 메리다에게 학원과 레슨을 쉬게 했다. 고로 오늘부터 본격적인 그녀의 육성이 시작되는 셈이다.

하지만 그 전에, 무슨 일이 있어도 그녀에게 알려야 하는 일과 해야 하는 말이 있다. 때문에 어제 만찬이 끝나고 쿠퍼는 메리다에게 몰래 귓속말을 해두었다.

'내일 아침, 꼭 드리고픈 말씀이 있습니다. 이에 대해서는 에이미 씨에게도 비밀로 해주십시오.'

메리다는 그 지시를 정확히 지켰고, 이렇게 쿠퍼를 기다리고 있었던 것이다.

기특하고 고분고분한 네글리제 차림의 학생을 돌아보고 쿠퍼는 엄숙하게 입을 열었다.

"실은 아가씨에게 긴히 부탁드리고 싶은 것이 있습니다."

"음? 예, 뭔가요? 선생님의 지시라면, 뭐든지."

"고맙습니다. 그럼 즉시 입고 있는 것을 전부 벗어주세요."

"알았어요. ············──라니요오오오옷?!"

순순히 고개를 끄덕였던 그녀는 옷을 벗기 직전 정신을 차리고 얼빠진 비명을 질렀다. 쿠퍼는 입술 앞에 집게손가락을 대고서 '쉬잇' 하고 입김을 불었다. 표정이 몹시 차분하다.

"큰 소리 내시지 않도록. 메이드분들이 깨면 안 됩니다."

"죄, 죄송해요······! 하, 하지만 선생님이 진지한 얼굴로 무슨 말을 하나 했더니······!"

"아주 진지합니다. 저도 좀 부끄럽습니다만, 이건 중요한 일이라서요. ──아가씨, 어제 복용한 약이 매우 위험했다는 것을 기억하고 계십니까?"

메리다는 어리둥절해 하며 그날 밤의 기억을 더듬었고, 그러다 쿠퍼의 입술을 쳐다보고, 마지막으로 볼을 화악 붉혔다. ······뭐, 기억하고 있는 모양이니 됐다고 치자.

"아가씨는 훌륭히 약을 이겨내고 마나를 획득하셨습니다. 그러나 만에 하나 몸에 이상이 생길 가능성도 일축할 수 없습니다. 따라서, 그 검사를 하고자 합니다."

"그, 그거라면 에이미한테 부탁해서······ 으, 아니, 제가 알아서 할 수 있어요!"

"이 검사는 단순히 표면적인 이상만이 아니라 뼈와 근육과 내장 그리고 무엇보다 마나 기관이 문제없이 기능하고 있는지를 조사하는 의미도 있습니다. 육체구조를 숙지하고 있는 무예가인 동시에 마나 능력자인 저밖에 할 수 없는 일입니다."

　예를 들면 이후 메리다가 다쳤을 때, 감기에 걸려 의사에게 진찰받았을 때, 몸의 어딘가에 원인불명의 이상이 발견되면 어떻게 될까. 그 근원이 뭐냐는 이야기가 나오고, 쿠퍼가 행한 투약이 드러나 그것이 누군가의 귀에 들어가면 그 시점에서 만사휴의다.

　학교에 가 많은 숫자의 인간과 만나기 전의 마지막 기회. 메리다의 존귀한 신체를 1밀리미터 단위로 정밀하게 장악하는 일은, 이 시점에서 쿠퍼에게 절대적으로 필요한 조건이었다.

　"그, 그래도 역시 벗는 건……."

　"……할 수 없군요, 그 부분은 타협하겠습니다. 확 올려주시기만 해도 됩니다."

　"확이요……?!"

　"대충 전신의 피부가 보이면 되므로 네글리제 옷자락을 걷어 올리시면 됩니다."

　"섬세하게 말해야죠!"

　퍼억. 메리다가 베개로 후려갈겼다. 소녀의 저력인지, 제법 괜찮은 일격이었지만 안면을 얻어맞고도 쿠퍼의 표정은 전혀 흐트러지지 않는다. 어디까지나 진지 그 자체다.

　"아가씨. 제가 아가씨의 교육을 맡는 이상, 지금 이건 꼭 필요한 일입니다."

　"으으으~～～～……!"

　과장이 아니라 목숨을 건 쿠퍼의 호소에 메리다의 마음도 흔들렸다. 애초에 싫다는 게 아니라 피부를 보이는 것이 그저 부끄러울 따름이니까.

하지만 아무래도 본인이 직접 걷어서 보여 주기에는 소녀의 수치심이 용납하지 않는 모양이다.

——어쩔 수 없다. 지금은 자신이 《악역》을 맡아 연기하는 수밖에 없겠다.

마음속으로 에휴 하고 탄식하면서 앞으로 발을 내디디고, 쿠퍼는 메리다의 발밑에 무릎을 꿇었다.

"죄송합니다, 아가씨. 당치않은 말씀을 드렸습니다. 역시 다시 생각해보도록 하죠."

"네에————?"

숨 쉬는 것도 잊고 있었던 것처럼 메리다가 시선을 위로 올린다. 당연히 귀까지 새빨갛다.

쿠퍼는 싱긋 웃고, 메리다의 허리 높이에서 그녀를 올려다보았다. 그런데 그 다정함이 순진한 마음에 꽂힌 것인지 메리다가 '으윽.' 하고 애가 타는 표정을 짓는다.

"죄, 죄송해요, 선생님. 제가 숫기가 없어서……."

"괜찮습니다, 아가씨는 그대로라도. 그리고 어차피—— 보여 주시게 되는 데에는 변함없으니까요."

"네에?"

"실례."

쿠퍼의 행동을 참으로 신속했다. 물 흐르듯 메리다의 네글리제 옷자락을 잡더니 요란하게 손바닥을 뒤집는다. 펄럭! 프릴과 레이스가 시야 가득히 날아올랐다.

그리고 메리다의 알몸이, 거의 남김없이 쿠퍼의 시선에 노출된다.

"어어……————."

무슨 일이 일어났는지, 메리다는 순간 이해하지 못했다. 옷이 뒤집힌 시간은 실제로는 1초나 2초가 채 되지 않았으니까. 하지만 상대는 실력파 사무라이인 쿠퍼. 동체시력과 반응속도를 유감없이 발휘해 눈앞에 펼쳐진 살색을 구석구석, 낱낱이 조사했다.

먹음직한 허벅지, 가련한 복숭아색 팬티, 자그마한 배꼽에, 열세 살이라고는 생각되지 않는 잘록한 허리. 그리고 아담하게 부풀어 올라 있는 소녀의 두 언덕……. 풍압을 뒤집어쓴 언덕은 푸딩처럼 '푸룽' 흔들렸고, 그 끄트머리에 '뿅' 하고 위를 향한 복숭앗빛까지——.

다 확인했을 즈음 겨우 정신이 든 메리다가 옷자락을 눌렀다.

"꺄아아아아아아아아아아아아악?!"

인생 최대의 충격을 일찍이 없었던 절규로 장식하고 메리다는 사타구니를 막았다. 공기를 가득 품은 네글리제의 옷자락이 섭섭한 듯이 날다 이내 가라앉았다.

"어, 어, 어어, 어딜…… 어, 보, 보시는……? 어, 어……?"

광란의 폭주로 부서진 오르골처럼 중얼거리는 메리다는, 자신의 몸에 무슨 일이 있었는지를 머리가 따라가지 못하는 듯했다. 새빨개진 얼굴의 그녀를 앞에 두고 쿠퍼는 천천히 일어섰다.

확인 결과 앞쪽에는 이상 없음——기계같이 그렇게 판단하면 서 군복 외투를 벗어 바닥에 던졌다. 와이셔츠 소매를 걷어 올 리고 다섯 손가락을 꼼지락거리며 손을 푼다.

"아가씨, 특별 테스트 한번 해볼까요. 저는 이제부터 아가씨 의 네글리제를 전력으로 걷어 올릴 테니 아가씨께서는 그걸 저 지해주십시오. 열 번 들춰지면 아가씨의 패배. 그 전에 이 방을 탈출하면 아가씨의 승리입니다. 그럼, 시작."

"네에? 특별 테스트?! 뭐, 뭐예요, 그건? ——앗, 벌써!!"

휘잉! 순식간에 메리다의 등 쪽으로 돌아 들어간 쿠퍼가, 이동 하자마자 네글리제를 걷어 올렸다. 자그마한 힙, 살짝 파고든 팬티에, 무심코 쓰다듬어주고 싶어지는 하얀 등골——을 진득 이 관찰당한 메리다의 손바닥이 한발 늦게 따라붙는다.

"꺄아아아아아악!! 자, 잠깐만요, 선생님! 화낼 거예요?!"

"죄송합니다. 저도 더할 나위 없이 괴롭습니다만, 이것은 절 대적으로 필요 불가피한 조건이며 제 의지로는 어떻게 할 수 있 는 것도—— 자, 세 번째."

"히이익?! 무, 무슨 말인지 통 모르겠지만 검사검사하듯이 옷 을 들추는 건 그만해주세요! 아니, 근데 어떻게 마나도 사용하 지 않고 그렇게 빠른 거예요?!"

"마나 능력자라곤 해도 기초체력이 기반이니까요. 지금의 아 가씨를 제압하는 일 정도는 한 손, 한 발만 있으면 족합니다. 그 나저나, 너무 저항하지 못하는 거 아닙니까?"

"꺄아악! 꺄아아악! 꺄아아아~~~악?!"

여담이지만.

이 요란한 소동은 당연히 방 바깥에도 들렸고, 직무를 열심히 하는 저택의 메이드들이 슬슬 일어나기 시작한 것 또한 명백하다. 이 야단법석 후 식당에 얼굴을 내민 쿠퍼와 메리다는 가십을 좋아하는 마담 같은 호기심 어린 시선에 노출되지만 그건 나중 일이고.

"엉큼하긴⋯⋯!!" "마음대로 말하십시오."

특별 테스트에서 간단히 승리를 챙긴 쿠퍼, 그 벌칙으로 메리다를 침대에 눕히는 중이다. 몸의 외측을 확인했으니 다음은 내측이다. 요컨대 촉진(觸診).

마나의 분출구인 맨틀과 그 통로인 베이퍼라이저를 검사하는 것이다. 각각 제대로 기능하고 있는지, 접속되어 있는지, 끝까지 뚫려 있는지⋯⋯. 이것들은 생물처럼 유동적이고 기계보다도 섬세하므로 손끝의 감각만을 의지해야 한다.

그렇지만 네글리제 차림으로 침대에 엎드린 메리다는 지금 이 작업이 그나마 편한 모양이다. 손가락 끝으로 살짝 쓰다듬고 있으니 간지럽기야 하겠지만 그렇게까지 파렴치한 부위는 건드리지 않고 있기 때문이다. 그러기에는 쿠퍼 쪽이 더 부끄러워서 차마 그러지 못하는 상황이다.

원래대로라면, 절대적인 안전을 바란다면── 속옷을 포함해 전부 벗긴 다음 가슴이 위를 향하게 해서 눕히고, 손바닥으로 면밀히 조사해야 한다. 하지만 그런 짓을 하면 아가씨의 존엄이 본격적으로 위태로워질 테고, 쿠퍼 또한 이후 메리다를 어떻게 대해야 할지를 알 수 없게 된다.

아무리 어른인 척해도 결국 열일곱 살이라는 사실을 통감한 순간이었다.

그렇지만 가능한 한 검사의 정밀도는 높이는 게 맞다. 네글리제 옷자락은 사타구니 부분이 드러날 듯 말 듯한 지점까지 걷어져 있고, '만져도 된다.'고 허가를 받은 부위에는 부담 없이 손가락을 뻗치고 있다.

메리다는 이미 여러 가지로 포기한 것인지, 새빨갛게 상기된 얼굴로 베개에 푹 엎드려 있었다.

"……선생님은, 절 여자라고 조금도 의식하지 않는군요."

문득 주눅이 든 목소리가 들려왔다. 쿠퍼는 작업하는 손은 멈추지 않은 채 대답한다.

"그렇지 않습니다. 아까 말씀드렸죠? 저도 부끄럽습니다. 다만 감정이 겉으로 나오지 않도록 훈련한 것뿐입니다."

"저, 정말로 부끄럽다면 왜 이런 짓을 하는 건가요?"

"만난 지 정말 얼마 안 됐으니 이상하게 여기실지도 모르지만, 제가 아가씨를 소중히 생각하고 있기 때문입니다."

메리다가 얼굴을 홱 들고 이쪽을 돌아본다.

"에……."

"그래서 제가 한 일로 인해 만에 하나, 억에 하나, 아가씨의 몸에 상처가 났다고 생각하면 밤에도 잠을 이루지 못할 만큼 두렵습니다. 그 생각을 하면 누구에게 비난당해도, 설령 아가씨에게 미움을 받아도, 제 자신의 명예나 감정 따윈 하찮은 것입니다……. 지금의 제 소망은 단 하나, 아무쪼록 아가씨께서 건강하게 지내시는 것, 그뿐입니다."

"…………."

메리다는 한동안 잠자코 무언가를 골똘히 생각했다.

이윽고 입술을 꽉 깨물고는, 쿠퍼에게 한마디 하고서 위를 향해 누웠다.

아까까지 가슴을 감싸고 있던 팔마저 풀고, 쿠퍼의 눈동자를 조심스럽게 바라본다.

"……죄송해요, 선생님. 검사하는 데 필요한 부분이 있으면 마음대로 만지세요."

"예? 네에."

무슨 심경의 변화일까. 뭐, 그렇게 말해준다면 검사도 하기 쉽다. 그래도 정말로 마음대로 만지는 건 이쪽의 수치심이 가만두지 않겠지만.

조금 전보다 매끄럽게 촉진을 진행하면서 쿠퍼는 입을 열었다.

"그런데 아가씨. 검사와는 별개로 한 가지 더 중요한 이야기를 해야 합니다."

"예? 네. 뭔가요?"

"실은 아가씨가 획득하신 클래스는 유감스럽게도 팔라딘이 아닙니다."

머엉. 메리다의 눈동자가 크게 휘둥그레졌다.

"네……?"

"원래대로라면 우성인자인 팔라딘이 발현했어야 합니다만,

이것도 드물게 일어나는 일입니다. 원통하시겠지만……."

　말할 필요도 없겠지만, 이것 역시 임기응변으로 지어낸 말이다. 메리다에게는 애초부터 기사 공작가문의 피가 없어서, 쿠퍼의 마나를 나누어 주어 인공적으로 능력자로 만든 것이니 당연히 팔라딘은 될 수 없었다.

　"그럼 제 클래스는 대체 뭐죠?"

　"사무라이입니다."

　"사무라이…… 선생님과 같은?"

　"네."

　메리다는 잠시 생각하듯이 침대 천장을 올려다본 다음 고개를 홱홱 끄덕였다.

　"……저는 어제까지는 마나를 아예 쓰지도 못했어요. 팔라딘이 되지 못한 건 조금 아쉽지만 어쩔 수 없죠. 틀림없이 선조님의 피가 진하게 나온 걸 거예요. 게다가 그게 운 좋게 선생님과 똑같은 사무라이라니! 전, 불만은 하나도 없어요."

　"아가씨……."

　찌이잉……! 하고 감격할 상황은 아니다.

　무심코 멈춰 있었던 손가락을 움직여서 살집이 적은 허벅지에 쭈욱 미끄러트린다.

　"납득해 주셔서 다행입니다. ──하지만 아가씨, 아가씨가 얻은 클래스가 사무라이라는 사실은 당분간 아무한테도 밝히지 않는 편이 좋을 것 같습니다."

　"네? 어째서요?"

"아가씨 본인이 납득한다 해도 기사 공작가문이라는 입장 상, 좋지 못한 소문을 내는 자가 반드시 나타나기 때문입니다."

메리다는 이해한 것 같기도 하고, 이해하지 못한 것 같기도 한 표정으로 애매하게 고개를 끄덕였다.

"선생님이 그리 말한다면 그렇게 할게요. 하지만 계속 숨길 수 있을까요……?"

"당분간만이라도 괜찮습니다. 언젠가는 스테이터스 표에도 기록해야 하는 일. 하지만 그 전에 실적만 세워버리면 반대의견 따윈 어느 정도 묵살할 수 있으니까요."

"그런 건가요?"

"그런 법이죠."

그것이 쿠퍼와 메리다가 살아남을 수 있는 유일한 활로였다.

이번에 쿠퍼에게 주어진 임무는 두 가지다. 그중 《첫 번째 임무》를 달성해버리면 된다. 요는 메리다를 기사 공작가문에 어울리는 인간으로 육성할 수 있으면 되는 것이다. 궁극적으로, 그녀의 소망대로 크레스트 레기온 입대를 달성한다면 더할 나위 없겠다.

메리다의 클래스가 드러나면 불온한 소문도 흐를 테지만, 눈부신 실적만 있다면 그것들을 간단히 뭉개버릴 수 있다. 핏줄에 관해서는 메리다가 말했던 것처럼, 모친의 가계를 끄집어내어 변명할 수 있다. 다만 그것으로 클라이언트인 몰드류 경이 납득할지 어떨지는…….

물론 말로 하는 만큼 쉬운 길은 아니다. 메리다의 성장이 잘 안

풀리거나 기대한 실적을 얻는 데 실패하면 몰드류 경은 결국 그녀를 포기할 것이다. 그 경우엔 메리다의 상황을 보고도 모른 체한 쿠퍼에게도 무자비한 단죄가 내려질 게 틀림없다.

자신과 메리다의 운명은, 이 가냘프고 연약하기 그지없는 몸뚱이에 달린 것이다…….

메리다의 발톱 끝을 마지막으로 슥 어루만지고서야 쿠퍼는 몸을 일으켰다.

"──수고하셨습니다, 아가씨. 전신의 검사가 빠짐없이 끝났습니다. 신체 내외 및 전신의 마나 기관, 모든 면에서 후유증은 일절 없습니다."

"다행이다…….."

메리다를 침대 가장자리에 앉힌 다음 쿠퍼는 바닥에 무릎을 꿇고 머리를 깊이 수그린다.

"수없이 범한 무례를 용서해주십시오. 이에 대한 벌은 어떤 것이라도…….."

"아뇨, 천만에요! 선생님은 제 몸을 생각해서 하신 거잖아요!"

몹시 당황했는지 손바닥을 파닥파닥 흔들며 메리다는 꽃처럼 화사한 미소를 지었다.

"감사합니다, 선생님."

"아가씨…….."

"저는 선생님의 학생이 될 수 있을까요?"

쿠퍼의 눈동자가 화악 휘둥그레진다.

'제가 아가씨의 교육을 맡는 이상, 지금 이건 꼭 필요한 일입

니다.'

쿠퍼는 분명히 그렇게 말했다. 검사의 결과는 메리다도 신경이 쓰이는 일이었던 것이다.

"……아가씨는 이미 제 자랑스러운 학생입니다."

쿠퍼는 중얼거리듯이 말하고, 일어나서 테라스에 인접한 창가로 이동했다. 이미 여섯 시가 다 된 시각. 아침이 찾아옴과 함께 프란돌의 가로등들이 서로 경쟁하듯 번쩍인다.

촤아악! 커튼을 여니 밀어닥친 빛이 메리다의 침실을 가득 채웠다.

퇴로는 끊어졌다. 그리고 동시에 반격의 준비도 갖추어졌다. 여기서부터 시작되는 것이다──.

쿠퍼와 메리다의 운명을 건 육성의 나날이!!

쿠퍼는 침대를 돌아보고, 부들거릴 정도로 센 눈빛으로 고했다.

"자, 바로 레슨을 시작하겠습니다. 운동복 입고 정원으로 나오세요, 메리다 엔젤!"

† † †

살상력이 없는 목검이라고 해도 그것을 다루는 자가 마나 능력자라면 사정이 매우 다르다.

푸른 불길과 눈부신 불길, 각각의 마나를 실은 무기가 충돌할 때마다 파지지지지직! 하고 우렛소리같이 충격음이 울려 퍼진다. 저택의 광장에 단속적인 섬광이 번쩍인다.

마나의 눈부신 불길을 전신으로부터 퍼뜨리는 트레이닝복 차림의 메리다는 며칠 전과 비교하면 비약적으로 운동능력이 향상되어 있었다. 무기도 팔라딘용 장검이 아니라 사무라이 클래스 납품용인, 초승달처럼 휜 외날 목검이다.

이제 자신이 먼저 덤볐다가 무력하게 되받아치기를 당하는 일은 없다. 무기를 자신에게 맞는 것으로 바꾼 덕분에 움직임이 현격히 좋아진 것 같다.

그래도 역시—— 그녀와 겨루는 쿠퍼의 눈으로 보면, 성장은 이제부터 시작이라고 할 수 있는 수준이다.

"크윽, 야앗, 에잇…… 으아아앗!"

갑자기 껑충 뛴 신체능력에 얼떨떨해하면서도 메리다는 열심히 칼을 내질렀다. 하지만 아무리 공격해도 쿠퍼는 한쪽 손 하나로 가뿐히 받아넘겼다. 홀가분하게 서 있는 그는 흐르는 물처럼 거침이 없고, 무게감이 없는데도 불구하고 공격은 벼락보다 날카롭고 강렬하다.

부우웅, 쿠퍼가 팔을 들자 메리다는 반사적으로 칼을 쳐올렸다. 하지만 직후, 터어엉! 하고 발 쪽을 완전히 빼앗겼다. 다리 후리기를 당한 것이다.

메리다는 낙법도 취하지 못하고 잔디밭에 자빠졌다.

"꺄아아악?!"

"자, 상대가 무기를 치켜들었다고 해서 무기로 공격해올 거라고 단정할 순 없습니다. 게다가……."

쿠퍼가 쥐고 있었던 한쪽 손을 확 풀었다. 메리다의 발밑에 모래알이 날아왔다.

"꺄아악! ……뭐, 뭐예요, 이거?"

"조금 전 아가씨가 뒤를 보고 있을 때 주운 겁니다. 만약 얼굴을 향해 던졌다면 어땠을까요? 눈을 문지르면서 상대의 공격에 대응할 수 있겠습니까?"

"으읏…….'"

말문이 막힌 메리다는 엉덩이를 팡팡 털면서 일어났다.

"이, 이런 거 학원수업에선 배우지 않았어요!"

"그렇겠지요. 란칸스로프에게도 그렇게 변명해볼까요?"

"으, 으으으~~……!"

속수무책으로 당하는 강아지처럼 으르렁거리다, 메리다는 양손으로 목검을 꽉 다시 잡고 자세를 취한다.

"……하, 한 판 더 부탁드립니다!"

피식 웃고 쿠퍼도 목검을 들었다.

"좋습니다. ──계속하죠."

여유롭게 자세를 갖추고 기다리는 쿠퍼를 향해서 메리다가 힘차게 지면을 박찼다.

그리고 다시 수차례 광장이 섬광으로 물들었고, 마지막에는 아가씨의 비명이 드높이 울려 퍼졌다.

실수와 실패를 뼈저리게 느낀 뒤에는 검술이론 시간이 시작되었다.

얼룩 하나 없는 와이셔츠 차림의 쿠퍼와, 몇 차례나 굴려져 흙투성이가 된 메리다가 광장 중앙에서 목검을 내리고 마주 본다.

"자, 왜 아가씨의 공격이 한 번도 명중하지 않고, 오히려 아가씨가 몇 차례나 당했는지, 이유는 아시겠습니까?"

"그, 그건, 선생님이 아주 강하시기 때문입니다!"

"틀렸습니다. 물론 단순한 스테이터스의 차이로 승패가 정해지는 경우도 많습니다만, 이번 문제는 그것을 묻는 게 아닙니다. 정답은, 아가씨가 제《허점》을 찌르지 않았기 때문입니다."

"허점?"

쿠퍼는 몸을 구부리고 발밑에서 흙덩이를 떠냈다.

"예를 들면 아까 저는 왜 아가씨에게 모래를 던지려고 했을까요? 왜, 몇 번이나 다리후리기를 걸어서 넘어뜨리려고 한 것 같습니까?"

"으으음, 여자애가 아파하는 모습을 보는 걸 좋아하셔서, 라든가⋯⋯."

"그만하십시오 결단코 아닙니다."

즉시 부정하면서 쿠퍼는 어흠 하고 헛기침을 했다.

"⋯⋯바로, 아가씨에게 커다란 허점을 만들게 하기 위해서입니다. 상단으로 칼을 들어 올린다→다리후리기를 건다→무방비인 상대를 공격한다. 보지 않을 때 모래를 줍는다→상대의 시야를 가린다. 아가씨는 이러한 과정을 소홀히 하고, 처음부터 유효타를 노리고 들어왔기 때문에 스테이터스에서 우위인 제게 공격이 닿지 않으셨던 겁니다."

"그런 소리를 해도 어떡해야 좋을지⋯⋯."

눈살을 찌푸리고 고민하는 메리다를 앞에 두고 쿠퍼는 고개를 갸우뚱하면서 목검을 어깨에 짊어졌다.

"예를 들면, 그렇네요…… 아, 그 전에 아가씨. 옷자락이 말려서 배꼽이 보입니다."

"네에? 꺄아악!"

"허점 발견."

토오옹! 내려친 목검이 메리다의 정수리를 때렸다.

얻어맞은 머리를 누르면서 메리다는 울상이 되어 항의한다.

"선생님, 치사해요!"

"상대가 눈앞에서 무기를 들어 올리는데 방심하지 말 것! ──뭐, 지금 건 극단적입니다만 제가 말하고자 하는 바가 이런 것입니다. 지금 아가씨는 옷자락에 정신이 팔려 머리 위가 완전히 허술했습니다. 그 계기를 만든 것은 제 말이었고요. 자신의 공격이 확실하게 들어갈 수 있게끔 상대의 의식을 컨트롤해서 방심하는 부분을 만들어내는 것. 이것이 《허점을 찌른다》라는 것입니다."

공부벌레인 메리다는 팔짱을 끼고 열심히 쿠퍼의 가르침을 이해하려고 했다.

"상대의 의식을…… 컨트롤……."

"네. 상급자끼리의 싸움이 되면 이게 어렵습니다. 달인은 이쪽이 아무리 뒤흔들어도 의식의 컨트롤을 놓는 법이 없거든요. 전신을 훑어봐도 방심하는 부분 따윈 전무. 그래서 '허점이 없다.'라고 하는 겁니다."

"…………."

메리다가 잠시 고개를 갸우뚱거리고 웅웅 소리를 내며 고뇌한다.

그러더니 갑자기 엉뚱한 방향으로 손가락을 내밀었다.

"보세요, 선생님! 저런 곳에 국왕폐하가!"

"없습니다."

"세상에, 그 희귀한 천옥조(天獄鳥)가!"

"안 납니다."

"에이미랑 메이드들이 미역을 감고 있어요!"

"……안 감아요."

"지금, 살짝 뒤돌아보려고 했었죠?"

"그, 그럴 리가 없잖습니까!"

어흠. 헛기침으로 얼버무리면서 쿠퍼는 천천히 회중시계를 꺼냈다.

"……슬슬 마칠까요. 아가씨, 학교 가실 준비를 해주십시오."

실컷 자빠진 터라 메리다는 지금 흙투성이다. 미역……이 아니라 샤워를 할 시간도 필요하다. 아가씨가 몸단장에 얼마나 시간을 들이는지, 미리 에이미에게 물어봐 두길 잘했다.

학교라는 말을 듣고 메리다의 표정이 화아악, 하고 단숨에 환해졌다.

"학교! 저, 학교 가는 게 기대돼요!"

"어이쿠, 꽤 변하신 것 같군요. 그렇게 우울해 보였던 아가씨는 어디로?"

"이전까지의 저와는 다르니까요! 지금의 제게는 마나가 있고! 훌륭한 클래스도 있어! 학교 애들이랑 똑같아! 동료, 동료!"

어지간히도 기쁜지 메리다는 말까지 짧아져 있었다. "레슨, 감사합니다!"

정중하게 인사한 후 꼬리를 흔드는 강아지처럼 등굣길을 신나게 뛰어간다.

그 어깨를 쿠퍼가 억센 손바닥으로 콱! 붙들었다.

"잠시 기다려주십시오, 아가씨. 마지막으로 딱 하나, 아주 중요한 지도가 남아 있습니다."

"네? 네엣, 뭐죠!"

뭐든 듣겠습니다, 라고 하는 듯한 아가씨를 향해 쿠퍼는 싱긋 웃고 뒤로 돌았다.

"오늘부터 일주일 동안——저와의 레슨 이외에서의 마나 사용을 일절 금지합니다."

† † †

"어째서요오~~~~~~~~~~오오오?!"

메리다의 비통한 외침이 성 프리데스위데 엔트런스에 울려 퍼졌다.

시각은 정오가 조금 지났을 무렵. 평상시라면 이제부터 오후 실기수업이 시작될 즈음이다. 하지만 교사 측 터널에서 걸어오는 메리다는 결코 땡땡이를 치는 중이 아니다.

오늘부터 일주일간 성 프리데스위데 여학원은 학기말 공개시합을 대비한 특별한 타임 스케줄로 바뀐다. 의무적인 출석은 오전 강의수업만이고, 오후에는 전교생의 자유연습이 허용된다. 공개시합은 복수의 사람에 의한 팀—— 유닛 단위로 실시되기 때문에 그 점을 배려하는 준비 기간이라고 할 수 있겠다.

따라서 수업이 없더라도 학생들은 각자의 유닛으로 모여 연무장을 나눠서 시합을 대비한 연습에 몰두한다. 명목상으로는 반나절 수업이지만 이런 이른 시간에 하교하려는 학생은 달리 없으므로 메리다의 한탄을 누가 알아채는 일은 없었다.

변함없이 조각처럼 반듯하고, 영리하게 생긴 얼굴로 쿠퍼가 그 옆을 따른다.

"말씀드렸잖습니까? 현재 아가씨는 아직 마나를 각성시킨 지 얼마 안 되어서 불완전한 상태입니다. 공작가문 따님으로서 '되고 싶은 모습'이 있다면, 지금은 자신을 높이는 일에만 전념하십시오. 사람들에게 칭찬받고 싶다고 생각하는 건 일주일 빠릅니다."

"칭찬받고 싶다고 생각하지 않았어요. 근데 밝히는 것도 안 된다니……."

추우욱. 불쌍할 정도로 어깨를 떨구고 있는 주인에게 미안함을 느끼지 않는 것은 물론 아니다.

사실 '불완전한 상태' 운운은 그냥 궤변이다. 쿠퍼의 목적은 단 하나. 메리다의 각성이 많은 사람에게 드러나기 전에, 시간이 아슬아슬하게 허락할 때까지 그녀를 단련시키는 것이다.

그리고 철저히 파악하는 것이다. 《무능영애》메리다 엔젤의 자질을.

이 소녀가 정말로 이 목숨을 걸어서라도 키울 가치가 있는지 어떤지를——.

쿠퍼는 메리다의 가냘픈 어깨에 살짝 손바닥을 댔다.

"아가씨, 운명의 날은 일주일 후입니다. 그때까지는 학교 친구들도 속이십시오. 그래야 그들이 일찍이 없던 기적을 직접 보게 될 테니까요."

진지한 진언에 메리다가 이쪽을 올려다보며 표정을 씩씩하게 다잡았다.

"……네엣, 선생님. 반드시 시합에서 좋은 결과를 낼게요!"

"오옷. 기합이 대단하군요, 아가씨."

쿠퍼가 감탄하자 메리다는 순식간에 "에헤헤." 하고 긴장이 싹 다 풀린 미소로 화답한다.

"실은 저, 엘리와 옛날에 약속한 일이 있어서요. 공개시합이 끝나면 서클렛 나이트 축제가 코앞이잖아요? 그 퍼레이드에서………… 앗."

바로 이때. 앞길을 가로막듯이 나타난 복수의 그림자가 메리다의 입을 다물게 하였다.

터널 출구에서 쏟아져 들어오는 역광이 트윈 테일을 훤히 비춘다.

"왜 벌써 집에 가고 그래, 메리다."

"네, 네르바……."

메리다의 어깨가 차갑게 굳어졌다. 트윈 테일 소녀 일행은 메리다를 자신들의 유닛에 넣었던 그룹이다. 그것을 《블루멘》이라고 불러도 되는 건지는 매우 의문이었지만.

몸을 뒤로 젖히고 팔짱을 끼고서 네르바는 고압적으로 입을 열었다.

"넌 내 블루멘의 일원이었는데, 잊어버렸어? 하다 하다 뇌수까지 뒤처진 거니. 지금부터 연습이니까 빨리 옷 갈아입고 와."

"……나, 나."

더듬으면서도, 메리다의 떨리는 목소리가 터널 안에 메아리친다.

"나, 나, 유피네 유닛에 들어가게 돼서, 그래서."

"뭐어? 학급 위원장? 그게 진짜……."

"버, 벌써 신청도 끝났으니까, 너희 유닛에는 못 들어가……미안."

네르바를 둘러싸고 있었던 여학생들이 여봐란듯이 한마디씩 날린다.

"믿을 수 없어! 어떻게 그렇게 제멋대로!"

"우리가 얼마나 난처해질지 생각도 안 했겠지!"

네르바는 잽싸게 손바닥을 들어서 그녀들을 진정시켰다.

벌레를 내려다보는 듯한 차가운 눈을 하고 네르바가 내뱉었다.

"아, 그래. 그럼 됐어, 우리 넷이서만 나갈게. 그나저나 넌 왜 이렇게 빨리 돌아가려고 하는 거야?"

"여, 연습에는 참가하지 않아도 된다고 해서……. 그, 그리고 이제부터 선생님과의 레슨이⋯⋯."

"선·생·님·과·의·레·에·슨!!"

하핫! 네르바는 앙칼지게 폭소했다. 그러나 눈은 전혀 웃지 않았다.

"헤에, 그래. 메리다는 나나 유피 애들과의 연습보다 거기 있는 선생님과의 레슨을 우선하는구나! 대단하네. 과연 기사 공작가문 따님다워!"

"아, 아니야. 딱히, 그런 뜻으로⋯⋯."

"시합, 기대하고 있으렴."

힐끗 메리다를 보고——이어서 쿠퍼를 노려보고 네르바는 옆을 걸어 지나갔다. 다른 소녀들도 저마다 악담을 남기고 리더의 뒤를 따라간다.

"아, 긴장했다⋯⋯!"

"아가씨, 왜 힘껏 되받아치지 않는 겁니까!"

쿠퍼가 참지 못하고 따지고 들자, 메리다는 머뭇머뭇 스커트 자락을 잡았다.

"그, 그치만⋯⋯."

"더는 그들에게 주눅 들 필요 없습니다. 당당하게 굴어도 되지 않습니까."

"그, 그래도, 갑자기는 힘들어요. 쭉 괴롭힘당한 걸요⋯⋯."

"이런. 아무래도 피지컬뿐만 아니라 멘탈도 단련이 필요하겠군요."

어깨를 으쓱하면서 쿠퍼는 천천히 엔트런스 출구 쪽을 돌아보았다.

"──그런데, 거기서 엿보고 있는 당신들도 아가씨에게 무슨 볼일이 있습니까?"

어어? 메리다는 얼굴을 들었다.

그러자 성문 뒤에서 두 소녀가 주뼛주뼛 얼굴을 내밀었다.

"우리가 무슨 잘못이라도 한 양 말하지 마요! 그쪽이 좀 어수선해 보이길래, 숨어서 말을 걸 기회를 가만히 살피고 있었던 것뿐이니까!"

"……로제 선생님. 아마 그걸 가리켜 엿본다고 하는 게 아닐까."

"으윽……!"

쿠퍼와 메리다 사제(師弟)같이 뚜렷한 대조를 이루는 이인조였다.

키가 작은 쪽, 성 프리데스위데 교복을 입은 은발 여학생은 쿠퍼의 기억에도 아직 새롭다. 메리다의 사촌 자매 되시는 엘리제 엔젤 양이다.

그리고 그 옆에 있는, 엘리제보다 머리 하나는 큰 붉은 머리 여자. 요정의 직물로 착각할 만큼 아리따운 의상을 걸친 그녀는, 놀랍게도 쿠퍼가 아는 사람이었다.

"어머나." 하고 눈썹을 올리는 거로 보아 저쪽도 눈치챈 모양인지, 그녀는 불쾌한 기분을 푼 강아지처럼 후다닥 달려와 쿠퍼의 손을 꼬옥 감쌌다.

"에헤헤……! 또 만났네, 신사님!"

"……당신이었군요."

솔직히 두 번 다시 만날 기회는 없을 줄 알았다. 이틀 전 이 가구(街區)에 도착했을 때, 역에서 잠깐 동행했던 패션모델 같은 여자다.

옆에 있는 메리다가 어딘가 불안해 보이는 눈길로 이쪽을 올려다보았다.

"저, 저기, 선생님. 그쪽 분은……?"

소리가 난 쪽을 홱 내려다보고서 붉은 머리 여자는 쿠퍼의 손을 잡은 채, 다른 한쪽 팔을 교차하는 형태로 메리다에게 손바닥을 내밀었다. 성격 한번 급해라.

화아아악, 무방비한 미소가 눈부시게 발산된다.

"처음 뵙겠습니다! 저는 그저께 엘리제 아가씨의 가정교사로 부임한 로제티 프리켓이라고 합니다. 편하게 로제라고 불러요? 메리다 님!"

"로제티라면…… 설마 그, 1대 후작(캐리어 마키스) 로제티 프리켓 님 말인가요?!"

메리다가 눈을 동그랗게 뜨자 붉은 머리 여자는 방정맞게 웃었다.

"아, 아니, 그런 대단한 사람은……. '그'라는 소릴 다 듣고 이거 참, 데헤헤……. 어딜 가도 이름이 알려져 있으니 무슨 꼭 유명인 같네, 나."

무슨 꼭이 아니라 실제로 초 유명인이다, 이 소녀는. 일선급 마나 능력자라는 신분과는 정반대로 귀족이 아닌 《하층 거주

《구》 출신이라는 속성 때문에.

하층 거주구는 '벽 없는 빈민가' 라는 멸칭으로도 불린다.

프란돌을 구성하는 25개의 캠벨. 캠벨을 지탱하는 금속기반. 그 금속기반 바로 아래에 펼쳐져 있는 것이 약 30만 명의 인구가 생활하는 하층 거주구다.

캠벨은 수용가능한 사람 수의 한계와 함께 생산력이라는 문제도 품고 있었다.

사실대로 말하자면 인공세계인 프란돌 내에는 농작지가 없다. 도시의 생명선인 넥타르를 채굴해올 인력도 필요하다. 그 역할을 떠맡고 있는 것이 캠벨 바깥에서 생활하는 그들—— 프란돌 총인구의 약 절반을 차지하는 하층 노동자 계급이었다.

이 로제티라는 소녀는 그 하층 거주구 출신이지만 어린 시절에 돌연 마나를 각성. 특례를 인정받아 프리켓 집안과 함께 귀족계급으로 격상된 경력을 가졌다.

편견 때문에 마나 능력자 양성학교에 다니지 못했음에도 불구하고 독학으로 자신의 클래스를 극한까지 연마했고, 유닛 전투인 전교 통일 토너먼트에서는 전대미문의 개인단독우승 달성.

최연소로 크레스트 레기온 입대를 이뤘을 뿐 아니라 국왕폐하로부터 그 공적들을 치하받아 1대 후작(캐리어 마키스)…… '로제티가 생존해 있는 한 캠벨의 구장(區長)과 동등한 후작 지위를 프리켓 가문에 수여하겠다.' 라는 특별한 칭호를 받은 소녀——.

정말 노력으로 해낼 수 있는 모든 것을 성취해왔다고 해도 과언이 아닐 것이다.

"뭐, 이래저래 나에 대해 거창하게 말하는 사람이 많지만, 지금은 엔젤 가문에 고용된 몸이니까 그런 건 신경 쓰지 말기다? 우리는 이미 친척 같은 거니까! 넵, 잘 부탁해요!"

로제티는 웃으며 메리다의 손을 잡고 붕붕 흔든다. 아무래도 이 촐랑대는 언니는 엔젤 가문 본가와 분가의 미묘한 관계를 전혀 이해하지 못하고 있나 보다.

메리다는 아직 머리가 따라잡지 못한 것 같은 얼굴로 이쪽을 올려다봤다.

"서, 선생님들끼리 아는 사이세요?"

"……네에, 얼굴과 이름 정도는. 1대 후작이 이 마을에 무슨 일로 왔나 싶었습니다만."

한쪽 눈동자에 힘을 주고 쿠퍼는 정면의 로제티를 똑바로 응시한다.

"설마 이런 형태로 재회하게 될 줄이야."

"에헤헤, 왠지 그거 같은데! 연극 시나리오 말이야!"

변함없이 실실거리는 로제티. 쿠퍼의 미묘한 표정 변화를 눈치채지 못했는지, 재차 이쪽의 손을 감싸 쥔다.

"당신에 대해서도 엘리제 님에게 들었어. 쿠퍼 방피르 씨, 였지? 피차 엔젤 가문에 고용된 사람이고, 영애의 가정교사에, 다니는 학교도 똑같으니 앞으로 사이좋게 지낼 수 있으면 좋겠어!"

"…………."

쿠퍼는 표정을 움직이지 않고 잠시 그녀의 손바닥을 내려다봤다.

……이 경박한 붉은 머리는 전혀 모르는 모양이다. 우리 둘이 대체 어떤 처지에 놓여 있는지를.

메리다와 엘리제만이 아니다. 그 교육자인 쿠퍼와 로제티도 마찬가지로 세간의 비교대상이 된 것이다. 그 행동거지부터 교양, 제자의 실적에 이르기까지 늘 무수한 시선이 두 사람을 견주어 볼 것이다. '어느 쪽이 더 유능한가?' 하고.

그것을 충분히 이해하고 있는 쿠퍼가 할 대답은 단 하나.

──질 수 없다. 아가씨의 명예를 위해서도 이 여자에게만은 절대로 질 수 없다.

쿠퍼는 가까스로 싱긋하고 미소를 돌려주었다. 로제티가 감싸고 있는 자신의 손바닥을 들어 올린 다음──예고도 없이 파앙! 하고 뿌리쳤다.

믿을 수 없는 광경을 본 것 같은 표정으로 로제티가 눈을 껌뻑거린다.

"어, 아, 으음, 엇……??"

"죄송합니다만, 이제 이 이상 당신과 친해질 수는 없습니다."

"어, 어째서? 왜? 왜? 왜에에?!"

"당신처럼 막 사는 여자는 메리다 아가씨의 교육에 악영향을 끼치기 때문입니다."

"막 살아──────────?!"

로제티의 절규가 터널 안에 울려 퍼졌다.

두 눈에 눈물마저 글썽이면서 로제티가 쿠퍼에게 따지고 든다.

"막 산다니 그게 무슨 소리야, 막 산다니! 요전엔 그런 말 안

했었잖아! 그렇게나 친절한 신사였었는데!"

"그건 그거고 이건 이거죠. 붙임성 있게 굴어야 할 때와 상대를 판별하는 것도 신사의 소양이라는 것입니다."

"미……믿을 수 없어, 이런 능구렁이가 어디 있담!! 내가 얼마나 감동했었는데! 정말로 이런 왕자님 같은 사람도 있구나, 하고 꿈만 같았는데! 내 두근거린 마음을 돌려줘!"

"네? 있을 턱이 없잖아요, 그런 토 나오는 왕자님 같은 게. 동화책은 열두 살 때까지만 보고 졸업했어야죠, 이 유치한 사람아."

"뭐, 뭐, 뭐야아아아――――――!! 나 진짜 열 받았어!"

달콤한 로맨스의 예감에서 급변, 답이 안 나오는 말싸움을 시작해 버린 어른들을 앞에 두고 교복 차림의 공작가문 아가씨들은 안절부절못하고 당황할 뿐이었다.

"어버, 어버버버버……! 어, 어쩌다 갑자기 이렇게……?!"

아무튼 이대로는 안 되겠다. 천성이 진지한 메리다는 과감하게 한 발을 내디뎠다.

"두 사람을 말려야 해! 우리가 하자, 엘리!"

"뭐?"

"아……."

메리다가 갑자기 뒤돌아봐서, 두 사람은 얼굴을 마주 보고 말았다.

순식간에 얼굴이 새빨개지는 메리다와는 대조적으로 엘리제는 무표정을 유지하며 고개를 살짝 끄덕였다.

"응."

"으, 으음, 그, 저기……."

"뭐 하면, 되는데?"

"역시 아니야!! 방금 말 취소! 내가 어떻게든 해볼게!"

요란하게 팔을 흔들고서 메리다는 힘껏 소리를 질렀다.

"진짜, 선생님! 아이 같은 심술은 그만 부리세요!"

멈칫. 언쟁하고 있었던 가정교사 콤비도 입을 다문다.

"방금은 선생님이 잘못했다고 생각해요. 다른 사람 욕을 하는
건 좋지 않아요."

"머……면목 없습니다."

연하의 여자아이에게 반박할 수 없는 지적을 받고 말았다. 살
짝 머리를 숙이자, 로제티가 아주 유쾌한 듯이 웃으면서 얼굴을
들이민다.

"이야~~. 지금 혼나는 거야~?"

쿠퍼는 눈은 돌리지 않고 팔을 일섬, 로제티의 엉덩이를 후려
갈겼다. 파아————앙! 실로 속 시원한 소리가 울렸다.

"아이고오————?! 엉덩이, 엉덩이를 때렸어! 치한! 성추
행이야!"

"자, 아가씨, 솜사탕으로 뇌를 채운 여자가 시끄러우니 슬슬
돌아가시죠."

"누, 누구 뇌가 솜사탕이야! 이 사이비 신사가!"

쿠퍼는 메리다의 어깨에 손을 더하면서 우아하게 뒤돌아보았
다.

"그럼 안녕히 가십시오, 엘리제 님. 그리고, 으으음…… 뿌리

케에에엣 씨?"

"크윽, 깔보는 뉘앙스로 남의 성을 불렀겠다……!"

원통해 하며 이를 갈고, 로제티는 눈물마저 글썽이면서 몸을 홱 돌린 다음,

"흥이다, 우는 소리나 충분히 준비하고 시합 날을 기다리도록 하셔. 우리 아가씨가 당신의 메리다 님을 이겨줄 테니까아아아아아아아악!"

악역의 본보기 같은 패배 대사를 남기고 다다다다── 흙먼지를 일으키면서 사라졌다. 남겨진 엘리제가 종종걸음으로 그 뒤를 쫓아간다.

두 사람의 모습이 보이지 않게 되자 메리다는 얼굴에 식은땀을 흘리면서 말했다.

"저기, 선생님, ……이렇게 닥치는 대로 적을 만들어도 정말 괜찮을까요, 시합."

"그렇군요. 우선……."

쿠퍼는 메리다의 어깨에 손을 놓고 싱긋 웃어주었다.

"아가씨. 앞으로 일주일간, 티타임은 없다고 각오하십시오."

"네에에에에~~?!"

오늘만 몇 번째인가 싶은 메리다의 비명이 터널 안에 울려 퍼졌다.

† † †

귀가 후 저택 뒤편, 식물원으로 둘러싸인 광장. 점점 더 질 수 없는 입장으로 몰린 메리다 아가씨의, 쿠퍼가 가정교사에 취임하고 3일째가 되는 레슨이다.

　일주일 후 있는 학기 말 공개시합에서 성과를 남기기 위하여, 얼마 남지 않은 시간을 최대한으로 활용해 오늘부터 실전에 가까운 레슨을 행해야 한다.

　"그런 연유로 아가씨는 우선 마나의 로우, 뉴트럴, 카오스 상태의 차이에 관해서 배우시겠습니다."

　"로우? 뉴트럴?"

　늘 입는 와이셔츠 차림이 된 쿠퍼와, 메이드들이 깔끔하게 세탁해준 트레이닝복을 입은 메리다가 아침과 똑같이 목검을 들고 마주 본다.

　광장 구석에는 에이미에게 미리 부탁해둔 칠판이 새로 설치돼 있었다. 쿠퍼는 분필을 손에 들고 마치 학교 선생님이 된 기분으로 강의를 시작한다.

　"아직 1학년 이 시기이니 배우지 않으셨겠네요. 얼라인먼트라고 불리는 이 개념은, 능력자의 마나가 현재 어떠한 상태에 있는지를 나타낸 것입니다."

　칠판에 몸 절반을 돌리고 말과 함께 또박또박 분필을 미끄러뜨린다.

　"마나를 전혀 걸치지 않은 《로우》 상태. 마나를 해방해서 전신의 맨틀로 균등하게 퍼지게 한 《뉴트럴》 상태——이건 통상 상태라고도 불립니다. 그리고 마지막으로 공격 스킬을 발동하기 위해서 한쪽 끝에 집중하는 등 마나가 불균일하게 치우친 상태가 《카오스》가 됩니다.”

말을 끝맺고서 ‘뉴트럴’을 의미하는 철자를 분필 끝으로 쿡쿡 찌른다.

“우리가 자주 보는 공격력, 방어력과 같은 스테이터스 표는 뉴트럴 상태에 있는 능력자의 신체능력을 프란돌 통일 백병전 능력 측정기준에 따라서 수치화한 것입니다. 아가씨도 벌써 체감하셨듯이 마나는 인간의 운동능력을 비약적으로 향상시킵니다. 거꾸로 마나를 걸치지 않은 로우 상태라면 우리 또한 보통 인간과 조금도 다르지 않습니다.”

문득 임무 전에 읽었던 자료를 떠올리고서 쿠퍼는 피식 웃음을 지었다.

“이전까지의 아가씨는 바로 이 로우 상태에서 스테이터스를 측정했기 때문에 그런 비참한 성적을 얻고 말았다는 얘기지요.”

“으으으~⋯⋯.”

울상이 된 메리다는 기가 죽었지만, 사실 그렇게 비관할 일도 아니다. 만약 지금 시험 삼아 다시 한번 스테이터스를 측정해보면, 입학 때와는 비교가 안 되는 수치가 되어 있을 테니까.

쿠퍼는 일단 분필을 놓고, 목검을 지면에 푹 꽂아 세웠다.

“그럼, 바로 실천해보죠. ──아가씨. 마나를 해방해 얼라인먼트를 로우에서 뉴트럴 상태로!”

“네, 네엡! 으음⋯⋯!”

메리다가 눈을 감고 주먹을 꽉 쥐고서 의식을 집중한다. 이윽고 파아앗! 하고 전신에서 황금색 불길이 솟아올랐다.

"생겼어요!"

"늦어요! 해방에 3초나 걸렸습니다."

"네에에에?!"

깜짝 놀라는 메리다에게 개의치 않고 쿠퍼의 표정은 어디까지나 냉정했다.

"그, 그래도 저, 열심히 했어요!"

"기습해온 적이 3초나 기다려줄 거라 생각하십니까? '열심히 준비했으니까 기다려주세요.' 이런 변명이 통할 것 같습니까?"

"흐으으으~……!"

뺨에 분한 마음을 가득 모으고서 메리다는 또다시 울상을 지었다.

그러나 쿠퍼의 반응은 가차 없었다.

"아가씨도 짜증이 날 정도로 잘 알고 계시죠? 마나를 걸친 능력자에게 그렇지 않은 인간은 무력하기 짝이 없습니다! 뉴트럴 상태로의 이행시간은 짧으면 짧을수록 좋습니다. 이것도 매일 해야 하는 과제의 하나입니다. 앞으로 아가씨는 1개월에 0.1초씩 해방시간을 단축해 주시길 바랍니다. 그럼 3년 후에는——."

말하는 도중에 눈을 한 번 깜빡인다. 그 찰나에 푸른 불길이 시야를 단숨에 물들였다.

"0.01초면 임전태세에 들어갈 수 있게 됩니다."

"대, 대단해요……."

쿠퍼의 너무나도 자연스럽고 순간적인 마나의 해방에 메리다는 숨을 삼켰다.

로우 상태로 마나를 가라앉히고, 쿠퍼는 주머니에서 회중시계를 꺼냈다.

"그럼 아가씨. 정확한 기록을 잴 테니 한 번 더 마나를 해방해 주십시오."

"네, 네엡."

메리다는 일단 마나를 가라앉히고서 다시 힘을 꽉 집중했다.

화아악! 눈부신 불길이 전신에서 솟아오른다.

"됐어요!"

"조금 전보다도 늦습니다! 다시!"

"네에에에?!"

"오늘 최고기록이 나올 때까지 몇 번이고 다시 할 겁니다."

"으으으으~~~~……!"

메리다가 트레이닝복 옷자락을 꾸깃꾸깃 쥐어 뭉갰다.

"이 귀신 같으니!"

"제가 귀신이라고요? 당치도 않습니다."

쿠퍼는 훈련생 시절 두 번 연속해서 같은 실패를 하면 채찍으로 맞고, 그 실수를 극복할 때까지 반성실에 처넣어졌으니 그렇게 말한 만하다. 그에 비하면 지금 이 상황은 천국이다.

그때, 등 뒤의 수풀에서 바스락거리는 기척이 움직였다.

"……애, 방금 들었어? 귀신이래!"

"역시 귀축교사였어……!"

트레이닝을 엿보러 온 메이드들이 수군거리고 있다. 귀축 아니라니까 그러네.

두 번 정도 반복하자 겨우 조금 전과 동등한 기록이 나왔다. 이미 어깨를 들썩이며 숨을 쉬고 있는 메리다에게, 쿠퍼는 다시 분필을 손에 들면서 고했다.

"잠시 그대로 뉴트럴 상태를 유지하십시오. 먼저 해둘 이야기가 있습니다."

또각. 분필을 칠판에 미끄러뜨린다.

"우리 클래스, 사무라이의 특성에 대해서입니다. 아가씨는 이미 학습하셨겠지만, 복습도 겸해서 한 번 더 확인하고 가겠습니다."

또각또각또각. 깔끔한 글자가 칠판에 써진다.

교과서와 중복되는 내용이었지만 메리다는 열심히 눈으로 좇았다.

"암살 클래스…… 마나를, 수렴……."

"뭐, 사무라이 클래스의 전투방식은 기본부터 조금씩 가르쳐나갈 생각입니다. 지금 주목해주셨으면 하는 거는 이쪽입니다. 능력의 강화 적성률에 관해서."

약간 비좁아진 칠판에 쿠퍼는 [공격 · 방어 · 민첩 · 특수 · 공격지원 · 방어지원]이라고 여섯 개의 항목을 쓰고서 각각에 [B · C · A · C · C · −]라고 랭크를 표시했다.

"이 랭크표는 그 클래스의 능력자가 마나를 걸쳤을 때, 각각의 요소가 어느 정도의 비율로 강화되는지를 나타낸 것입니다. 사무라이는 민첩력이 매우 강화되기 쉽고, 거꾸로 방어력은 강화되기 어려운 셈이지요. 자신의 클래스에 맞지 않는 트레이닝을 해봐야 비효율적일 뿐이므로 훈련시간도 이 표대로, 2·1·3·1·1의 비율로 할당하는 게 좋습니다."

"그렇군요."

메리다는 순순히 고개를 끄덕인다. 흐뭇한 표정을 지으면서 쿠퍼는 다시 목검으로 지면을 찔렀다.

"이 기초 스테이터스 단련 역시 매일매일의 커다란 과제입니다. 그리고 오늘부터 일주일간, 아가씨는 공개시합을 대비하여 하나 더 특별 메뉴를 소화하시겠습니다."

"특별 메뉴?"

"원래대로라면 공격 스킬 하나라도 배우셨으면 합니다만…… 1학년 이 시기라면 공격 스킬은 요란할 뿐, 그렇게까지 결정적인 요인은 되지 않습니다. 지금은 일단, 효과적으로 《이기기 위한 방법》을 전수하려 할까 합니다."

쿠퍼는 지면에서 목검을 뽑아 손바닥으로 빙글 돌리고 자세를 취했다.

"자, 슬슬 몸에 좀이 쑤셔서 못 견디시겠죠? 기다리시던 대련 시간입니다."

오늘 아침의 악몽이 떠올랐는지 메리다의 미모가 '으웩' 하고 일그러졌다.

메 리 다 　 엔 젤

클래스:사무라이

HP	186		MP	20		
공격력	18(14)		방어력	15	민첩력	21
공격지원	0~20%			방어지원	-	
사념압력	19%					

주 요 　 스 킬 　 / 　 어 빌 리 티

은밀Lv1

종합평가……[Ⅰ-F]

네 르 바 　 마 르 티 요

클래스:글래디에이터

HP	274				
공격력	25	MP	31		
공격지원	-	방어력	24	민첩력	18
사념압력	10%		방어지원	-	

주 요 　 스 킬 　 / 　 어 빌 리 티

강체(鋼體)Lv1 / 지원 효과 반감LvX / 갤릭 해머

종합평가……[Ⅰ-D]

[투 사 　 / 　 글 래 디 에 이 터]

뛰어난 공격성능과 방어성능으로 적을 압도하는 클래스. 단기로 적진에 돌입하는 호쾌한 전법은 글래디에이터가 아니고서는 기대할 수 없다. 반면 지원능력을 일절 갖추지 않고, 또 아군으로부터의 지원효과를 반감하는 골치 아픈 특성을 가지므로 운용에는 주의가 필요하다.

적성[공격 : A　방어 : A　민첩 : C　특수 : -　공격지원 : -　방어지원 : -]

LESSON: III ～지켜봐 준다는 것～

　7월도 종반으로 접어들어 학생들이 고대하는 장기휴가가 다가온 카디널스 학교구. 종업식을 내일로 앞둔 성 프리데스위데 여학원에서는 소녀들이 서로의 무예를 피로하는 학기말 공개시합이 시행되려 하고 있었다.

　시합장소는 학교구 주변의 양성학교에서 공동으로 사용되는 거대 콜로세움이다. 필드에는 삼림, 황야, 폐허, 호수 위 등, 온갖 전장을 상정한 동서남북 300미터의 스테이지가 복수 설치되어 있어서 학년별로 나뉜 유닛이 차례로 대전하고 승패를 겨룬다.

　학생들의 사기를 한층 고조시키는 것은 현수막에 커다랗게 쓰인 '공개시합'이라는 한 문구였다. 평소엔 바깥 세계와의 접촉을 최대한 멀리하는 귀족 따님 학교도 이날만은 사정이 달라진다. 학생의 가족을 중심으로 도시 주민, 다른 칼리지 학생들, 멀리서 구경하러 찾아온 관광객 혹은 길드의 시찰까지 몇천 명 이상의 사람들이 객석을 가득 채운다. 시합용으로 특별한 배틀 드레스를 입은 소녀들도 새삼 기합이 들어가는 게 보통이다.

　그리고 그런 가운데 1학년 선수 대기실에 있는 우리 메리다 아

가씨는,

"선생님, 되도록 스테이지에서 눈에 띄지 않을 테크닉은 없나요……?"

표정을 잔뜩 찌푸리고, 구석 쪽에 우두커니 서 있는 중이다.

기껏 준비한 배틀 드레스의, 전장의 천사를 방불케 하는 화려함도 아무 소용 없다. 여전히 외톨이인 아가씨께서는 미팅 중인 소녀들 사이로 들어가지도 못한다. 여기에 안절부절못하고 시간을 허비하다 보니 우울한 기분만 점점 커지는 모양이다…….

"무슨 당치도 않은 말씀을. 아무리 사무라이 클래스일지언정 할 때는 확실하게 하고, 와아! 하는 갈채를 받아야지. 그 정도의 기개도 없으면 어떡합니까."

"그, 그치만, 관중이 저렇게나 보고 계시는데요……?"

"절호의 데뷔전이 아닙니까."

"저, 자신 없어요……."

시작되기 전부터 완전히 풀이 죽어버린 메리다. 마침내 마나를 피로할 수 있게 된 이날을 은근히 기다리며 쿠퍼와 일주일 동안 철저한 트레이닝을 거듭했는데, 막상 본 시합을 앞두자 마음에 찌든 낙오자 마인드를 좀처럼 씻어내지 못하는 것 같다.

이렇게 딱딱하게 긴장해서야 스테이터스 절반도 발휘할 수 없겠다. 자신이 활약하는 장면을 전혀 상상할 수 없는지, 메리다는 이미 패배가 정해진 것 같은 어두운 얼굴이었다.

메리다 차례까지 이제 시간도 없는데, 돌아가는 분위기가 영 좋지 않다. 심드렁한 얼굴로 옆에 붙어 있긴 하지만 쿠퍼의 마음속은 점점 초조해졌다. 어떻게든지 아가씨에게 자신감을 붙여드려야 하는데.

그런 생각을 비웃기라도 하듯이 앙칼진 목소리가 날아왔다.

"어머, 메리다! 무슨 일이니, 그런 구석에 웅크리고 앉아서."

바로 블루멘을 줄줄이 거느리고 온 네르바 마르티요였다. 변함없는 물량 차이에 압도되어, 메리다의 표정이 더욱더 딱딱해져 버렸다.

그리고 하필이면 저 유닛이 메리다의 대전상대다.

"장하기도 하지, 도망치지도 않고 잘 왔어. 그런데 괜찮니? 상태가 무척 나빠 보이는데."

"어쩔 수 없어요, 네르바 님."

"좀 있다가 많은 사람 앞에서 개망신을 당할 테니 오죽하겠어요!"

마치 미리 맞추고 온 것처럼 네르바의 측근들이 떠들어댄다.

네르바는 "아하하하!" 하고 대기실 전체에 울려 퍼질 정도로 크게 웃었다.

"그렇지! 얘, 메리다, 시합 중에도 그렇게 스테이지 구석에 웅크리고 있을 셈이야? 이왕이면 춤이라도 춰서 관객들을 즐겁게 해 줘. 이거, 명령이다?"

"시, 싫어……."

"가족분도 보러 오셨지? 네 꼴사나운 모습을 어떻게 생각하실까 몰라. 주위의 관객이 모두 너를 손가락으로 가리키고 웃는 걸 보고서 뭘 느낄 것 같아? 응?"

"······으."

메리다는 입술을 꽉 깨물 뿐 대꾸하지 못했다. 어느샌가 대기실이 아주 조용해져서, 다른 학생들도 어색한 표정으로 이쪽을 신경 쓰고 있었다.

자신이 모두를 대변한다고 말하고 싶기라도 한 것처럼, 네르바는 직구를 던졌다.

"진짜, 너 같은 게 왜 우리 학원에 있는 건지. 지금부터라도 평범한 공학으로 전학 가서 신랑이라도 찾으렴. 여기서 계속 붙들고 늘어져 봐야 추해."

"······!!"

메리다의 어깨가 떨리고, 얼굴을 숙인 눈동자의 끝에서 점점 눈물이 글썽였다.

"——네르바 님, 죄송합니다만."

도가 지나치다는 생각에 쿠퍼는 두 사람 사이에 쓱 끼어들었다.

기다리고 있었다는 듯이 네르바가 입꼬리를 올리고 이쪽을 올려다본다.

"어머, 선생님, 안녕하세요. 무슨 볼일이라도?"

"네. 무슨 일이 있어도 부탁드리고 싶은 일이 하나 있습니다."

"그래요, 무엇이든지 말씀하세요."

"슬슬 귀가 썩을 것 같으니 좀 닥쳐주시겠습니까? 이 원숭이년아."

씰룩, 네르바의 볼이 오므라들었다.

등 뒤의 메리다도, 다른 학생들도, 모두 어안이 벙벙해져 이쪽을 쳐다본다.

"녀, 녀, 년……? 어머, 나도 참, 헛것을 들었나 보네. 죄송해요, 쿠퍼 님, 말씀 좀 다시 한번?"

"말 좀 가려 하라고, 저능아야. 자꾸 그러면 수로 바닥에 담가버린다, 라고 말씀드렸습니다."

웅성웅성! 주위가 술렁거린다. 그럴 만도 하다. 성 프리데스 위데에 다니는 소녀들에겐 일찍이 들은 적 없을 욕지거리였으니까.

욕을 먹고 있음을 인지한 네르바의 입술이 오들거렸다.

"나, 나나나 네르바 마르티요한테 뭐? 마, 말을 가려 하라고 요……?!"

"무례를 용서하십시오. 하나, 당신 같은 분에게 이 이상 메리다 님이 모욕당하는 건 도저히 참을 수 없습니다."

"뭐라……?!"

쿠퍼는 무릎을 꿇고서 눈을 내리깔았다. 등 뒤로 메리다의 강한 시선을 느낀다.

"당신은 메리다 님에 대해 아무것도 모르고 계십니다. 메리다 님은 무척 고결한 분. 어떤 불합리를 당해도 비뚤어지지 않고, 몇 번이고 다시 일어설 수 있는 강인한 분입니다. 그런 분을 곁눈질하고 비웃기나 하는 당신이 메리다 님을 입에 담는 것은 분명히 말해서 불쾌합니다."

"……윽!"

네르바는 두세 발자국 뒷걸음질 칠 뻔하다 아슬아슬하게 자존심을 지켰다.

"흐, 흐응! 무명귀족이 공작가문에 고용됐다고 아주 신나셨네."

무릎을 꿇은 쿠퍼를 향해 삿대질한다.

"방피르 가(家)는 무슨, 들어본 적도 없어. 가정교사라고 해봤자 보나 마나 그림책이나 읽어주고 월급이나 받아가는 수준이겠지!"

"선생님을 깔보지 마!!"

타아악! 한 소녀가 네르바의 손을 쳐냈다.

열화와 같은 속도로 네르바 앞에 나온 메리다다.

"이분은 최고의 선생님이야! 깔보는 건 이 내가 절대로 용서 안 해!!"

거기까지 소리치고서 입을 확 막았다.

메리다가 이렇게까지 감정적인 모습을 보인 것은 급우들에게도 충격이었으리라. 그러나 이미 말해버린 것은 돌이킬 수 없다.

네르바는 아주 잠깐 눈을 크게 뜬 다음 재미있어하듯이 입꼬리를 추어올렸다.

"헤에에? 용서 안 하겠다니, 구체적으로 뭘 어떻게 하시겠다는 거야?"

"……으."

메리다는 입술을 깨물고 주먹을 꽉 쥐고서 얼굴을 들었다.

"시합에서 너를 묵사발 내주겠어!!"

"얼씨구, 낙오자가 뭐래!!"

두 사람의 시선이 파지직! 불꽃을 내며 충돌했다.

"시합, 기대하고 있을게, 메리다."

훗, 하고 마지막으로 한 번 더 비웃고 네르바는 몸을 돌렸다. 당황한 표정의 블루멘들을 거느리고 대기실에서 사라진다.

그들이 떠난 대기실에 엄청나게 어색한 공기가 감돌기 시작했지만,

"……미, 미팅, 미팅!"

정신 차린 여학생 몇 명이 주위에 소리를 질렀고, 여기가 어딘지 다들 생각난 것처럼 시끄러움을 되찾았다.

아까부터 경직되어 있었던 메리다도 갑자기 머리를 싸매며 고개를 숙였다.

"말해버렸다아아아아~~~! 어, 어떡하지?!"

"이야, 드디어 말씀하셨군요."

"선생님은 왜 또 그렇게 기뻐 보이는 거예요!"

쿠퍼로서는 자기도 모르게 키득키득 웃고 싶어질 만도 하다.

과정은 둘째 치고, 메리다의 의욕 스위치가 어디 있는지를 알았으니.

아무래도 메리다는…… 자기가 아니라 타인을 위해서 힘을 발휘할 수 있는 아이 같다.

"그럼, 아가씨. 시합 중에 또 약한 마음이 들면 부디 저를 떠올리십시오."

"선생님을요?"

메리다의 손을 잡고 양 손바닥으로 살짝 감싼다.

"제 명예를 위해서. 제 지도가 틀리지 않았음을 이 대회장에 있는 사람들이 두루 알려 주셨으면 합니다."

"선생님을 위해서……."

쿠퍼보다 머리 두 개는 작은 여자아이의 어깨를 그 말이 무겁게 짓누른다.

동요하던 마음이 단단히 땅에 뿌리내린 듯한 얼굴로, 씩씩하게 고개를 들었다.

"지켜봐 주세요! 저, 열심히 할게요!"

† † †

그렇게 메리다를 격려해 주기는 했지만, 사실 쿠퍼 쪽이야말로 불안함에 뭉개질 것만 같았다.

대기실로부터 돌아와, 객석 한구석에 진을 친다. 곧 메리다가 속한 1학년부터 시합이 시작되기 때문에 주위의 기대는 좋든 싫든 높아지는 중이었다.

옆자리에는 도시락 바구니를 가지고 응원 온 에이미의 모습도 보인다.

"쿠퍼 씨, 꼭 제 일처럼 긴장돼요."

"네, 네에. 살아 있다는 느낌이 안 들 정도예요……."

──농담이 아니라 진짜로!!

여하튼 객석 후방 상단에 힐끔 시선을 보내니…… 성 프리데스위데 여학원에 커다란 영향력을 행사하는 높은 사람들의 귀빈석이 마련되어 있었다.

쿠퍼와 메리다의 생명줄을 쥔 두 인물의 모습도 당연히 있었다.

한 명은 은색 장발을 뒤로 빗겨 넘긴 50대로 보이는 남성. 엔젤 기사 공작가문의 현 당주, 페르구스 엔젤. 얼굴에 주름이 새겨져 나이보다 늙어 보인다.

그리고 또 한 명, 울 모자에 쥐스토코르를 걸친, 마른 나뭇가지처럼 여윈 몸의 노인이 바로 쿠퍼의 클라이언트, 몰드류 무구상공회 회장 몰드류 경이다. 불륜을 의심받는 고(故) 메리노아 엔젤의 아버지로, 메리다의 외조부에 해당하는 인물이다.

이 많은 사람이 지켜보는 가운데 메리다가 못 보일 꼴이라도 보여 주지 않을까 싶어 안절부절못하는지, 몰드류 경은 신경질적으로 주위를 둘러보고 뺨을 실룩거리고 있다. 그중에서도 제일 안색을 살피고 있는 상대는 페르구스다. 메리노아의 불륜을 단호하게 부정하고 엔젤 가문의 사돈으로서 그의 신용을 받는 일이 몰드류 경의 비원이기 때문이다.

그 페르구스 공은 못마땅한 얼굴을 하고 가만히 스테이지를 내려다보고 있다. 갑자기 그의 시선이 이쪽을 향한 것 같은 기분이 들어서 쿠퍼는 얼굴을 샥 돌렸다.

──왔다, 왔어, 왔다고, 왔어~~~~!!

속으론 몹시 당황스러웠다.

만약 메리다가 지금까지처럼 시합에서 꼴사나운 결과밖에 보여 주지 못하면 페르구스 공의 아내에 대한 혐의는 더욱 깊어질 것이다. 몰드류 경의 입장은 더더욱 위태로워져서, 기껏 파견한 암살교사(에이전트)는 도대체 무엇을 했냐는 말이 나올 것이다. 극단적으로 이 시합의 결과에 따라, 쿠퍼와 메리다가 사이좋게 처치당하는 일도 있을 수 있다.

자신들이 앞으로 3년간 살아남기 위한 그 최초의 시련이 오늘!

——부탁드립니다! 아가씨!!

손바닥을 깍지 끼고 열심히 기도하는 것도 잠시, 물을 끼얹는 듯한 목소리가 들려왔다.

"어머어~? 무척 여유가 없어 보이네요, 속이 시커먼 사이비 신사 양바안?"

밉살스러운 뉘앙스와 몸짓을 하며 다가온 사람은 패션모델이 무색할 정도로 뛰어난 외모의 붉은 머리 미소녀였다. 아리따운 요정을 연상케 하는 치장은 관중 속에서도 유달리 눈에 띈다.

"요전엔 그렇게 큰소리를 떵떵 쳤던 주제에 무슨 일이세요? 역시 그거예요? 입만 살고 실력이 동반되지 않는다는 그거? 오호호호호호!"

"누군가 했더니 뿌리켓 씨 아닙니까."

"프리켓이라니까!! 뿌리켓이 아니라 프리켓이라고! 이상하게 틀리지 말아 주실래요?!"

머리 꼭대기부터 빼애액! 신경질을 부리고 뿌리켓=로제티 프리켓은 쿠퍼의 옆자리에 난폭하게 앉았다.

쿠퍼를 사이에 두고 반대 측에서 에이미가 어리둥절해 하며 머리를 갸우뚱거린다.

"쿠퍼 씨, 그쪽 분은?"

"엘리제 엔젤 님의 가정교사라고 합니다."

"어머나. 전 메리다 님의 전속 메이드인 에이미라고 합니다. 친하게 지내주시면 감사하겠습니다."

쿠퍼 너머로 손바닥을 내밀자 뾰로통해 있었던 로제티는 표정을 일변시켰다. 과자를 받은 아이같이 얼굴을 빛내고서, 에이미가 내민 손을 잡고 붕붕 흔든다.

"메이드님이랑 이야기해도 되는 거야?! 난 로제! 잘 부탁해!"

도통 의도를 알 수 없었지만 좌우간 아주 기쁜 모양이다.

"뭐야아~! 본가 쪽은 전부 뱃속이 시커먼 사람만 있는 줄 알았더니 그렇지도 않구나! 소녀의 예민한 마음을 가지고 노는 사이비 신사는 한 명밖에 없는 것 같아서 완전 안심이야."

"그거 다행이네요."

건성이어도 너무 건성인 대답을 하고서 쿠퍼는 시선을 스테이지로 되돌렸다.

"……왜 그래? 심각한 얼굴을 다 하고. 그렇게 메리다 님이 걱정돼?"

"당연합니다."

이쪽은 목숨이 걸려 있는데 왜 안 그렇겠냐!

로제티는 스커트를 손으로 꼼지락거리면서 질문을 거듭했다.

"그, 으으음…… 어때, 까놓고 말해서?! 메리다 님의 장래 말이야."

"나쁘지 않습니다."

쿠퍼는 바로 대답하고서 스테이지에 시선을 박은 채 말을 계속했다.

"특출나게 무언가의 재능에 뛰어난 건 아닙니다만, 아가씨는 좌우간 이해가 빨라요. 천성이 고분고분하고 진지해서 가르친 것을 바로 흡수합니다."

본심을 확인하고 쿠퍼는 스스로도 "음." 하고 수긍한다.

"가르치는 보람이 있습니다. 아직 더 발전할 거예요."

"후훗. 아가씨가 그렇게 고분고분한 건 쿠퍼 씨 덕분이에요."

에이미가 싱긋 웃으며 끼어들어, 쿠퍼는 어리둥절하며 그쪽을 봤다.

"저요?"

"네에. 아가씨는 쿠퍼 씨를 무척 연모하고 계시니까요."

그런 말을 들으니 나쁜 기분은 들지 않았다. 대신 왠지 등 언저리에 간지러운 감각이 든다.

"흐~음……."

골리지도 않고 조용히 웅얼거리는 로제티를 쿠퍼는 천천히 돌아보았다.

"그런데 왜 그런 걸 묻는 겁니까?"

로제티는 지나가듯이 대답했다.

"……우리 아가씨가 신경 쓰고 있는 것 같으니까."

직후, 나팔 소리가 드높이 울려 퍼지고, 객석이 한층 크게 들끓었다.

"어머! 드디어 시작되네요!"

에이미 말대로 학기 말 공개시합 개시시각이 찾아온 것이다.

콜로세움 안에 있는 도합 다섯 개의 스테이지에 제1시합 선수들이 속속 입장하기 시작했다. 메리다와 네르바의 유닛이 대전하는 장소는 나무가 울창한 삼림 스테이지다.

"보세요, 쿠퍼 씨, 저쪽! 아가씨예요!"

"……!"

이미 오랫동안 음식을 맛보지 않은 위가 바싹 오그라드는 듯한 감각.

자신이 전장에 섰을 때는 경험한 적 없는 종류의 긴장감이 쿠퍼의 심장을 쿵쾅쿵쾅 울린다. 로제티의 학생인 엘리제 엔젤의 모습은 보이지 않아 세 사람의 시선은 자연히 삼림 스테이지에 집중됐다.

시합의 룰은 다음과 같다.

1유닛의 상한은 5인. 각 유닛에는 무대에 넥타르가 켜진 《대(大)촛대》라고 불리는 거점이 한 군데씩 할당되고, 이 대촛대를 끝까지 지키는 것이 승리조건이 된다.

필드에는 작은 스케일의 《소(小)촛대》가 여기저기 흩어져 있고, 이것들은 마나를 흘려 넣음으로써 점화와 진화가 가능하다.

15분이라는 제한시간 후에 양 유닛의 대촛대가 건재한 경우, 점화한 소촛대의 숫자가 많은 쪽이 승리하게 된다. 공격만을 생각하면 상대 유닛에게 자기 진영을 내주게 되고, 그렇다고 해서 수비만 해도 이길 수 없다. 밸런스를 잘 잡는 게 핵심인 룰이라고 할 수 있겠다.

이 규정은 야계에 진출하는 길드의 전사들이 오랫동안 연구해

온, 소수로 행하는 군사행동을 상정한 정예군 외정 전술론(리벨레이션 스트레티지)에 바탕을 두고 있다. 더 많은 거점을 탈취하기 위해서는, 필연적으로 적 유닛의 전사들과의 충돌도 각오하지 않으면 안 된다.

쿠퍼는 네르바 측의 유닛 구성을 확인했다.

적 유닛은 총 4인. 리더 네르바의 클래스는 공격력과 내구력이 뛰어난 글래디에이터. 그밖에 글래디에이터가 한 명 더 있고, 세 명째는 펜서, 마지막 한 명은 클라운 클래스다. 거너나 클레릭, 위저드와 같은 후위 클래스가 보이지 않는 건 다행이었다. 이쪽의 예상이 빗나가지 않았다.

그리고 메리다 측의 유닛은 5인 구성이었다. 겉보기에는 유리하지만 양 유닛 전부 메리다를 전력으로 계산하지 않을 테니 실질 4대4나 마찬가지인가.

——그렇게 깔볼 수 있는 것도 지금뿐이다, 두고 보라고!

심각하게 쳐다보는데 로제티가 같은 쪽을 보면서 얼굴을 가까이했다.

"알고 있어? 상대 유닛의 리더인 아이, 네르바 님이랬나. 입학한 지 얼마 안 됐는데 벌써 공격 스킬을 하나 습득해서 평가 랭크가 [D]래."

"알고 있습니다."

"메리다 님은 어때?"

"……애석하게도, 요 일주일 동안은 통상공격의 노하우를 때려 박는 것만으로도 벅찼습니다."

내려다보는 스테이지 중앙으로 양 유닛의 멤버가 걸어간다. 시합 전 악수를 하기 위해서다. 점점 시합개시가 다가오고, 열기는 끝도 없이 올라간다.

쿠퍼의 양 사이드에서 소녀들이 부들부들 몸을 떨었다.

"아아, 정말~, 보는 이쪽이 긴장되기 시작했어~!"

"저도요! 아가씨의 심장 소리까지 들리는 것 같아요!"

"당신네가 긴장해서 어떡합니까…….."

그녀들의 한가운데에서 어이없다는 식으로 말하면서도 쿠퍼 역시 이미 메리다의 일거수일투족으로부터 눈을 뗄 수 없었다.

각각의 스테이지에서 선수들끼리 악수를 하기 시작됐다. 삼림 스테이지 중앙에 뻥 트인 광장에서도 양 유닛 멤버가 역방향으로 스쳐 지나간다. 최후미에 선 두 사람이 스쳐 지나가자마자 네르바가 메리다의 손바닥을 철썩 때리고 갔다.

"……으!!"

두 사람 사이에서 벌써 불꽃이 튀었음을 멀리에서도 알 수 있었다.

각 유닛이 자기 진영으로 되돌아가 위치에 자리를 잡았고, 드디어──드디어 시합개시다.

콜로세움 중앙에 설치된 거대 모래시계. 저것이 제한시간인 15분을 가리키고 있다. 그 옆에 학원 강사 두 명이 서서, 한 명은 레버를 쥐고 다른 한 명은 나팔을 불 자세를 취했다.

본부에서 신호를 보내고, 그들이 행동을 개시했다. 한 명이 레버를 당기자 모래시계가 반회전, 첫 번째 모래알이 바닥으로 낙하하자 동시에 다른 강사 한 명이——소리 높이 나팔을 훅 불었다.

화륵!! 각 스테이지 총 열 개의 대촛대가 화끈한 불길을 내뿜었다.

"시작됐어요!"

객석에서도 한층 더 높은 환호성이 울려 퍼진다.

다른 네 개의 스테이지야 어쨌든 쿠퍼 일행이 주목해야 하는 곳은 당연히 삼림 스테이지다. 메리다 측 유닛 리더, 학급 위원장을 맡고 있다는 유피라는 소녀가 재빨리 검을 아래로 휘두르며 구령을 내렸다.

"속공!!"

대촛대를 지키는 유피 그리고 메리다 이외의 멤버 세 명이 삼각 진형을 취하고 돌격했다. 공격 중시 포메이션 《킹스 갬빗》. 일찌감치 필드 중앙을 점거해서 전국을 유리하게 끌어가고자 하는 것이다.

거기에 대항해 네르바 측 유닛은 4인 전원이 앞으로 나왔다. 대촛대 수비를 버리고 숫자의 우위로 상대의 전력을 부술 셈이다. 양 군은 순식간에 접촉했고, 조금 전 악수한 중앙 광장, 소촛대 하나가 서 있는 그곳에서 대혼전이 시작됐다.

이 난전의 결과 여하로 단숨에 승패가 정해지리라. 천천히 전황이 진행되는 다른 스테이지와는 정반대로 갑자기 요란한 전개가 펼쳐지는 삼림 스테이지에 관객의 시선이 집중됐다.

"야, 저기 5인 팀 쪽은 왜 멤버를 하나 놀리는 거야?"

근처에 있는 관중의 목소리가 쿠퍼에게도 들려왔다. 동행으로 보이는 다른 한 명이 "쉬이잇!" 하고 집게손가락을 세운다.

"멍청아, 말조심해! 저 사람이 메리다 엔젤 님이야!"

"어? 앗! 그, 기사 공작가문인데 무능하다는 소문의……?"

"마나를 사용하지 못한다는 게 진짜인가 보네. 봐봐, 완전히 무시당하고 있어."

그들이 말하는 대로 적뿐만 아니라 아군마저 메리다의 존재가 안중에 없어 보인다.

바로 그래서―― 기회를 잡을 틈이 있는 것이다.

자, 준비는 다 끝났다. 지금이야말로 당신의 세계를 뒤집을 때. 가라! 메리다 엔젤!!

쿠퍼가 마음속으로 외치는 소리가 들린 것처럼 메리다가 뛰기 시작했다. 전황을 지켜보던 유닛 리더 유피가, 자신들의 진영에서 벗어나는 메리다의 뒷모습을 향해 황급히 소리를 지른다.

"위험해, 메리다! 돌아와!"

메리다는 발걸음을 멈추지 않았다. 적과 아군이 뒤섞인 중앙 광장을 우회해서 적의 본진을 노릴 셈이다. 한 명도 수비하지 않는 대촛대를 쓰러뜨리면 메리다 팀의 승리다.

"생각이 짧군, 메리다 엔젤……."

네르바는 아군 세 명에게 신호를 보낸 다음 혼자 광장을 벗어나 숲으로 뛰어들어갔다. 마나의 은혜를 입고 무시무시한 속도로 숲을 횡단, 고작 몇 초 만에 메리다의 앞으로 뛰쳐나왔다.

"여기가 어디라고 뻔뻔하게!!"

"네르바······."

메리다는 발을 멈추고, 시합용 칼을 잡고 자세를 취했다. 그 모습을 비웃으며 네르바도 자신의 무기인 메이스를 들어 올린다.

시합용 무기는 날이 서 있지 않고, 경도와 중량 또한 제한되는 안전조치가 이루어지긴 하지만, 당연히 맞는 부분에 따라서는 무사할 수 없다. 상대의 무기가 4, 5회 몸을 스친 시점에서 자주적으로 패배를 인정하는 학생도 적지 않다.

더구나 무기의 위력은 마나로 배가되어 있다. 아무리 맞는 측에도 마나의 가호가 있다곤 해도 공포까지 억누를 수는 없을 것이다. 네르바는 '무능영애', '낙오자'라고 야유받는 메리다를 상대로도 일체의 주저함이 없었다.

"양손 양발에 상처를 입혀서 꼴사납게 기어 다니게 만들어 주지!!"

잔학한 마음을 구현한 것 같은 흉흉한 불길이 네르바의 전신으로부터 휘몰아친다. 불길은 마치 뱀처럼 메이스에 얽혀서 머리 부분까지 쑥쑥 올라갔다. 그것이 콰아 하고 가차 없이 내리쳐진 순간, 학생 측 객석에서는 비명이 터져 나왔다.

하지만 그 공격으로부터 도망치지도 않고 대비하는 메리다의 눈동자가 번쩍 떠졌다 싶었던 순간.

신성해 보이는 황금색 불길이 전신으로부터 해방됐고.

엄청난 속도로 휘둘러진 칼이 메이스의 측면을 급습.

철퇴의 공격을 매끄럽게 쳐내는 충격이 키이이————잉!! 하는 소리가 되어 울려 퍼졌다.

"뭐⋯⋯⋯?!"

반동과 경악에 사로잡혀서 눈을 한계까지 뜬 네르바.

아직 금속음의 여운이 울려 퍼지는 이 순간. 메리다의 실기성적을 눈으로 보아온 학원의 학생과 강사를 필두로 그 가족, 학교구 주민과 관광객에 급기야 다른 스테이지에서 경기 중인 선수들에 이르기까지 이 콜로세움을 가득 채운 모든 사람의 마음이 정확히 일치하는 것을 쿠퍼는 느꼈다.

"""메리다 엔젤이⋯⋯ 마나를?!"""

다른 스테이지의 선수들조차 입을 떡 벌리고 자기도 모르게 시합을 중단할 정도다. 결정적 순간을 바로 앞에서 목도한 네르바의 충격은 과연 어느 정도일까.

그리고 그런 절호의 기회를 놓치게 할 만큼 쿠퍼는 미적지근하게 가르치지 않았다.

"──이야아앗!"

기합과 함께 내지른 메리다의 칼이 네르바의 어깻죽지를 막힘없이 가격한다. 파직! 마나의 충돌음을 내며 네르바는 후방으로 날아갔다.

"크으⋯⋯으윽?!"

고작 1미터 정도 밀려났지만, 다리가 꼬인 네르바는 쓰러졌다. 그리고 겨우 정신이 들었는지, 황급히 네 손발로 일어난다.

자랑하는 배틀 드레스를 흙으로 더럽히고 만 자신과, 그것을 차분하게 내려다보는 메리다를 쏘아 보고, 원통해 하며 이를 꽉 깨문다.

트레이닝 때는 일방적으로 맞기만 했으니, 방금 공격이 메리다가 처음으로 먹인 한 방이리라. 게다가 네르바의 저 굴욕적인 표정 하며——쿠퍼는 주먹을 꽉 쥐고 갈채를 보냈다.

"그렇지이!!"

봤느냐! 봤느냐! 봤느냐! 봤느냐!!

할 수만 있다면 지금 당장 객석에서 일어나 주위 관중들을 향해서 "어떠냐, 이제 좀 알았냐!" 하고 고래고래 소리치고 싶은 기분이었다.

무엇보다…… 쿠퍼는 똑똑히 확인했다. 메리다가 마나를 해방한 순간, 뒤쪽의 귀빈석에 있는 페르구스 공의 눈이 살짝 커진 것을. 그녀가 보란 듯이 선제공격을 성공시킨 순간, 몰드류 경이 움찔하며 눈을 부릅뜬 것을.

보아라! 저것이! 당신들이 무가치하다고 한 전사의 모습이다!!

"아아! 멋져요, 메리다 아가씨! 전 이미 눈물로 앞이 보이지 않아요……!"

"아직입니다! 이제부터 시작이에요, 에이미 씨……!"

손수건을 꺼내 엉엉 울고 있는 에이미와 함께 쿠퍼는 다시 스테이지를 주시했다.

고작 3미터가량 간격을 두고 두 사람은 대치하고 있다. 충격에서 다소 회복되었는지, 네르바는 식은땀을 흘리면서도 "흥!" 하고 허세를 부렸다.

"……뭘 우쭐대는 거야. 갓난아기가 뒤늦게 도구 사용법을 배운 것뿐이잖아."

"…………."

말할 필요도 없겠지만 이미 객석뿐만 아니라 다른 스테이지 선수들의 눈마저 두 사람에게 완전히 고정된 상태였다. 얼어붙은 긴장감과 함성이 콜로세움을 지배하고 있다. 주변이 신경 쓰여서 견딜 수 없어 보이는 네르바와는 대조적으로 메리다는 얼음처럼 차가운 시선으로 대전상대를 관찰하고 있다.

분명 이렇게 생각하고 있을 게 틀림없다. '선생님이랑 다르네? 왜 이리 연약하담.' 이라고.

"있잖아, 안 덤벼?"

"어엇?"

네르바가 멍청하게 입을 연 직후, 메리다가 뛰어들었다. 칼의 궤도를 저지하는 형태로 네르바가 황급히 메이스를 올린다. 충돌, 그리고 금속음. 메리다는 바로 되받아친 다음 이섬(二閃), 삼섬(三閃)을 날렸다. 순발력이라면 사무라이 클래스가 유리하다. 네르바는 꼴사납게 맞지도 않는 무기를 휘두를 뿐이었다.

상단을 향하는 무척이나 묵직해 보이는 일격에, 네르바는 반사적으로 메이스를 들었다. 그 직후 장딴지를 차이고 볼썽사납게 자빠졌다.

"아야……야!"

힘껏 자빠진 덕분에 거리가 멀어져서 추가타를 받지 않은 것을 행운으로 여겨야 할 것이다. 코끝까지 흙투성이가 된 네르바에게 메리다가 유유히 다가간다.

"상대가 무기를 들었다고 해서, 꼭 무기로 공격해올 거라고는 할 수 없는 법이야."

"……윽!! 이……게에에에에!!"

네르바가 벌떡 일어난 타이밍을 계산해 메리다는 그 자리에서 발을 움직였다. 반달 같은 궤도를 그리면서 지면을 도려내고 날아오른 흙덩이가 네르바의 안면을 강습한다.

"우아앗, 푸읍! 뭐야……?!"

양손으로 눈을 문지르는 바람에 완전히 무방비가 된 네르바의 몸통을 노리고 메리다는 혼신의 일격을 때려 박았다. 강렬한 충격음이 터지고 또다시 네르바는 후방으로 날아가 버렸다.

"저, 저 애, 굉장하다…… 그런데."

객석에 앉은 몇 명의 볼이 오그라진다. 또다시 마음의 목소리가 동조하는 것을 쿠퍼는 느꼈다.

"""야비해……!!"""

그리고 다른 의미에서 경악하는 것이 옆자리의 로제티였다.

"메, 메리다 님의 저 전투 스타일…… 완전히 실전에서의 살인을 의식한 거잖아……!"

획! 뒤돌아보고 잡아먹을 듯이 쿠퍼의 얼굴을 노려본다.

"당신, 대체 뭐 하는 사람이야?"

"보잘것없는 가정교사입니다만?"

태연하게 대답하고 시치미 뗀 얼굴로 시선을 받아넘기는 쿠퍼.

사람들 모르게 객석에서 불꽃이 튀는 한편, 삼림 스테이지의 전황은 더욱더 히트 업 하고 있었다. 넙죽 엎어진 네르바가 부들부들 어깨를 떨면서 신음한다.

"이 내가…… 이런……. 메리다 엔젤 주제에에에에에!!"

그녀의 등에서 한층 더 높게 화염이 솟구쳤다.

네르바는 짐승같이 벌떡 일어난 다음 양손으로 매우 높이 메이스를 들어 올렸다. 몸속의 화염이 굽이치고, 머리 위에서 정지한 메이스 헤드에 집중되어 한층 더 격렬한 빛을 발한다.

"내 《갤릭 해머》를 받아라!!"

메리다는 눈을 번쩍 뜨더니 즉시 크게 물러섰다.

거리가 멀어졌음에도 불구하고 네르바가 메이스를 내려친다. 지금까지의 치졸함이 거짓이 아닌가 싶을 만큼 매끄러운 동작으로 발을 내디디면서 단숨에 지면을 힘껏 두들겼다.

마나가 작렬하고, 장렬한 파괴력이 지면을 꿰뚫었다. 방사형으로 균열이 생기고, 지면이 폭렬해 흙덩이와 모래 먼지가 대량으로 날아오른다. 뒤늦게 나타난 충격파가 원형으로 퍼졌고, 그 위력에 객석에 앉은 갤러리들의 몸이 떨렸다.

쿠퍼의 자리에까지 여파가 닿아서, 어지러운 바람에 앞머리가 가볍게 흔들렸다.

중량계 무기 초급 공격 스킬 《갤릭 해머》…… 대단한 위력이다. 정통으로 맞는다면 현재의 메리다의 방어력으론 막을 수 없을 것이다. 역전의 용사에게도 적의 공격 스킬은 공포와 경계의 대상. 하물며 초심자라면 와들와들 떨며 움직일 수 없게 된다 해도 이상하지 않다.

그러나 저 아가씨는…… 저 이상으로 무서운 공격을 매일매일 맞으면서도 그때마다 일어나서 몇 번이고 맞섰었다.

"하아…… 하아……."

메이스를 지면에서 뽑고 네르바는 몸을 일으켰다. 주위 3미터 정도가 초토화되어 대량의 모래 먼지가 시야를 막고 있다. 휘청거리면서도 적의 낌새를 우려해서 발을 내디딘 순간.

모래 먼지를 뚫고서 메리다가 뛰어 들어왔다. 망설임 없이 내찌른 일섬이 메이스와 격돌하고 불꽃을 튀긴다. 융기한 지면으로 인해 스텝 밟기가 어려워서 두 사람은 그대로 초근거리 전투로 돌입했다.

그 순간 "내가 이겼다!"라고 말하고 싶기라도 한 것처럼 네르바의 입술이 치켜 올라갔다.

두 사람 다 양성학교에서 전투훈련을 받고 있기는 하지만 검객으로서는 아직 부족한 레벨이다. 정확한 방어나 회피행동은 못하고, 돋보이는 검무와는 거리가 멀다. 거의 밀착상태에서 서로 무기를 휘두르자 필연적으로 서로의 몸에 명중한다.

온 힘을 다해 휘두른 메이스가 원심력을 더해 메리다의 옆구리를 때렸다. 둔탁한 충격음이 울려 퍼지고 네르바의 입술이 잔학하게 일그러진다.

메리다는 크게 몸이 흔들렸으나…… 바로 발을 땅에 뻗어 넘어지지 않고 버텼다.

"——이야아!"

답례라는 듯이 되받아친 칼이 네르바의 어깻죽지를 급습. 파지직! 통렬한 충격음이 터지고 네르바의 몸이 크게 젖혀졌다.

"뭐야……?!"

몇 번째인지 모를 네르바의 경악. 그녀는 꼴사납게 헛발질을 하며 자세를 바로잡았지만, 약 1미터 정도 밀려났다.

그에 비해서, 네르바를 날카롭게 노려보는 메리다는 서 있는 위치가 20센티도 변하지 않았다.

"……크윽!"

송곳니를 드러내고 네르바는 과감한 공격을 시도한다. 칼과 메이스가 수차례 격돌했고, 그때마다 강렬한 충격음이 터졌다.

다시 메이스가 먼저 상대의 몸통을 포착했다. 메리다는 통증에 눈살을 찌푸렸지만 곧바로 자세를 추스른다. 그리고 반격의 일섬이 네르바를 멀리 날려 버렸다.

사태가 여기에 이르러 관중들도 비정상적인 상황임을 깨달았다.

"어, 어이, 어떻게 된 거야? 아무리 그래도 스테이터스는 상대 쪽이 위일 텐데……?"

"그것뿐만이 아니야! 왜 정면에서 붙는데 글래디에이터가 밀리는 거지? 쟤들은 접근전의 프로페셔널이라는 게 세일즈 포인트잖아!"

일방적으로 밀리는 네르바의 모습을 직접 보는 관객은 당황할 뿐. 콜로세움에는 사람들이 몇천 명이나 있지만 이 중에서 작전을 알아챈 것은 대부분이 길드의 관계자를 중심으로 한 한 줌밖에 안 되는 숫자에 불과했다.

쿠퍼 옆에 앉은 친위대의 엘리트님도 그 한 명인 것 같다. 로제 티의 보석 같은 눈동자가 감정을 투영해 크게 휘둥그레져서는,

"설마, 저 애…… 《카오스 카데나》를?!"

믿기지 않는다는 목소리를 들은 쿠퍼의 입술이 대담하게 치켜 올라갔다.

† † †

"카오스 카데나라는 게 뭔가요? 선생님."

공개시합을 대비한 훈련 첫날, 칠판을 등지고 교편을 잡는 쿠 퍼에게 메리다가 물었다.

쿠퍼의 말에 따르면 그것이 공격 스킬을 능가하는 승리의 열 쇠가 된다고.

글씨가 빼곡한 칠판을 분필로 때리고 쿠퍼는 대답했다.

"《혼돈을 길들여라(카오스 카데나)》. 길드의 전사들이 사용 하는 고등 테크닉의 하나입니다. 얼라인먼트의 뉴트럴 상태와 카오스 상태에 대해서는 조금 전 가볍게 언급했죠?"

"네. 으음…… 마나가 전신으로 균등하게 널리 퍼져 있는 상 태가 뉴트럴. 반대로 불균일하게 치우쳐져 있는 상태가 카오 스, 였었죠?"

쿠퍼는 고개를 한 번 끄덕이고, 예고 없이 자신의 마나를 해방 했다.

화아악! 메리다의 눈에는 화산의 분화 같아 보이는 압력이 단

숨에 밀려온다. 눈이 휘둥그레지고, 자기도 모르게 상체가 흔들린 소녀를 향해 쿠퍼는 서글서글한 표정으로 말을 계속한다.

"아가씨, 이틀 전 레슨 첫날에 말씀드렸던 마나의 맨틀에 관해서도 기억하고 계십니까? 케테르, 비나, 게부라, 호크마, 헤세드, 호드, 말쿠트, 네짜흐, 예소드 그리고 티페레트……. 능력자의 마나 총량을 100%로 칠 경우, 전신의 열 군데 맨틀에 10%씩 마나를 가압한 상태가 뉴트럴. 이것이 스테이터스 수치와 전신의 마나 압력──소위 《사념압력비율(레이팅)》이라고 불리는 것의 기본이 됩니다."

"예, 옙……."

"마나를 걸치면 육체나 무기의 스테이터스가 얼마만큼 강화되는지, 로우 상태와 뉴트럴 상태의 차이를 보면 일목요연합니다. 그리고 그 강화율은 해당 맨틀로 가압되는 마나를 약화하면 약화할수록 낮아지고, 거꾸로 강화하면 강화할수록 높아집니다. ──칼을 잡고 자세를 취해보십시오."

그 말을 듣고, 뉴트럴 상태를 유지하고 있었던 메리다는 황급히 팔을 올렸다. 손에 든 목검을 노리고 쿠퍼는 자신의 목검을 부딪쳤다.

다소 힘을 실어 내려쳤음에도 불구하고 파직 소리를 내면서 쿠퍼의 목검 쪽이 튕겨 나갔다. 받아낸 측의 메리다에게는 그다지 충격이 전해지지 않은 것 같다.

지금 보니 쿠퍼가 쥔 목검에는 미약한 불똥이 엉겨 붙어 있을 뿐이었다.

"이처럼, 무기를 아무리 무겁게, 혹은 빠르게 휘두르더라도 마나 압력을 약화한 공격은 겉보기 이상의 위력은 없습니다. 하지만 반대로 마나를 대량으로 가압하면……."

쿠퍼는 말하면서 목검을 천천히 머리 위로 높이 들었고, 그 배의 시간을 들여서 내려쳤다. 감질나는 슬로우 모션이었지만, 그 목검에는 마그마 같은 기세의 푸른 불길이 활활 타오르고 있었다. 그것이 서서히, 서서히 메리다가 쥔 목검에 닿은 순간──.

파지지지지직!! 폭발하는 듯한 소리를 내면서 메리다를 완전히 날려 버렸다.

"꺄아아악?!"

"이처럼 공격의 위력은 몇 배로도, 몇십 배로도 부풀어 오릅니다."

나자빠진 채 눈이 핑핑 도는 메리다를 앞에 두고 쿠퍼는 무정하게 손뼉을 친다.

"자, 냉큼 일어나십시오!"

"으으으, 네에~~……."

"이것이 얼라인먼트와 레이팅의 기초지식입니다. 10%를 초과하여 마나 압력이 높아지는 부분을 《카오스 레이트》, 그 이외를 《뉴트럴 레이트》라고 구분합니다. 한 곳의 카오스 레이트를 높이면 높일수록 그 부분이 강화됩니다. 일시적으로 공격력을 높이거나 혹은 방어력이나 민첩력을 끌어올리는 것도 가능합니다. 하지만 이것은 양날의 검입니다. 총량이 100%인 이상 어떤 일부분에 마나를 집중적으로 가압한다는 것은 곧 다른 대부분이 약체화된다는 것이나 다름없으니까요."

쿠퍼는 설명하면서 목검을 허리에 놓고 자세를 잡았다.

"이를테면 능력자가 공격 스킬을 발동할 때, 대개는 무기에 마나가 일점집중되고, 거꾸로 몸의 방어는 극한까지 얇아집니다."

"공격할 찬스군요!"

"그렇습니다. 하지만 상대는 강력한 공격을 준비 중입니다. 타이밍을 잘못 재면 카운터를 정면으로 받게 되는 위험성을 이해해 두십시오."

전투자세를 풀고 마나를 로우 상태로 가라앉힌 쿠퍼는 다시 칠판 앞으로 돌아갔다.

"잘 다루면 이 이상 유리할 수 없는 카오스 상태입니다만, 한 가지 커다란 문제가 있습니다. 전투 시, 공격이나 방어에서의 마나 압력의 제어는 평소엔 거의 무의식을 토대로 행해진다는 점입니다."

"무의식적으로?"

"네. 좌우간 마나를 가압하는 것은 다름 아닌 능력자의《의사》이니까요. ——아가씨도 공격할 때는 자연히 무기에 입히는 마나가 늘고, 얻어맞게 생겼을 때는 그 부분을 지키듯이 마나가 모이고 그럽니다만?"

"정말로요?!"

황급히 자신의 몸을 내려다보는 메리다가 우스워서 쿠퍼는 자기도 모르게 미소를 지었다.

"어떤 상황을 만나도 마나를 균일하게 유지하는 테크닉을《질서를 철저히 하라(뉴트럴 스태그넷)》라고 부릅니다. 그 수준까지 마나 레이팅을 자의식으로 컨트롤하기란 무척 어렵고요."

말하고 재차 분필을 칠판으로. 이제 쓸 공간이 거의 남지 않았지만, 지금부터 가르칠 것이 오늘의 마지막 강의다.

"여기서 스킬의 구조에 관해서 설명해 둘까요. 공격, 방어, 이동으로 대표되는 각종 스킬은 마나 레이팅을 관장하는 무의식을 패턴화한 것입니다."

"무의식을…… 패턴화?"

"네. 예를 들면 좀 있을 시합에서 메리다 님의 대전상대가 되시는 네르바 님. 네르바 님은 이미 《갤릭 해머》라고 불리는 중량무기계 공격 스킬을 습득하셨습니다. 교본에 실려 있는 기본적인 기술이죠."

쿠퍼는 조그마한 분필을 양 손가락으로 쥐고서 머리 위로 번쩍 들었다.

"이 기술은 '무기를 머리 위로 들어 올린다→파고들어 내리친다' 라는 일련의 동작에, '무기에 마나를 집중한다→집중을 일정 시간 유지=무언가에 충돌하면 폭발→뉴트럴 상태로 이행' 이라는 마나의 유동 패턴을 '카오스 레이트 45%' 로 심층기술(프로그래밍)해서 '갤릭 해머' 라는 《이름을 붙여서 저장》한 겁니다. 이 프로그램을 불러냄으로써 무의식 아래에 있는 마나 레이팅을 한정적으로 컨트롤 할 수 있습니다. 그래서 공격 스킬은 거의 정해진 동작으로밖에 할 수 없고, 틈이 크며, 그 대신에 통상공격과는 비교가 안 될 만큼 강력합니다."

양성학교에 입학한 지 얼마 안 되는 1학년에게 들려주기에는 조금 어려운 이야기가 되기 시작했다.

하지만 이쪽의 염려와는 정반대로 턱에 손가락을 대고 진지하게 강의를 듣는 메리다는 곧 고개를 들고 질문을 해왔다.

"그럼 혹시 학원 선배님이나 길드분들이 스킬을 사용할 때, 용맹하게 기술 이름을 외치는 건 '이 프로그램 나와라!' 라는 의미인 건가요?"

"훌륭합니다, 짐작하신 대로입니다. ──물론 훈련하면 발성 없이도 사용할 수 있게는 됩니다만, 역시 '이 스킬을 쓰겠다!' 라는 강한 사념이 마나의 폭발력이 되어서 보다 강력한 효과를 스킬에 부여해줍니다."

"선생님, 하나 더 질문해도 되나요?"

"무엇이든지요."

성실하게 거수를 하고서 메리다는 다음 질문을 던졌다.

"조금 전, '교본에 실려 있는 스킬' 이라고 하셨는데, 교본에 실려 있지 않은 스킬도 있는 건가요?"

"물론입니다. 왜냐하면 어떠한 공격동작이 자신에게 맞는지는 쓰는 사람에 따라 천차만별이기 때문입니다. 교본에 실리는 스킬은 누구에게나 공통되는 단순한 동작뿐이죠. 그 이상은 각자가 스스로 전투방식을 모색해서, 자신만의 아류(我流) 스킬을 고안해 나가게 되는 것입니다."

"아류 스킬……! 선생님에게도 있나요?"

쿠퍼는 조금 난처한 표정으로 고개를 끄덕였다. 스킬의 숫자를 늘리는 이상한 훈련도 예전에 했었기 때문이다. 최종적으로 200 개 정도 고안했지만, 끝에 가서는 아무래도 소재가 떨어지기 시작해 싫증이 난 기억이 있다. 더구나 그 200개 가운데 실전에서 써먹을 수 있는 것, 지금도 쓰고 있는 것은 정말로 극소수다.

"사족입니다만 아가씨, 겸사겸사 충고를 하나 드리겠습니다."

"어, 네."

"아류 스킬 개발은 사용자의 전투 센스는 물론 네이밍 센스가 강하게 거론되는 분야입니다. 책이나 시집을 많이 읽고 감성을 닦아두시면 좋을 겁니다."

"서, 선생님? 어깨를 떨고 계시는데, 뭔가 좋지 않은 기억이라도?"

"신경 쓰지 마십시오."

쿠퍼는 고개를 붕붕 저었다. 자신이 고안한 스킬에 다른 사람이 이미 지은 이름을 붙여서 동료들이 대폭소하는 경험은 누구나 한 번은 지나는 길임에 틀림없다.

기분을 새로이 하듯이 쿠퍼는 "어흠!" 하고 헛기침을 했다.

"자, 여기까지 설명했으니 아실 겁니다. 아까 말한 카오스 카데나라는 것은 무의식에 맡겨진 마나 레이팅을 의식적으로 컨트롤하는 기술을 가리키는 것입니다."

칠판을 가득 채우는 문자열 안에서 '카오스 카데나'란 단어를 찾아내 콩콩 두드린다. 흡사 수학처럼 그 아래에 계산식을 써나간다.

"아가씨와 네르바 님의 스테이터스를 예를 들어 고찰해보죠. 저번 성적평가에서 판명된 네르바 님의 스테이터스는 [공격력 25] [방어력 24] [민첩력 18]. 그에 비해서 일주일 후 아가씨의 스테이터스를── 제 예상입니다만 [공격력 18] [방어력 15] [민첩력 21]이라고 가정하겠습니다. 이것만 비교하면 정면에서 1대1로 붙은 경우, 아가씨에겐 승산이 적다고 볼 수 있겠죠."

"네, 네에……."

"하지만 아가씨가 카오스 카데나를 사용해서 무기에 레이트 20%의 마나를 가압한 경우를 생각해보십시오. 카오스 때의 강화율은 레이팅의 수치와 동등하니까 일시적인 공격력은 [22]까지 상승합니다. 동시에 만약 네르바 님이 무의식적으로 뉴트럴 레이트를 7%까지 감소시킨 곳이 있다면 그때의 방어력은……?"

눈길로 재촉하자 메리다는 어버버버 하면서 손가락을 접으며 머리를 굴렸다.

"으, 으으음…… 원래 수치가 24니까 그 7%면…… 어라?!"

"뉴트럴 레이트는 10%를 기준으로 하고 있으므로 레이트 7%의 경우, 스테이터스는 30%가 감소하게 됩니다. 상승률과 하강률의 차이도 그렇고, 이 부분은 정확한 수치를 구하려고 하면 계산식이 너무 복잡해지는 관계로 간략화시킨 수식이 쓰이고 있답니다."

흐아아, 감탄한 것처럼 입을 벌리는 메리다에게 쿠퍼는 피식 웃음을 지었다.

"뉴트럴 레이트 7%의 경우, 네르바 님의 방어력은 [17]입니다. ——이처럼, 일정한 조건을 만족하면 아가씨의 공격력이 네르바 님의 방어력을 돌파할 수 있다는 것을 아시겠지요. 그뿐만 아니라 상대의 스테이터스가 사전에 판명되면 전투 중 전신의 맨틀로 배분된 마나의 양을 통해 각부의 현재 스테이터스를 리얼타임으로 파악할 수 있습니다. 그렇게 해서 피아의 스테이터스를 대조해보고, 과부족이 없도록 마나를 공격이나 방어에 할당할 수 있는 것이지요."

"저, 전투 중에, 그런 복잡한 계산을 하는 건가요……?"

자기도 모르게 정신이 아찔해진 표정을 짓는 메리다. 쿠퍼는 눈썹을 올렸다.

"어렵다고 생각하십니까? 그래도 열심히 해서 가능하게끔 만들어 봅시다. 상급자는 모두 하는 것이니까요."

"흐읍…… 네, 네에."

울상이 되면서도 고개를 끄덕이는 기특한 모습에 쿠퍼의 표정도 그만 물러지고 만다.

"그렇게 초조해하지 않아도 괜찮습니다. 이 카오스 카데나는 원래 2학년 3학기가 되어 처음 이론을 배우고, 훈련을 쌓아가는 기술이니까요."

"그런가요?"

"네. ——다시 말해, 그 정도로 습득이 어렵습니다. 길드에 소속되어 있는 전사 중에도 어려워하는 자가 적지 않아요. 그러나 상급자를 목표로 한다면 반드시 익혀야 하는 오의……! 왜냐, 자신의 의사로 공격력, 방어력, 민첩력을 자유자재로 컨트롤할 수 있다면, 더 뛰어난 상대와도 호각 이상으로 싸울 수 있게 되기 때문입니다."

쿠퍼는 분필을 놓고, 목검을 지면에 푸욱 박았다.

"공격 스킬 같은 화려함은 없습니다만, 그것을 보충하고도 남는 실용성이 있습니다. 오늘부터 일주일간, 아가씨는 기초 스테이터스의 향상과 이 카오스 카데나의 훈련에 모든 시간을 할당하시겠습니다. 공개시합에서—— 승리하기 위하여."

"네엡! 지금 당장 시작하겠습니다!"

"……아니요. 지금은 일단 휴식을 하고 달콤한 거라도 먹도록 하죠."

"네……?"

메리다가 작은 머리를 기울인 직후였다. 그녀의 몸에서 계속 솟구치고 있었던 눈부신 불길이 마치 장작이 다 타버린 것처럼 기운을 잃더니, 급기야 사그라지고 말았다.

메리다는 이미 대 패닉이다.

"어, 어라?! 어라?! 서, 선생님, 어떡하죠! 마나가 나오지 않게 됐어요!"

"안심하십시오, 불씨 그 자체는 죽을 때까지 사라지지 않습니다. ——거의 움직이지 않고 30분 좀 안 되게 있었던 것 같은데, 그것이 현재 아가씨가 뉴트럴 상태를 유지하실 수 있는 한계겠습니다. 스테이터스로 고치면 20에서 30 사이가 되겠군요."

"무, 무슨 말이세요?"

"마나는 《불타고 있었죠》? 다시 말해 《소모되고 있었던》 것입니다. 소모된 분량의 마나는 기본적으로는 로우 상태에서 휴식을 취하는 것 말고 회복할 수단이 없습니다. 전장에서는 커다란 허점이 되니까 기억해 두시면 좋을 겁니다."

눈을 감으면 가슴 저 아래쪽에 있는 불씨(마나)의 존재를 변함없이 느낄 수 있을 것이다. 난리를 친 것이 부끄러운지, 메리다는 약간 빨개진 얼굴로 말했다.

"요, 요컨대 지금의 제가 휴식 없이 싸울 수 있는 건 30분도 안 된다는……?"

"아뇨, 더 짧습니다. 격렬한 전투를 행하면 그만큼 마나도 많이 소비하고, 하물며 스킬은 마나를 폭발적으로 태워 발동하는 것입니다. 그만큼의 대가가 필요하죠. ──마나의 총량도 훈련으로 늘려가는 수밖에 없으니까, 아가씨는 앞으로 매일 마나가 텅텅 빌 때까지 열심히 해주셔야 합니다?"

"으…….."

아마도 반사적으로, 조금 못마땅하게 입을 오므리는 메리다. 쿠퍼는 상냥한 웃음을 지은 채, 목검으로 자신의 손바닥을 짝! 하고 내려쳤다.

"대답은?"

"네, 네에엡!!"

† † †

"이야아…… 하앗!"

메리다가 세게 내찌른 일격이 또다시 스테이터스에서 우세해야 할 네르바를 날려 버린다. 몇 번째일지 모를 광경을 목도한 로제티는 확신과 함께 소리쳤다.

"틀림없어! 저 애…… 마나의 흐름을 보고 있어!"

네르바가 죽어라 메이스를 휘두른다. 공격을 맞을 뻔한 순간 메리다의 마나가 크게 출렁였다. 한 곳에 집중한 마나는 적의 공격력을 대폭 상쇄한다.

그리고 역으로 메리다가 마나를 집중시킨 칼로 적이 무의식적으로 마나를 적게 유지하고 있는 장소를 노리면…….

파지직! 통렬한 소리를 울리며 최대효율의 대미지가 들어간다!

"크으으……윽!"

고통에 일그러지는 네르바의 표정을 보고 쿠퍼는 트레이닝의 성과를 확신했다.

메리다의 카오스 카데나는 아직 서투르다. 제어할 수 있는 카오스 레이트는 약 20%가 한계이고, 그 가압속도 또한 느리다. 그러나…… 1학년의 칼싸움 시합이라면 저 정도로 충분하다!

──계속 공격하십시오, 아가씨!

거듭되는 통타 끝에 네르바는 결국 무릎을 꿇었다. 내구력이 한계에 다다른 것이다. 이토록 고통스러운데도 아직 항복하지 않는 것은, 완고한 프라이드가 그녀를 지탱해 주고 있기 때문일까.

"까불지, 말라고……! 왜 내가, 지는 거야……?!"

어깨를 크게 위아래로 들썩이면서 처절한 표정으로 중얼거린다. 지면에 주저앉은 모습은 무방비 그 자체로, 그것을 메리다가

놓칠 리는 없었다.

　양손으로 칼을 잡고 머리 위로 높이 들어 올려, 내려친다. 네르바는 간신히 메이스를 잡고 방어태세를 갖췄지만 도저히 막을 수 있을 것 같은 상태가 아니다. 승부의 결말을 관객 모두가 예감했다.

　그러나.

　파지지직! 우렛소리를 울리고서 튕겨 나간 것은 메리다의 칼이었다.

　""……?!""

　메리다와 네르바의 눈이 동시에 휘둥그레진다. 예상외의 사태에 관객들도 앗! 하고 입을 벌린다. 쿠퍼를 포함한 몇 명만이 순간적으로 알아챘다.

　──아뿔싸! 마나가 떨어졌어!

　상대를 완전히 몰아넣기 전에 마나를 전부 사용해버린 것이다. 기초 스테이터스 차이는 카오스 카데나로 어떻게 메울 수 있어도 HP나 MP의 절대량만은 어쩔 도리가 없다.

　글래디에이터 클래스의 뛰어난 내구력이 다 잡은 상황에서 이빨을 드러낼 줄이야……!

　쿠퍼의 생각을 몇 초 늦게 따라잡은 네르바가 처절한 희색을 띠었다.

　"그렇게 작작 좀 까불지 그랬어…… 메리다 엔젤!!"

　"크윽!"

　상황이 급변, 네르바가 휘두른 메이스가 드높은 충격음을 발했다. 메리다는 간신히 막아냈지만, 후방으로 주욱 밀려났다.

네르바는 벌떡 일어나 전신으로 화염을 내뿜었다. 이제 겁낼 것 없다는 듯이 아무 견제도 없이 간격을 좁히고서 힘껏 메이스를 휘두른다.

그 모든 것을 피할 수는 없다. 칼로 막아낼 때마다 메리다는 재미있을 정도로 후방으로 나동그라졌다. 방어에 돌릴 마나가 압도적으로 부족하기 때문이다.

"꼴좋다, 메리다! 그래! 역시 너는 그렇게 양처럼 도망 다니는 게 어울려! 늑대한테 겁먹고 와들와들 떨면 되는 거라고!"

"……으!!"

"무서워?! 지금 대체 어떤 기분일까! 이제부터 네 남은 찌꺼기 같은 마나를 전부 날려 버리고 몸 여기저기를 구석구석 괴롭혀줄게! 네가 나한테 한 것처럼 말이야! 자기가 누구한테 덤볐는지, 울부짖으면서 후회하렴!!"

순식간에 일방적인 전개가 펼쳐지기 시작했다. 메리다의 남은 마나는 수치로 따지면 4나 5. 마나가 전부 소모되는 것이 두려운 메리다는 필사적으로 도망 다닐 뿐이었다. 도저히 피할 수 없는 공격은 막았지만, 그때마다 그나마 거의 남지 않은 마나가 깎여 나가고 메리다 본인의 몸도 크게 젖혀졌다.

메리다의 승리의 싹이 착착 뭉개져 간다…….

"……뭐, 결국은 이 정도지!"

아연실색하던 관객석에서 불쑥, 어딘가 안도한 것 같은 목소리가 나온다.

"그래도 엄청 잘 싸웠어, 메리다 님! 이만큼 싸우면 충분해!"

한 명이 도화선에 불을 댕기자 잇달아 호평이 흘러나왔다. 이미 시합이 끝난 것 같은 감상들이.

메리다의 건투를 칭찬하면서도 마지막으로 그들은 이렇게 입을 모았다.

"그래도 역시 이기는 건 상대편이군!"

쿠퍼의 주먹이 무릎 위에서 부들부들 떨었다. 에이미가 손을 살며시 포개 주었고, 걱정스러운 눈길로 들여다본다.

"쿠퍼 씨……."

걱정해 주는 그녀에게 대답할 여유도 없이 쿠퍼는 힐끔 후방을 쳐다보았다.

'건투했다' '분발했다'. 그런 변명은 아무런 의미도 없다. 결과가 동반하지 않는 노력은 누구에게도 평가받지 못한다.

귀빈석에 앉은 몰드류 경은 이 세상에 종말이라도 온 것처럼 얼굴을 가리고 있었다. 반대로 페르구스 공은 여전히 심각한 표정으로 스테이지를 내려다보고 있다.

하지만 그의 눈꺼풀이 갑자기 덮이고, 후우 하고 희미한 한숨이 새어 나왔다.

"……윽!!"

쿠퍼가 절망에 얼굴을 일그러뜨린 직후, 옆자리에서 세게 옆구리를 찔렀다. 시합을 집중해 보고 있었던 로제티가 지금 상황을 가르쳐준다.

"결판이 날 것 같아!"

쿠퍼는 즉각 스테이지로 시선을 돌렸다. 여전히 네르바가 일방적으로 공격을 퍼붓고 있고, 메리다는 필사적으로 뒤로 물러나기만 한다. 그러나 네르바가 메이스를 헛친 순간을 노려 메리다는 몸통을 날렸고, 승부는 다시금 격렬해졌다.

네르바의 공세를 결사적으로 견디면서, 메리다는 얼굴을 휙 들었다.

"……무섭지 않아!"

"뭐어?"

"네 엉거주춤한 공격 따윈 몇 번을 맞아도 전혀 아프지 않다고!"

"……이게!!"

얼굴이 새빨개진 네르바는 메이스로 힘껏 반격했다. 메리다는 뒤로 쑥 밀려났지만, 쓰러지는 일 없이 착지했다.

네르바의 마나가 무의식적으로 메이스에 엉겨 붙고 있다. 그 전신이 아지랑이인 양 흔들거린다.

"건방져!! 메리다 주제에! 메리다 주제에! 메리다 주제에!!"

격정에 휩싸여 메이스를 휘두른다. 메리다는 지면을 구르며 간신히 피했고, 메리다 대신 맞은 나무줄기가 후드득 날아간다.

메이스를 휘두르면서 네르바가 연신 고함을 질렀다.

"넌 또 왜 이제 와서 마나에 눈을 뜬 거야! 쭉 그대로 있었으면 좋았을 텐데! 얌전히 내 친구로 있으면 좋았을 텐데!"

이를 악물고, 눈동자가 일그러진다.

"모처럼, 모처럼…… 기분이 좋았는데……!!"

딱 한 방울 글썽인 눈물에는, 도대체 어떤 심경이 담겼을까.

직후에 메이스가 으르렁거렸고, 메리다의 손에서 칼을 날려 버렸다. 상공으로 날아오른 칼이 두 동강이 나 부서진다. 모든 마나가 떨어졌다――관객 모두가 그것을 이해한 직후.

"아프지 않다고 했겠다!!"

화아악! 한층 더 열기를 더한 화염이 네르바로부터 해방되었고, 그 모든 화염이 메이스 헤드로 쑤셔 들어갔다. 공격 스킬 《갤릭 해머》의 예비 동작.

"온 힘을 다해 어깨를 쳐서, 스푼 하나 못 들게――"

"《환도일섬(幻刀一閃)――…………."

콜로세움의 모든 것이 얼어붙고, 전원의 시선이 그녀에게 집중됐다.

칼을 잃은 메리다는 즉시 허리에 있는 칼집에 손을 갖다 댔다. 그 손끝에, 어둠 속에서 죽기 살기로 반짝이는 것 같은, 하지만 신성한 빛이 또렷이 보인다.

경악한 표정을 지은 네르바는 이해한 것이리라. 칼이 부서진 것은 마나가 떨어졌기 때문이 아니라 마지막으로 남겨진 마나를, 이 순간을 위해서 온존하고 있었기 때문임을――.

메리다의 오른발이 천둥과 같이 전진했다.

"《풍아(風牙)》!!"

칼 없는 발도와 함께 보이지 않는 충격이 네르바를 강타했다. 마나를 칼 모양으로 수렴시켜 공격력으로 바꾼 일격이 메리다의 손끝으로부터 비상했고, 그것은 공격 스킬 때문에 극한까지 방어가 엷어진 네르바의 겨드랑이 밑을 정통으로 때렸다.

"커억! 허억……!!"

몸이 기우뚱 기운 네르바는 바닥에 고꾸라졌다. 얼마 안 되는 마나에 의한 공격이었지만 정확하게 약점을 찔린 데다 그녀의 내구력도 이미 한계였다. 손끝에서 메이스가 미끄러졌고, 거기에 집중되어 있었던 화염이 허무하게 흩어졌다.

누구나가 할 말을 잃은 가운데 쿠퍼는 자리에서 화들짝 일어나 있었다.

──저 스킬은, 나의……!!

중거리 전투용으로 고안해낸 아류 공격 스킬 《환도술(幻刀術)》. 그걸 어떻게 메리다가?!

"저 애, 아직 공격 스킬은 사용할 줄 모르는 게 아니었어……?!"

로제티도 경악에 눈이 휘둥그레져 있었다. 그러나 쿠퍼는 충격이 너무 큰 나머지 대답도 할 수 없었다. 가르치지 않았는데. 적어도 쿠퍼는 가르치지 않았다.

즉…… 스스로 도달한 것이다.

딱 한 번 쿠퍼의 스킬을 봤을 뿐인데, 클래스에 대한 설명을 들었을 뿐인데, 사무라이는 마나 그 자체를 무기로 만들 수 있다는 것을 깨우쳤다. 쿠퍼가 보지 않는 곳에서 몰래 단련을 거듭하여, 공개시합을 대비한 또 하나의 히든카드를 고안해냈다.

매일매일, 기초체력과 카오스 카데나 훈련만으로도 무척 피곤했을 텐데……!

아니다, 그게 다가 아니다. 최후의 공격력을 최대한으로 활용하기 위해서 메리다는 상대의 허점을 찔렀다. 말로 도발하고, 일부러 무기를 손에서 놓고, 네르바가 공격 스킬을 사용하게끔 의식을 컨트롤 했다. 쿠퍼의 가르침을 완벽하게 흡수해서…… 이겼다!!

찌릿찌릿찌릿! 형용할 수 없는 전류가 쿠퍼의 등줄기를 타고 올랐다.

──아가씨…… 당신이란 사람은!

"허어억, 허어억, 허어억……!"

모든 마나를 쥐어 짜낸 메리다는 어깨로 숨을 가쁘게 쉬었다. 하지만 곧 발도 자세를 풀고 뛰기 시작했다.

"이거, 빌릴게!"

네르바의 손 근처를 구르는 메이스를 주운 다음 더욱 숲속 깊숙한 곳으로. 그 너머 적의 본진 저 안쪽에, 스테이지의 반대편 강가에 아무도 지키는 자가 없는 대촛대가 보인다.

"앗……!"

네르바 측 유닛 멤버가 움찔하고 움직이기 바로 직전에.

"맨투맨이야! 메리다를 원호해!"

메리다 측 유닛 리더 유피가 일갈했다. 용수철처럼 튀어나온 멤버가 상대편을 공격한다. 한 명이 확실하게 한 명의 움직임을 막아냈다.

이제 메리다를 저지하는 것은 아무것도 없었다. 남은 거리를 원래의 신체능력만으로 질주하여 숲속에 설치된, 마치 소수부족의 제단처럼 생긴 적의 거점에 다다랐다.

거기서 휘황찬란하게 불타는 촛대에—— 메이스를 일섬.

까아————앙! 소리 높이 받침대가 날아갔고, 공중을 나는 도중에 불이 꺼졌다.

금속제 받침대가 지면에 낙하해 쩌렁거리는 소리가 울려 퍼졌다. 사람들의 시선은 메이스를 힘껏 휘두른 채 정지해 있는 메리다에게 고정되어 있었다.

몇 초의 정적이 흐르고.

"오……오오……!"

이윽고 누군가의 입에서 한숨이 새어 나왔고, 그것이 신호가 된 것처럼 "우오오오오오옷?!" 하는 커다란 함성이 콜로세움을 뒤덮었다.

† † †

"아가씨!"

"선생님!"

선수퇴장용 문에서 기다리고 있자 최후미 부근에 친숙한 황금색 머리칼이 나타났다. 희색을 띤 에이미와 함께 쿠퍼는 메리다에게 뛰어갔다.

"보고 있었나요, 선생님! 제가…… 꺄아아아아아아악?!"

"훌륭하십니다, 아가씨이이!!"

쿠퍼는 뛰어가자마자 메리다의 겨드랑이 밑을 안아, 머리 위로 높이 들어 올렸다. 이른바 '잘했다, 잘했어~.' 다. 주위에 웅성거리고 있었던 다른 학생과 그 가족의 주목을 좋든 싫든 모으는 행동이었다.

메리다는 얼굴이 새빨개져서 버둥거리며 날뛰었다.

"서, 선생님! 전 어린애가 아니거든요!"

"훌륭해요! 훌륭합니다! 기대 이상의 성과였습니다!"

"오늘 밤은 파티예요! 진수성찬을 잔뜩 차릴게요!"

"에, 에이미까지! 이제 됐으니까 내려 줘요오오오~~~!"

메리다는 그 후 세 바퀴 정도 돈 다음에야 간신히 쿠퍼로부터 해방되었다.

흐뭇해하며 킥킥 웃는 주변의 시선이 낯간지러워 그런지 메리다는 에이미의 메이드 복에 꼭 매달렸다.

"으으, 열세 살이나 되어서…… 창피해…….."

"죄송합니다, 저도 모르게 신이 나 야단을 떨었습니다."

"진짜, 선생님도 참, 의외로 어린애 같은 구석이 있으시네요!"

볼을 부풀리며 뿡뿡거리는 메리다를 에이미가 "자자, 참으세요." 하고 머리카락을 쓰다듬으면서 달랜다.

"그렇게 말씀하시지 말아 주세요, 쿠퍼 씨는 정말로 걱정하셨거든요. 특히 아가씨가 시합을 결정지으셨을 때는 의자에서 일어나서…….."

"맞다! 아가씨, 어느 틈에 저한테서 기술을 훔친 건가요? 아주 기초적인 기술이긴 해도, 독학으로 타인의 공격 스킬을 재현하는 건 보통의 집중력으론——."

거기까지 발언했을 때다. 갑자기 에이미가 어깨를 잡아 쿠퍼를 막았다.

이어서 황급히 메리다로부터 손과 몸을 떼고 깊숙이 머리를 숙였다.

"주, 주인님!"

메리다의 전신이 굳어졌다. 쿠퍼는 반사적으로 얼굴을 들었다.

세 사람에게서 조금 떨어진 곳에 은발을 뒤로 빗어 넘긴 장년의 남성이 서 있었다.

"아, 아버, 님…………."

메리다가 조심조심 얼굴을 돌린다. 그녀의 부친, 엔젤 가문 현당주 페르구스 엔젤…… 그 범상치 않은 존재감, 마나를 감지한 쿠퍼의 등줄기에 새삼 찌릿하고 한기가 일었다.

——설마, 내 말을 들었나?

메리다가 사용한 기술이 사무라이 클래스인 쿠퍼의 아류 스킬이라는 것. 이는 곧 메리다의 클래스를 말해준다. 그게 아니라면 귀빈석에서 구경하고 있었던 그가 시합종료 시간에 맞춰 여기까지 대체 무슨 생각으로…….

침을 삼키는 소리마저 들릴 정도로 긴박한 몇 초가 흘렀고.

페르구스 공은 주름이 눈에 띄는 그 얼굴을 온화하게 누그러뜨리며 말했다.

"실로 훌륭한 시합……."

"······!"

메리다의 표정이 화악 밝아지고, 쿠퍼는 안도의 한숨을 내쉬었다. 그리고 발걸음을 내디딘 페르구스 공은—— 딸의 옆을 그냥 지나쳤다. 그 앞에 있었던 귀족 남성에게 미소를 보낸다.

"따님의 활약에 감복했습니다, 디제르크 경!"

"페르구스 님 아니십니까! 예, 아무렴요! 오늘 시합은 우리 디제르크 가문 역사에 남을 무용담이 될 겁니다! ——그보다 메리다 님이야말로! 허허, 그야말로 사자가 분기한 용감한 모습이었지 않습니까!"

"아니, 무슨, 그런 게걸스러운 승리밖에 못해 부끄러울 따름이오."

"······."

메리다의 가냘픈 몸이 얼어붙었다.

디제르크 경과 인사를 마친 페르구스 공은 다음 인사 상대를 찾아 발길을 돌렸다. 메리다에게 등을 돌린 채 단 한 번도 봐주지를 않는다.

"아——아버님!"

메리다가 결사적으로 지른 소리에, 겨우 멈칫하고 발걸음을 멈췄다.

가슴팍을 부여잡고 메리다는 벽처럼 커다란 등을 향해 떨리는 목소리를 짜냈다.

"아버님······. 저, 저, 이겼어요······. 처음으로 이겼어요······!"

"··········봤다."

바위같이 딱딱한 목소리로 대답하고서 페르구스 공은 어깨너 머로 시선을 보냈다.

"딱 한 번 이긴 정도로 들뜨지 마라. 그런 보고는 타 학교와의 대외시합에서 늘 이길 수 있게 된 다음 해도 된다."

"……으!!"

으득. 이를 악문 것은 쿠퍼다. 그게 기특한 딸에게 할 말이냐, 하고 자기도 모르게 고함을 칠 뻔했다.

하지만 그 직전 메리다의 손바닥이 군복 소매를 꽈악 잡았다.

쿠퍼를 말리려고 그런 게 아니라 순간적으로 매달릴 상대를 찾은 것임을, 그녀의 울상이 된 표정을 보고 깨달았다.

"……네. 오늘은 보러 와주셔서…… 감사했습니다……."

꾸벅. 머리를 깊숙이 숙인다. 페르구스 공의 표정은 조금도 변 하지 않았고, 그는 얼굴을 앞으로 돌린 다음 그대로 인파 너머 로 사라졌다.

시간으로 보면 고작 1분도 안 되는 부모와 자식 간의 해후.

"아가씨, 기운 내세요……."

눈물을 머금고 머리를 숙이는 메리다를 에이미가 조심스럽게 위로한다.

쿠퍼도 그녀 앞에 무릎을 꿇은 다음 자그마한 손바닥을 잡고 말했다.

"아가씨…… 잘됐군요."

"네……?"

메리다는 어리둥절해 하며 얼굴을 들었다가 곧바로 시선을 다시 깔았다.

"……별로, 그렇지 않아요."

"그런가요? 생각해보십시오. 지금까지의 아가씨였다면 시합에 승리하는 일도, 주인님에게 승리보고를 하는 일도 불가능했을 겁니다. 그리고 죄송합니다만…… 주인님도 아가씨에게 말을 걸어주시는 일은 없었으리라 생각합니다."

꽈아악. 손가락을 더욱 세게 쥐며 말한다.

"하지만 오늘, 아가씨는 주인님에게 말을 걸 용기를 얻었습니다. 그리고 주인님도, 바랐던 말씀은 아니었다 해도 아가씨에게 대답하셨습니다. 이것은 커다란 한 걸음입니다. 주인님에게 아가씨가 무시할 수 없는 존재가 되었다는 뜻이니까요. ──대외시합에서 늘 이긴다? 네, 할 수 있게 되면 되지 않겠습니까!"

"선생님……."

메리다는 젖은 눈동자로 쿠퍼의 눈을 똑바로 바라보고 고개를 끄덕였다.

"메리다 엔젤!"

바로 그때다. 갑자기 날카로운 목소리가 울려 퍼졌다.

목소리가 난 쪽을 보니 퇴장용 문 옆에 블루멘들을 거느린 네르바 마르티요의 모습이 있지 않은가. 배틀 드레스는 흙투성이가 되어 볼품없었고, 손에는 둔기 같은 사각 물체를 안고 있다. 그녀가 씩씩거리며 성큼성큼 다가오는 것을 보고, 설마 장외난투를 벌이려는 것은 아니겠지? 하며 쿠퍼는 각오를 다졌다.

그러나 네르바는 가까이 오자마자 손에 들고 있었던 것을 메리다의 팔에 떠넘겼다.

　언젠가 그녀가 메리다에게서 받아갔었던 인기 연애소설이었
다.

　"다 읽었으니까…… 돌려줄게!"

　붉은 얼굴을 숨기듯이 엉뚱한 방향을 보며 네르바는 바로 몸을
뒤집었다. 그리고,

　"……미안!"

　짧은 말을 심술처럼 남기고 뛰어간다. 그녀의 등을 블루멘들
이 허둥대며 황급히 뒤쫓아 갔다.

　묵직한 소설책을 손에 든 메리다는 그녀들을 멍청히 바라보고,

　"아…… 으응."

　몇 초 늦게 맥 빠진 대답을 했다. 사태를 이해하지 못하는 것 같
은 그녀의 표정에 쿠퍼는 자기도 모르게 픔 웃음을 터뜨렸다.

　"잘됐네요, 아가씨."

　"자, 잘된 건가……. 뭐가 뭔지."

　이상하다는 듯이 고개를 갸웃거리는 메리다를 에이미에게 맡
기고, 쿠퍼는 군복을 휘날렸다.

　"그럼 아가씨, 저는 잠시 볼일이 있어서, 이따 뵙겠습니다."

　"네? 어디로?"

　"네르바 님에게 조금 할 이야기가 있습니다. 한두 번 사과한
정도로 용서받았다고 생각하면 안 된다는 걸 깨달으셔야 하니
까요."

　쑤욱. 어딘가에서 목검을 꺼내는 쿠퍼. 마치 사냥감을 때려잡

을 예행연습이라도 하는 양 부웅, 부웅 목검을 휘두르는 그 등에, 몹시 당황한 메리다가 매달렸다.

"그, 그그그그만두세요! 전 이미 만족하니까요!"

바로 이때, 구세주와 같은 나팔 소리가 울려 퍼졌다. 다음 시합이 시작되는 신호다.

중재하듯이 에이미가 박수를 팡팡 치며 말했다.

"제2시합은 엘리제 님 차례였죠. 도시락을 먹으면서 응원하시죠!"

† † †

메리다를 데리고 아까 있었던 관람석까지 돌아가자, 다행히 그곳은 아직 비어 있었다. 모델같이 그림이 되는 붉은 머리 여자의 모습도 여전하지만 한 가지 변화도 있었다.

에이프런 드레스 차림의 노부인이 로제티의 앞을 가로막고 서 있는 것이다.

"……로제티 선생님. 그건 저희가 기대하는 교육방침과는 다릅니다. 아직도 휴가 기분이 빠지지 않으셨나요? 이제 슬슬 깨달으시지 않으면 곤란합니다."

"깨, 깨달으라고 해도, 저는 제 나름대로 저 아이에게 도움이 될 거라 생각한 일을 했을 뿐이고……!"

언쟁…… 중인가? 등줄기를 꼿꼿이 편 노년의 여성을 상대로 의자에 앉은 채 움츠러드는 여자의 모습은, 야단맞고 있는 아이가 필사적으로 반항하는 것처럼 보이기도 한다.

이윽고 에이프런 드레스의 노부인은 이쪽을 알아채고서 기계처럼 세련된 동작으로 몸을 돌렸다. 이쪽으로 오고는 에이미와 거울을 마주한 것처럼 인사를 나눈다.

"메리다 님 아니십니까. 아까는 대단한 활약이셨습니다."

말 자체는 공손했지만 목소리나 태도 군데군데에 가시가 조금 돋아 있다. 그 말만 하고 사라지는 그녀를 바라보며 쿠퍼는 로제티에게 물었다.

"방금 그분은?"

"……우리 메이드장."

삐죽 입술을 내민 그녀는 그렇게만 대꾸하고 한 칸 옆으로 이동했다. 쿠퍼는 고맙다고 인사하며 자기가 그 자리에 앉았고, 에이미와 사이에 낀 형태로 가운데 자리에 메리다를 앉게 했다.

"엘리 집에서 무슨 일이 있었던 건가요?"

"아니. 엘리제 님이라기보단 이쪽 문제야. 미안, 신경 쓰지 마."

로제티는 억지로 웃으며 "2회전 진출 축하해." 하고 덧붙였다. 복잡해 보이는 사정을 감지한 열세 살의 메리다는 그 이상 파고들지 못했다.

지체 없이 에이미가 도시락 바구니를 열어서 자리를 수습해주었다.

"자, 아가씨. 아주 좋아하시는 치킨 샌드위치를 잔뜩 만들어왔어요!"

이러쿵저러쿵하는 사이 경쾌한 나팔의 선율과 함께 제2시합의 선수들이 스테이지로 입장하기 시작했다. 그 순간, 객석에서 와앗! 하고 커다란 환호성이 들끓는다.

"봐봐! 저 사람이 엘리제 엔젤 님이래!"

"은발 멋지다! 얼굴도 귀여우시고…… 팔라딘이 따로 없네!"

그들은 호수 위 스테이지에 들어온 한 여학생에게 주목했다. 자기 키만 한 장검을 들고 있고, 유달리 눈부신 배틀 드레스를 입고 있다. 은색의 머리칼을 살랑거리지만 표정은 평소와 같이 무표정하다.

무슨 의무이기라도 한 것처럼 재빠르게 검을 뽑아 머리 위에서 빙글 돌린다. 담담한 동작이었으나 객석에서는 더욱더 큰 성원이 날아왔다. 이거이거, 다들 우리 애하곤 기대치가 상당히 다르군요, 하는 생각이 들어 쿠퍼는 조금 부아가 났다.

"굉장하다……."

불쑥 중얼거리는 메리다는 멀리 보이는 엘리제의 모습을 보며 무슨 생각을 하고 있을까. 그 옆모습을 통해서는 진의를 짐작할 수는 없지만, 딱 한 가지는 알겠다.

"아가씨, 입에 샌드위치 소스가 묻었습니다."

"흐아아아, 제, 제가 닦을 수 있어요…… 으규규."

메리다의 고귀한 입술을 쓱쓱 닦고서 쿠퍼는 스테이지로 몸을 돌렸다.

"아가씨, 향상심을 가지고 있으면 주변의 온갖 것들이 공부거리가 됩니다. 식사하시면서 제2시합 선수들의 모습을 관찰해 보도록 하죠."

"잘 부탁드립니다, 선생님."

메리다가 발랄하게 대답하는 것과 동시에 빨리도 시합개시 신호가 울려 퍼졌다.

나팔 소리와 함께 각 스테이지의 선수들이 일제히 움직이기 시작했다. 쿠퍼 일행이 주목하는 것은 당연히 엘리제가 있는 호수 위 스테이지다.

호수 위 스테이지는 전체가 수심이 깊은 수영장처럼 물이 가득 차 있고, 여기저기에 산재한 작은 섬을 가로세로로 놓인 다리가 연결하는 미로와 같은 필드다. 발을 디딜 곳이 극단적으로 적고 진행 루트도 한정되어 있기 때문에, 맨 처음 수부터 작전을 염두에 놓고 두지 않으면 눈 깜짝할 사이에 막다른 골목에 빠지기 십상이다.

엘리제 측 유닛은 그 첫수부터 실패했다. 그들의 유닛 리더는 다짜고짜 스피드를 중시했는지, 거점으로부터 이어지는 다리 하나하나에 멤버를 한 명씩 가게 한 것이다. 계획성을 그다지 엿볼 수 없는 진군법이다.

"무턱대고 전력을 나누면 별로 안 좋은 거 아닌가요……?"

"네, 단숨에 몰아치는 방법도 물론 나쁘지는 않습니다만, 이 스테이지라면 조금 더 냉정함이 필요하다고 볼 수 있겠죠. 아가씨, 스테이지 건너편 강가를 보십시오."

쿠퍼의 손가락이 가리킨 곳에 있는 대전 상대의 유닛은 전원이 아직 거점에서 움직이지 않은 상태였다. 그들은 수십 초를 희생해서 스테이지의 구조를 파악한 다음 세 팀으로 갈라졌다.

클레릭 클래스를 가진 유닛 리더는 단독행동, 원거리 공격 클래스인 거너도 단독행동 그리고 글래디에이터 한 명과 펜서 두 명이 삼각진을 짜서 중앙의 다리로 향했다. 이 시점에서 엘리제 측 유닛은 소촛대 두 개에 불을 붙였다.

그러나 행군을 개시한 상대 유닛은 정말로 신속했다. 미로를 쑥쑥 빠져나간 유닛 리더가 소촛대 하나를, 별개로 행동하는 거너가 소촛대 두 개를 쏘아 순식간에 역전한다. 그리고 남은 세 명은 중앙의 작은 섬을 점거했다.

"저 중앙의 섬이 교통의 요충지입니다. 과반수의 소촛대는 저 섬을 거치지 않으면 다다를 수 없기 때문이죠. 좁은 스테이지라곤 하지만 1분도 안 걸려 그 사실을 깨달을 줄이야, 제법 눈치가 빠르군요."

"에, 엘리가 있는 유닛이 조금 어려움을 겪고 있어요."

저마다 다른 방향으로 향한 엘리제 측 유닛 멤버들은 예상 못한 곳에서 서로 마주치기도 하고, 같은 장소를 반복하여 돌기도 하는 등 완전히 헤매는 중이었다. 그동안에도 상대 유닛의 거너는 정확하게 소촛대를 점화하고 있어서 양자의 차이는 순식간에 벌어졌다.

그러다가 엘리제를 제외한 네 명의 멤버는 합류, 얼굴을 한 번 마주 보고는 서로 고개를 끄덕였다. 그리고 전원이 발을 맞춰서 어딘가를 향해 뛰기 시작했다.

"이렇게 되면 남은 방법은 하나군요. 생각의 전환이 빠른 건 정말 좋은 겁니다."

그들이 노리는 것은 바로 중앙의 작은 섬이다. 그 길을 가로막는 세 명을 돌파해서 상대 유닛의 대촛대를 직접 타격한다. 그 이외에 일발역전의 수는 없다.

하지만 상대 유닛도 당연히 그것을 예측하고 멤버를 배치한 상태다. 다리를 통해 공세를 가하는 네 명과, 섬을 지키는 세 명. 좁은 다리에서는 여럿이 늘어서서 싸울 수 없고, 반대로 섬에 있는 세 명은 교대로 포지션을 교환해서 대미지를 분산하고 있다.

손가락으로 교체지시를 내리는 것은 개별행동을 취하고 있는 유닛 리더 클레릭이었다. 자신도 착실히 소촛대를 노리면서 정확한 관찰력을 발휘하고 있다.

"펜서 클래스에는 《견뢰》라고 하는 적의 움직임을 방해하는 어빌리티가 있어서, 저 수비는 그리 쉽게 돌파할 수 없습니다. 억지로 파고들다 적진 한복판에서 뭇매를 맞을 염려가 있기 때문이죠. 과연, 엘리제 님의 유닛도 이제부터 저력을 보여 주실 수 있을지 어떨지……."

그 말끝을 덮는 날카로운 금속음이 울려 퍼졌다.

쿠퍼 일행과 관객의 시선이 잽싸게 그쪽으로 흐른다. 맨 먼저 시야에 들어온 것은 허공을 날아가는 머스킷 총이었다. 그것을 장비하고 있었을 거너는 눈앞에 들이 밀어진 장검에 지체 없이 양팔을 올린 상태였다.

"하, 항복!"

"…………."

그 이후 눈길 한 번 주지 않고 장검의 주인은 재빨리 뛰기 시작했다. 바로 엘리제다.

벼락같은 속도로 달려간 곳은 전장의 핵인 중앙의 작은 섬. 왼손으로 '길을 내어달라'고 아군에게 신호를 보낸 엘리제는 속도를 죽이지 않고 적진으로 돌입했다. 선두에 있던 글래디에이터를 힘으로 돌파, 그러나 그 뒤에 대기하고 있었던 펜서들의 이중《견뢰》어빌리티에 의해 두 다리를 꽉 묶이고 말았다.

"운용을 너무 무리하게 했어! 저래서는……."

쿠퍼가 말한 직후, 예상은 현실이 되었다.

적진 한복판에서 멈추어 서버린 엘리제는 세 방향으로부터 일제히 공격을 받았다. 두 자루의 검이, 뾰족한 돌기를 가진 모닝스타가 배틀 드레스와 노출된 피부를 꿰뚫는다. 즈가각! 마나의 충돌음이 울리고, 깜짝 놀란 메리다는 입가를 막았다.

엘리제는 몸을 가볍게 기울인 후 허리를 쑥 낮췄다.

"……《솔 브랜디스》."

어깨높이로 든 장검에 격렬한 빛이 솟구친다. 가히 하얀 천둥이라고 표현할 만한 순수한 불길이 내뿜는 압도적인 프레셔에, 상대 유닛 세 명은 주춤했다.

매우 조용히, 엘리제는 가볍게 발을 내딛는 동시에 몸을 한 바퀴 회전했다. 장검이 나선을 그으며 상대편 세 명의 가슴을 거의 동시에 타격했다. 한 박자 늦게 마나의 순수한 불길이 완벽한 고리 모양을 그리면서 확산. 충격파가 세 명을 멀리 날려 버렸고, 그들은 호수에 낙하했다.

일격에 세 명……! 다른 선수들과는 차원이 다르다!

집중공격도 아랑곳하지 않는 방어력에, 당연하다는 듯이 발동시킨 어썰트 스킬, 그 위력은 또 어떻고! 양성학교 1학년 평균 스테이터스를 아득히 뛰어넘고 있다. 이것이 상위 클래스 팔라딘의 포텐셜이란 말인가. 쿠퍼는 가벼운 전율을 느꼈다.

호수에 떨어진 세 명은 클래스의 높은 방어성능 덕분에 다행히 가라앉지 않고 끝난 것 같다. 하지만 엘리제의 공격 스킬을 받고 마나를 엄청나게 소모한 탓에 전투속행은 누가 봐도 불가능. 엘리제 본인 역시 그쪽은 확인하지도 않고 다시 뛰기 시작했다.

이 시점에서 소촛대는 대부분 상대 유닛의 손에 함락되어 있었으나 무방비인 대촛대를 꺼뜨리면 엘리제 측 유닛의 승리다. 딱 한 명 남은 상대 유닛의 클레릭은 밑져야 본전이라는 생각으로 본진에 되돌아갔다. 그러나 민첩력 이전에 거리가 워낙 떨어져 있어서 이미 늦은 상황이었다.

그런데 적진의 대촛대 앞에 당도한 엘리제는 어째선지 거기서 멈추어 섰다.

빙글 뒤돌아보고, 필사적으로 달려오는 상대 유닛의 클레릭을 기다린다.

"지금 장난치는 거야?!"

클레릭은 달리면서 스태프를 양손으로 힘껏 들었다. 서로의 거리가 좁혀지고, 충돌과 동시에 금속음이 울려 퍼진다. 상대가 온 힘을 기울인 돌격을 무표정으로 막아낸 엘리제는 이번에는 검으로 가볍게 밀어붙였다. 차원이 다른 마나의 압력이 클레릭을 후방으로 쭉 되밀었다.

"크윽…… 하아아!!"

클레릭은 기합을 내지르더니, 가열한 공세를 펼쳤다. 그러나 아무리 힘을 실어도, 수차례 지팡이를 때려 박아도 엘리제는 방어다운 방어도 하지 않고 그저 한쪽 손 하나로 다 튕겨내 버렸다.

자신의 전력이 전혀 먹히지 않는 것을 깨닫고, 클레릭의 표정에 순간 절망이 스쳤다. 그 순간을 꿰뚫듯이 엘리제는 팔을 휘둘렀다. 장검이 정확하게 클레릭의 가슴을 때렸고, 그녀는 호수까지 날아가 버렸다.

물기둥이 올라갈 즈음에는 엘리제는 이미 돌아서 있었다. 물 대신 불꽃을 내뿜는 분수 같은 대촛대는 흡사 호위병이 없는 왕과 같이 고독을 풍기고 있었다. 상대 유닛이 호수에서 기어 올라올 때까지 기다리는, 그런 의리는 엘리제에게도 역시 없었다.

화가가 그림으로 그린 것처럼 완벽한 동작으로, 대촛대로 대시한 엘리제가 검을 휘두른다. 대촛대에서 타오르던 불꽃이 단숨에 사라졌고, 그 시점에서 승패가 정해졌다.

객석에서 커다란 환호성이 터졌다. 거의 엘리제 혼자서 해낸 완전승리, 관객 모두가 바라고 있었던 것 같은 초인적인 쇼다. 엘리제가 장검을 드높이 들고, 칼끝에 빛을 반사해 어필하니 환호성은 더욱 커졌다.

쿠퍼 오른쪽에 앉은 메이드와 아가씨도 영웅의 활약에 눈이 휘둥그레졌다.

"흐아아……! 역시 엘리제 님이네요!"

"으, 응. 확실히 굉장하긴 한데…….."

왠지 엘리답지 않은 기분이 들어──.

그렇게 중얼거린 메리다의 목소리는 압도적인 성원에 흘러내려 가, 어디에도 닿지 않았다. 그치지 않는 열광 속에서 쿠퍼는 아래턱에 손가락을 대고 생각에 잠겼다.

아까의 전투력은 지금의 메리다가 어찌어찌 할 수 있는 레벨을 넘은 것이다. 만약 카오스 레이트를 100%까지 끌어올릴 수 있다고 해도 엘리제의 절대적인 방어력은 무너뜨릴 수 없으리라. 만약 직접대결에서 패배하기라도 하면, 클라이언트는 그것을 어떻게 판단할까…….

"찾았다! 메리다, 잠깐 좀 볼 수 있을까?"

객석 후방에서 목소리가 들려왔다.

뒤돌아보니 앳된 얼굴의 성 프리데스위데 1학년 네 명이 나란히 있었다. 맨 앞에 선, 이번에 메리다가 소속되어 있는 유닛의 리더 유피라는 소녀가 말을 묻는다.

"식사 중에 미안해. 방금 시합 봤지?"

시선을 호수 위 스테이지 쪽으로 힐끔 보낸다. 유닛의 다른 멤버 세 명도 왠지 안절부절못하는 것 같다.

그럴 만도 하다. 메리다를 포함한 이들 유닛은 다음 제3시합에서 엘리제와 맞붙기 때문이다.

"지금부터 대책회의 할 건데, 괜찮으면 메리다도 참가해줄 수 없을까?"

"어어? 나, 나도, 참가해도 돼……?"

메리다의 어깨가 움찔 튀어 올랐고, 쿠퍼의 얼굴과 유닛 멤버들과 손에 든 샌드위치를 정신없이 번갈아 본다. 쿠퍼가 엉겁결에 미소를 짓고 에이미를 향해 눈짓해주자, 그녀는 빙긋 웃고서 고개를 끄덕이고 바구니 뚜껑을 닫았다.

"제가 함께하겠습니다. 가시죠? 아가씨."

"그, 그래. 선생님, 다녀올게요."

어딘가 들뜬 모습의 메리다가 일어나서 유닛 멤버들 속에 들어간다. 에이미를 동반해 인파 건너편으로 걸어가는 것을 쿠퍼는 살짝 손을 흔들어 배웅했다.

그리고 그들의 뒷모습이 보이지 않게 되자 "그런데." 하고 반대 측 자리를 향해 말을 걸었다.

"무슨 일이에요? 로제티 씨. 제자의 활약을 기뻐해 주지 않길래 궁금해서요."

"…………."

수다쟁이 붉은 머리 여자는 못마땅한 얼굴로 스테이지를 쳐다보고 있을 뿐이었다. 호수 위 작은 섬에서는 엘리제가 아직도 객석을 향한 어필을 계속하고 있고, 그녀의 유닛 멤버들은 조금 떨어진 장소에서 다소 거북해 보이는 시선을 퍼뜨리고 있다.

로제티는 "하아." 하고 어딘가 질색이라는 듯한 한숨을 쉬었다.

"물론 자랑스럽기는 한데, 내 좋지 않은 부분도 빠짐없이 전해졌구나 싶어서."

"좋지 않은 부분?"

"……팀플레이를 전혀 못하는 점."

그렇게 말하고 로제티는 입을 다물었다. 쿠퍼도 입을 닫고 스테이지로 시선을 돌린다.

그러자 얼마 지나지도 않아 으르렁하고 뿔난 치와와처럼 짖는 게 아닌가.

"대놓고 '고민 중입니다.' 라는 분위기를 풍기고 있는데 이야기 좀 들어줘!"

"아아, 진짜, 성가시기 그지없는 사람이군요. 상담에 응해주길 바라면 처음부터 그렇게 말하세요."

왈왈 시끄럽게 짖어대는 치와와 소녀는 이내 토라진 것 같은 말투로 이야기를 시작했다.

"……난 솔직히 이번 일, 처음엔 그다지 마음이 내키지 않았어. 뭐, 말은 그래도 싫다는 건 아니고, 내가 요즘 약간 슬럼프 기미라서 말이야. 나 자신이 아직 부족한데, 아니 오히려 조금 답보 상태인데, 남을 가르칠 때인 건가 해서."

"그러고 보니 당신, 요 몇 개월 스테이터스가 거의 향상되지 않았더군요."

"맞아. ──그런데 뭔가 디테일한데, 나에 대해서."

어리둥절해 하는 얼굴로 자신을 쳐다보자 쿠퍼는 헛기침으로 얼버무린다.

"직업병. ──그래서?"

"응응, 그래서 말이지. 실은 슬럼프의 원인도 알고는 있었어. 크레스트 레기온에 들어오고, 혼자가 아니라 팀으로 싸우게 된 게 바로 그거지. ──지금까지 나는 훈련이든 시합이든 항상 혼자였어. 전장에 나가면 주위에 있는 건 전부 적. 눈에 비치는 상대를 아무튼 닥치는 대로 공격하면 그만이었어. 하지만 유닛으로 싸운다는 건 그렇지 않지."

쿠퍼는 말없이 고개를 끄덕였다.

인류의 천적인 란칸스로프는 수가 많고, 인간보다 힘이 세다. 길드가 유닛이나 레기온의 집단적인 군사행동을 철저히 하는 데는 그러한 전제가 있기 때문이다.

그러나 로제티는 비록 귀족 신분으로 격상했지만 원래는 하층 거주구 출신이다. 그 출신 때문에 편견을 샀고, 마나 능력자 양성학교에 다닐 수도 없었다.

당연히 유닛을 짜주는 사람도 없어서 기사 훈련생 최대의 무예대회인 전교 통일 토너먼트에는 딱 한 명으로 구성된 유닛으로 등록을 신청, 설마 했던 단독우승을 이룬 일화가 있는 것도 다 그 때문이었다.

일대다로 대난투를 펼쳤던 그녀의 용감한 모습은 지금도 사교장의 이야깃거리다.

"전에 있었던 임무에서 실전에 나갔을 때 말이야…… 내가 실수로 아군을 공격해 버렸거든. 상처는 전혀 대단하지 않았지만, 그렇다고 아무 문제 없는 게 아니잖아. 실은 이번 일, 그 페널티라는 의미도 포함돼 있어."

"그랬었군요."

"레기온 리더에게서 '지금의 너에게 등은 맡길 수 없다. 처음부터 다시 공부하고 와.' 라고 야단맞았어. ──그런데 좀 너무

하다고 생각하지 않아? 지금까지 아~무도 나랑 유닛을 짜주지 않았는데, 정작 길드에 들어가니까 이번엔 왜~ 유닛을 짠 적이 없냐고 뭐라 뭐라. 그건 내 잘못이 아니잖아!"

"친위대분들에게도 죄는 없습니다."

"그건 그렇지만……!"

투덜거리며 입술을 내미는 모습은 메리다를 닮은 게, 영락없는 아이 같다.

"처음엔 그래도 좀 기대하고 그랬는데…… 엘리제 님은 아까 본 대로, 무슨 생각인 건지, 날 어떻게 생각하는 건지 잘 모르겠어서. 내가 정말 그 아이의 선생으로서 자격이 있는 건가 싶어. 만약 답이 없는 선생이라고 여기면 어떡하지……?"

"과연. 어떤 직장이든 고민은 있는 법이군요."

조금 감정을 담아서 동의하자 로제티는 사료에 달려드는 물고기처럼 쿠퍼를 돌아봤다.

"……있잖아! 우린 역시 친하게 지내는 게 좋겠어! 노고를 함께 나누자구!"

"거절하겠습니다."

"뭐어어어어?! 어째서!"

참을 수 없는 듯한 불만을 터뜨리는 로제티를 아랑곳하지 않고 쿠퍼는 철저히 못 들은 체했다. 미안하지만 이쪽은 진심으로 현세대 최강의 자리를 노리고 있는 몸. 가장 유력한 대항마와 시시덕거리며 농땡이 치고 있을 여유는 없다.

애당초 생각해보면, 쿠퍼가 이렇게 분가의 가정교사와 대화에 열중하고 있는 것 자체가 클라이언트 입장에서 보면 유쾌하지 않은 광경이 아닐는지……

새삼스럽지만 그런 생각이 들어서 쿠퍼는 조심조심 후방의 귀빈석을 훔쳐보았다.

그리고 눈살을 찌푸렸다.

"없어……?"

제1시합까지는 분명히 있었던 그 자리에 몰드류 경과 페르구스 공의 모습이 없었다. 페르구스 공은 다망한 몸이다. 메리다의 제1시합 관전과 가벼운 인사만 하고 돌아갔을 가능성은 충분히 생각할 수 있다.

하지만 몰드류 경은? 메리다의 신변에 신경질적으로까지 책모를 부리고 있는 그가, 메리다의 남은 시합을 내팽개치고 돌아간다는 말인가…….

조금 전 페르구스 공과 대치했을 때 덮친 메리다의 클래스에 대한 위기감이 쿠퍼를 자리에서 일어나게 했다. 그러자 옆에서 소매를 꽉 잡는 감각이 들었다.

"어……어디 가려고?"

로제티였다. 매달리는 듯한 표정으로 올려보며 '혼자 두지 마.'라고 웅변하고 있다. 쿠퍼는 한숨을 쉬면서 그녀의 머리에 자연스럽게 손을 퐁 올렸다.

"금방 돌아올게요. ──에이미 씨도요."

쿠퍼가 쓰다듬어준 머리를 멍청히 누르는 로제티를 남겨두고 쿠퍼는 몸을 홱 돌렸다.

이제부터는 신속한 행동이 필요하다. 쿠퍼는 관객의 의식에 남지 않도록 기척을 죽이는 동시에 표범같이 유연한 움직임으로 콜로세움 안을 탐색하기 시작했다. 객석에서 나와 통행구로, 많은 여학생이 북적거리는 대기실 앞으로, 인기척이 없는 썰렁한 입장 통로에서 퇴장 통로로——.

그리고 그 한 모퉁이에서 쿠퍼는 마침내 목적으로 삼았던 인물을 발견했다.

가스등이 닿지 않는 그늘에, 낯익은 쥐스토코르 옷자락이 흔들리고 있다.

"⋯⋯그 계집⋯⋯⋯⋯보⋯⋯면⋯⋯⋯⋯."

"하지만⋯⋯ 죽⋯⋯⋯⋯와⋯⋯⋯⋯?"

누군가와 대화 중인 모양이다. 목소리가 작고, 경기장의 환호성이 합쳐져서 잘 알아들을 수 없다. 좀 더 접근하면 되겠다 싶어 쿠퍼는 발을 내디디려다——움찔, 경직됐다.

"⋯⋯⋯⋯."

눈앞에 어떤 자의 경계망이 있다. 이 이상 발을 들여놓으면 기척을 알아챌 것이다.

——누구지? 몰드류 경하고 대화 중인 사람은?

쿠퍼는 한층 더 신중하게 벽에 몸을 숨기고 상대의 낌새를 살폈다. 이런 기술은 사무라이 클래스의 전매특허다. 흡사 나무가 뿌리를 뻗듯이 지각영역을 확대해, 상대의 경계망과 접촉하지 않도록 바늘구멍을 통과하는 듯한 섬세함으로 의식의 범위를 넓힌다. 마른 나무 같은 몰드류 경의 등에 다다랐고, 나아가 그 건너편에 있는 어둠 속의 존재를── 들추어내기 직전.

퇴장 통로로부터 시합을 마친 여학생들이 와르르 쏟아져 나왔다. 어느샌가 시합시간인 15분이 지난 모양이다. 한산했던 홀이 단숨에 떠들썩해지더니, 붙잡으려 했던 수수께끼의 인물의 기척은 손가락 끝에서 쑥 멀어지고 말았다.

"어머! 메리다 님의 선생님 아니신가요?"

"정말이네! 쿠퍼 님이에요! ……뭐 하고 계신 거예요?"

벽에 달라붙어 있던 묘한 자세의 쿠퍼에게, 건강한 땀을 흘린 소녀들이 꺄꺄대며 모여든다. 공작가문의 고용인이고, 성 프리데스위데에서는 보기 드문 젊은 남성이라는 까닭도 있어서 쿠퍼는 벌써 1학년 사이에서는 유명인이었다.

"선생님, 저한테도 꼭 레슨을 부탁드리고 싶어요!"

"메리다 님이 그렇게 강해진 것은 역시 선생님의 지도 덕분인가요?"

"그보다 선생님, 부디 저희 티타임에 출석해주세요!"

"아, 아가씨 여러분, 죄송합니다만……."

쿠퍼가 쩔쩔매자 주변을 에워싼 열세 살 소녀들은 하나같이 웃었다.

"""쿠퍼 님, 얼굴이 새빨개요!"""

애, 애늙은이들 같으니.

입술을 꽉 다무는 쿠퍼의 모습이 정말 재미있다는 듯이 여학생들은 마주 보고 키득키득 웃는다. 이래서 여자애들이 집단을 이루면 감당이 안 된다. 무예에 있어서는 백전연마의 달인인 쿠퍼조차 완전히 농락당하고 있다.

　체념 섞인 시선을 두리번거리다…… 쿠퍼는 "하아." 하고 어깨를 떨궜다.

　말할 필요도 없이, 밀담을 나누던 몰드류 경과 수수께끼의 인물은 앞서 말한 어둠에서 이미 홀연히 모습을 감춘 뒤였다.

† † †

　그 후, 2학년의 제1시합과 제2시합, 3학년의 제1시합과 제2시합이 소화됐고, 드디어 메리다와 엘리제의 유닛이 맞닥뜨리는 1학년 제3시합이 막을 열었다.

　하지만 결과적으로── 쿠퍼가 걱정한 사태로는 발전하지 않고 시합 그 자체는 불과 수십 초 만에 결판나버렸다. 메리다와 엘리제가 직접 맞붙기는커녕 시합 중에 칼 소리가 울려 퍼지는 일조차 거의 없었다.

　시합개시 직후, 이번에는 메리다까지 온전히 전술에 포함시킨 유피가 지시를 냈고, 각 멤버를 진군시켰다. 그런 반면, 적군의 멤버가 흩어진 것을 가늠하자 엘리제는 아군의 전술을 무시하고 느닷없이 돌격했다. 방해도, 장해물도 일절 개의치 않고 곧장 전장을 가로질러서 순식간에 메리다 측 유닛 리더 유피와 격돌했다.

　단 한 방의 일섬으로 유피를 물리친 엘리제는 속도를 늦추지 않고 그대로 대촛대를 제압. 관객이 아직 시합개시에 한창 열광

하고 있을 때 승리를 결정지었다. 너무나도 순식간에 일어난 일이라 메리다는 물론 다른 일곱 명의 선수들도 멍하니 그것을 보고 있을 수밖에 없었다.

그렇게 해서 엘리제는 이번 대회 최단시간인 13초라는 승리의 기록을 세우고, 또다시 콜로세움 안을 뒤덮는 환호성을 불러일으켰다.

엘 리 제 엔 젤

클래스:팔라딘

HP	756		MP	80			
공격력	68		방어력	76		민첩력	67
공격지원	0~25%			방어지원	0~50%		
사념압력	10%						

주 요 스 킬 / 어 빌 리 티

축복Lv2 / 증폭로Lv1 / 항주(抗週)Lv1 / 솔 브랜디스 / 리 파트로나

종합평가……[1-B]

[성 기 사 / 팔 라 딘]

자신의 전투력, 아군에 대한 지원능력, 모든 부분에 있어서 높은 수준을 자랑하는 만능 클래스. 전 클래스 중 으뜸가는 회복 어빌리티 《축복》을 지닌 덕분에 전투지속능력이 독보적이다. 소모한 HP와 MP를 서서히 회복시키는 그 효과는 아군에게도 파급되기 때문에 팔라딘이 있으면 유닛의 전체 능력이 껑충 뛰어오른다.

적성 [공격 : A 방어 : S 민첩 : A 특수 : - 공격지원 : B 방어지원 : S]

LESSON: Ⅳ ~잠들지 못하는 자들~

"……아가씨. 이제 일어나십시오, 아가씨."

담요 위로 누가 몸을 흔들자 소녀의 의식은 천천히 잠에서 돌아왔다.

눈꺼풀이 몹시 무겁고 머리가 아프다. 전날 시합에서의 피로가 진하게 남아 있어서 온몸에 납이 달린 것만 같다. 시합 중에 맞은 상처가 아직 욱신욱신 쑤신다.

간신히 머리를 들고 벽걸이 시계를 바라보니 시곗바늘은 다섯 시를 가리키고 있었다. 사람들의 일반적인 활동시간대보다 한참 이른, 아직 가로등조차 조용히 잠자고 있을 시각.

그런데도 침대 옆에 선 누군가는 소녀를 세게 흔들어 깨우는 것이다.

"아가씨! 마냥 자고 계시면 안 됩니다. 일어나십시오!"

"……네."

소녀는 마지못해 상반신을 일으켰다. 곧장 담요를 빼앗겼고, 이어서 쑥 뻗은 힘줄이 불거진 팔이 잠옷 단추를 풀고 옷을 척척 갈아입히기 시작한다.

백발을 시뇽 스타일로 정돈하고, 까마귀처럼 신경질적인 눈

빛을 한 이 여성은 메이드장인 미세스 오셀로. 성 프리데스위데 입학과 함께 실가로부터 소녀의 시중 담당 총괄로서 파견된 베테랑 하녀다.

졸음에 사로잡힌 소녀는 멍―하니 있었지만 눈 깜짝할 사이에 몸단장이 갖추어졌다. 미세스 오셀로는 끝으로 가볍게 소녀의 볼을 찰싹 쳐서 활기를 불어넣은 다음 늙음을 느낄 수 없는 정연한 발걸음으로 문 쪽으로 향했다.

"선생님도 아직 주무시고 있었으니 바로 깨우고 오겠습니다. 아침 레슨을 부탁해 다른 아이들과 한층 더 격차를 벌리는 겁니다. 1분 1초도 허투로는 쓸 수 없어요!"

손잡이에 손을 대고 미세스는 말투도 날카롭게 내뱉었다.

"대답은 어디 갔죠, 엘리제 님!"

"……네. 열심히 하겠습니다."

"좋아요! 주인님께서도 기뻐하실 겁니다."

타앙! 소리 높이 문을 닫고 미세스 오셀로는 아침의 나른한 공기에는 어울리지 않는 부산한 발소리를 울리며 가버렸다.

원래 엄격한 사람이긴 하지만 최근엔 거의 감시인 수준이다. 하지만 그녀가 이렇게까지 기를 쓰는 이유도 명백하다. 전날 학기 말 공개시합에서 엘리제의 사촌 자매…… 메리다 엔젤이 보인 예상외의 엄청난 활약이 큰 영향을 주었을 것이다.

등불이 제한된 도시는 당연히 공기도 매우 차다. 얇은 트레이닝복으로 갈아 입혀진 엘리제는 침대 가장자리에서 자신의 가냘픈 어깨를 안았다.

"······춥다."

토해낸 숨은 하얗게 녹아서 어디에도 닿지 않았다.

† † †

엘리제의 저택은 카디널스 학교구에서 가장 근사한 고급 주택가에 있다. 저택 지하의 수련당에서 아침 트레이닝을 소화하고 욕실에 들어가 몸을 깨끗이 씻은 다음에야, 겨우 한숨 돌릴 조식 시간이 된다.

그렇지만 식당 양 끝에는 메이드들이 죽 정렬해 있고, 과도하게 넓은 긴 테이블에서 단둘이 식사를 해야 한다. 어렸을 때부터 익숙한 엘리제는 어쨌든 간에 평민 출신인 가정교사 로제티는 이것이 늘 거북했다.

엘리제의 맞은 자리에서 로제티가 "후아암······." 하고 큰 하품을 하자 바로 미세스 오셀로의 질책이 날아왔다.

"선생님! 그 칠칠치 못한 짓은 뭡니까!"

"으히이익! 죄, 죄송해요! 그런데 졸려서······."

"선생님이 그래서야 어떡합니까! 수면시간은 정확히 떼어 드리고 있을 텐데요. 선생님 스스로가 아가씨에게 모범을 보여드리지 않으면 곤란합니다!"

유리컵에 입을 대고 얼굴을 숨기면서 로제티는 조심조심 반론했다.

"······그런데요, 오셀로 씨. 전에도 말했지만, 무턱대고 연습시간을 늘린다고 능사는 아니라고 생각해요. 특히 엘리제 님은 성장기니까 너무 무리하면 몸이 망가져 돌이킬 수 없는 사태가……."

"잠시만요! 선생님은 의욕이 없으신 거예요?!"

식기가 댕댕 흔들거릴 정도로 날카로운 목소리로 미세스 오셀로는 소리쳤다.

"오히려 성장기니까 하면 하는 만큼 몸이 굳세지는 겁니다. 안 그래요? 노력은 결코 사람을 배신하지 않습니다. 고통, 노고야말로 성공의 양식! 저는 그걸 잘 알고 있습니다. 그 증거로…… 며칠 전 공개시합에서 훌륭한 성적을 거두시지 않았습니까!"

매끄러운 뱀 같은 손짓으로 미세스 오셀로가 엘리제의 어깨를 쓰다듬었다.

"아가씨, 시합결과를 보고했더니 주인님께서도 무척 기뻐하셨어요. 본가의 페르구스 님도 엘리제 님의 용감한 모습에 깜짝 놀라셨을 거예요! 오호호!"

"……네. 기뻐요."

"하지만 반성해야 할 점이 있는 것도 알고 계시겠죠? 어찌 제3시합에서는 그렇게나 결판을 서두르셨나요. 좀 더 차근차근 상대 유닛 아이들을 하나하나 처치하고, 마지막에 남은 메리다 님을 관객 눈앞에서 무릎 꿇게 해드렸다면…… 어느 쪽이 엔젤 가문의 정통 후계자에 어울리는 자인지, 누가 봐도 명백했을 텐데!!"

"…………."

말수가 적은 엘리제 대신 로제티가 조심조심 손바닥을 든다.

"저기, 그렇게 말하는 것도 그만 좀 하는 편이 좋을 것 같은데요~……."

"그렇게 말하는 거, 라고 하시면?"

"그, 그러니까 시합 날에도 말했었잖아요. 스테이지 위에서 객석에 어필 하거나, 무난하게 이길 수 있는데도 일부러 전원 다 해치워서 힘을 과시하는 행동……. 학교 아이들이 보기엔 조금 기분 나쁘지 않을까……."

"무슨 말씀을 하시는지 이해하기 힘드네요."

미세스 오셀로는 불손하게 "흥." 하고 콧방귀를 뀐다.

"과시할 수 있을 만한 힘과 입장이 있으니까 그런 건 당연하죠. 아가씨가 다른 아이들보다 뛰어나다는 것은 사실인데, 그것을 깨우쳐주는 데에 무슨 문제가 있는 거죠? 그 자리에는 길드 분들도 많이 보이셨어요. 그들에게 적극적으로 알리지 않으면 어떡합니까!"

"그, 그야 오셀로 씨는 어깨가 으쓱할지도 모르겠습니다만 엘리제 님에게는 학교에서의 입장이라는 게……."

"학교에서의 입장! 그런 것보다 중요한 것이 엘리제 님에게 있다고요!!"

빠지직! 미세스 오셀로의 벼락이 떨어지는 게 이걸로 몇 번째일까.

엘리제가 태어난 엔젤 가문의 분가로서는 본가의 딸 메리다의 상태가 좋지 않다는 것은 복음이나 마찬가지였다. 마나를 각성시키지 못하고 있는 그녀를 깎아내릴 수 있을 만큼 깎아내리고,

반면에 엘리제가 팔라딘으로서 눈부시게 성장한다면 양가의 역학관계를 뒤집는 것도 가능하다……는 것이 바로 미세스 오셀로를 선봉으로 한 혁신파의 주장이다.

그렇기에 전일의 공개시합에서 그들은 엄청난 충격을 받았다. 그 무능영애라고 불렸던 메리다가 갑자기 마나를 발현하고, 1학년이라고는 생각되지 않는 전투로 한 수 위의 적을 압도, 수천 명의 관객의 눈이 못 박힌 상태에서 자기 유닛을 승리로 이끌었다.

그 광경이 어지간히 유쾌하지 않았던 것인지, 시합 전에 겁을 집어먹고 달려온 미세스 오셀로는 엘리제에게 이렇게 명령했다. 메리다 이상으로 인상적인 시합을 연출해서 관객의 이미지를 불식시키라고. 시합 전후의 어필과 적 멤버 전원 격파라는 영웅적 행동으로 메리다의 활약을 덮어버리자고.

오셀로가 그렇게 강제로 시키면 엘리제도 따르는 수밖에 없다. 미세스 오셀로의 독재는 저택의 메이드들도 답답해하는 것 같지만, 날카로운 목소리로 작업지시와 설교를 반복하는 그녀를 무서워하면서도 누구 하나 아무 말도 할 수 없었다. 사담은 엄금되어 있기 때문이다.

허수아비같이 우두커니 서 있는 메이드들의 주목을 받으며 식탁 건너편에서 로제티가 웃음을 지었다. 억지로 웃고 있음을 똑똑히 알 수 있을 만큼 표정이 어색하다.

"오, 오늘 아침밥은 한층 더 맛있네!"

"에……."

엘리제는 얼빠진 목소리로 대꾸하는 게 고작이었다. 솔직히 소시지도, 달걀도, 키슈도 평소의 아침식사와 어디가 다른지 전혀 알 수 없었기 때문이다.

이쪽의 반응이 별로였기 때문인지, 로제티는 이어서 스콘을 집어 들었다.

"으, 으음, 이 허니 스트로베리 잼도 최고야!"

"……선생님, 그 잼은 사워 체리. 스트로베리는 이쪽."

엘리제는 담담하게 정정하고서 옆에 있던 오렌지색 병을 집어 들었다. 과육에 꿀이 녹아들어 있어서 혼동하는 일이 많다. "아으으……." 하고 기가 죽은 것처럼 어깨를 떨구는 가정교사의 모습에 엘리제는 무표정하게 침묵으로 대꾸할 뿐이었다.

공개시합이 끝난 그날부터 로제티는 자주 이런 모습을 보였다. 무언가에 도전했다가 장엄하게 부서지는, 그런 애잔함이 이쪽에까지 전해져온다.

혹시 엘리제가 항상 재미없어 보이는 표정만 짓고 있어서 신경을 써주느라 그런 걸까. 또는 지루함이 한도를 넘어 누구든 좋으니까 이야기 상대를 찾고 있는 걸까.

아니면 엘리제의 가정교사가 된 것을 이제 와서 후회하고 있는 걸지도 모른다.

"미세스 오셀로. 성 프리데스위데에서 의상이 도착했습니다."

"어머, 축제용 의상이군요."

아침 식사를 마쳤을 무렵, 메이드 한 명이 소포를 운반해왔다. 평소엔 무표정을 지키는 엘리제의 눈동자가 그 말을 들은 순간에 아주 조금 뜨인다.

식후 차를 마시고 있었던 로제티가 테이블 위로 몸을 내밀며 묻는다.

"축제용 의상은 또 뭐야?"

"서클렛 나이트에서 사용하는 운반수의 의상. 학원 쪽 참가자는 저걸 입어."

"——어머나! 이 초라한 천 쪼가리는 뭐랍니까!"

꾸러미를 풀던 미세스 오셀로가 히스테릭한 소리를 질렀다.

학원으로부터 배송 온 의상은 옷자락이 풍성한 순백색 드레스와, 유리 세공품처럼 섬세하게 만든 티아라였다. 스커트는 긴 반면 상반신 노출이 많지만, 성 프리데스위데의 소녀들이 입으면 숲의 요정 같은 가련함이 연출되리라.

하지만 실제로는 군데군데 세월에 따른 열화가 있었다. 미세스 오셀로는 그게 마음에 들지 않는 모양이다. 의상을 대충 보자마자 바로 꾸러미에 되돌리고서,

"이런 걸 엘리제 님에게 어떻게 입힌담. 축제까지 새로운 의상을 준비합시다. 천을 수배하고 재봉사를 불러줘."

"네?"

엘리제가 무심코 소리를 질렀다. 미세스 오셀로의 눈동자가 번득인다.

"왜 그러십니까? 아가씨."

"……아뇨."

눈을 내리깐 엘리제를 대신해서 로제티가 조심스럽게 의견을

말했다.

"저기~ 혼자 다른 모습이면 너무 튀지 않을까 싶은데요……."

"바람직하지요. 다른 아이들과는 다르다는 것을 알기 쉽게 나타낼 수 있잖아요. 마치 부하를 거느리는 요정의 여왕처럼! 오호호, 근사해라!"

유쾌하게 웃은 다음 미세스 오셀로는 의상 보따리를 메이드에게 되밀었다.

"적당한 이유를 대고 학원에 반송해줘."

"……네, 미세스 오셀로."

메이드는 복잡한 얼굴을 하면서도 고개를 끄덕이고, 보따리를 손에 들고 퇴실했다.

엘리제는 테이블을 쳐다본 채 문이 굳게 닫히는 소리를 듣고 있었다.

"……미안해, 리타."

소곤거리는 듯한 말은 역시나 누구에게도 닿지 않았다.

† † †

"으랴아아아아아아~! 엘리한테까지 닿아라아아!"

"그 마음가짐입니다, 아가씨! 한 판 더!"

어느새 항례가 된 마나의 충돌음이 메리다의 저택의 광장에 메아리치고 있었다.

종업식을 마치고 장기휴가에 들어가 가정교사인 쿠퍼와의 트레이닝에 더욱 전념할 수 있게 된 오늘, 메리다가 휘두르는 목 검에는 기합이 한층 더 실려 있었다.

이유는 물론 휴가 전에 개최된 공개시합. 그 제3시합에서 겨룬 사촌 자매 엘리제 엔젤과의 압도적인 실력 차이다. 네르바를 상대로 염원하던 첫 승리를 이루고 커다란 일보를 내디뎠다고 해도 도저히 긴장을 풀 수 있는 심경이 아니었다.

휴가 중의 트레이닝 메뉴는 쿠퍼가 완벽한 플랜을 세워주었다. 휴가가 끝나고 학원이 재개됐을 때 더욱 레벨 업한 자신을 여봐란듯이 보여 주리라. 엘리제가 세 발자국 나아가는 동안에 이쪽은 네 발자국, 다섯 발자국이라도 나아가 조금씩 차이를 줄이는 것이다!

쿠퍼와의 개인 연습에도 새삼 열이 들어간다.

메리다보다 머리 두 개는 큰 완벽만능 가정교사는 여전히 선선한 싸움을 펼친다. 그렇지만 메리다 같은 초급자일지라도 능력자끼리의 전투는 알아볼 수 없을 만큼 빠른 속도로 이루어진다.

몇 합 칼을 맞부딪치자 파파파팟 하고 단속적인 섬광이 번쩍인다. 직후, 쿠퍼는 칼을 머리 위로 치켜들었다. 메리다는 흠칫 반응하더니 비스듬히 전방으로 뛰었다. 거의 동시에 나온 쿠퍼의 다리 후리기가 날카롭게 허공을 갈랐다.

"호오!"

감탄한 것 같은 놀란 목소리가 쿠퍼의 입에서 새어 나왔다.

메리다는 즉각 칼로 되받아쳤지만 이것은 간단하게 막혔다. 그러나 칼을 마주한 채 정지한 쿠퍼는 기분이 좋은지 입꼬리가 올라갔다.

"잘도 방금 페인트를 눈치채셨군요, 아가씨."

"에헤헤! 칼을 올렸을 때 선생님의 마나가 조금 하반신으로 흐른 것 같아서, 혹시나 했어요!"

"호오…… 그럼 그 기세로 한 판 더!"

서로 칼을 튕기고서 거리를 벌리고 처음부터 다시 한다.

다시 몇 합의 겨루기가 펼쳐졌다. 쿠퍼가 목검을 붕 당겼지만, 그의 마나는 다른 장소를 의식하고 있다. 페인트를 간파한 메리다는 즉각 위로 뛰었다.

그러나 아무리 지나도 다리 후리기가 날아오지 않는다.

어라? 얼굴을 드니 그곳에는 여전히 목검을 치켜들고 있는 쿠퍼의 모습이 있었고……

따아악! 무방비인 메리다의 정수리에 일격이 가해졌다.

시야에 별님이 흩날렸고, 버티지 못하고 목검을 떨어뜨렸다. 웅크리고 앉아 아픔을 참는다.

"……서, 선생님, 치사해요~~~!!"

"페인트의 페인트입니다. 아직 수행이 부족하군요."

메리다가 울상으로 항의해도 변함없이 끄덕도 않는 귀축 가정교사였다.

† † †

"짜자~안! 선생님, 이거 좀 봐주세요!"

레슨 사이 휴식시간. 광장 구석에 차려진 티 테이블에서 차를 마시는 쿠퍼에게 메리다는 어떤 물건을 자랑스럽게 내보였다.

바로 조금 전 학원으로부터 도착한, 옷자락이 풍성한 순백색 드레스다.

"어, 제게 주는 선물인가요? 기쁘지만 여자 드레스는 좀⋯⋯."

"참 나, 아니에요! 서클렛 나이트 의상이라구요!"

헛소리하는 가정교사에게 메리다는 발끈하며 볼을 부풀렸다.

서클렛 나이트란 초여름에 캠벨 전역에서 개최되는 축제를 말한다. 이날은 귀족이나 평민뿐 아니라 하층 노동자 계급까지 전부 거리에 모여, 넥타르 화톳불을 세우고 폭죽을 드높이 쏘아 올린다. 사람들은 기사나 천사 또는 괴물로 가장하고 마을을 누비며, 란칸스로프를 본뜬 인형을 한군데에 모아서 성대한 캠프파이어를 벌인다.

도시의 평화를 기원하는 축제임을 힘주어 말하자 쿠퍼는 컵을 든 채 고개를 끄덕였다.

"네, 물론 알고 있습니다. 매년 이 시기가 되면 요란한 불덩이가 펑펑펑펑. 지저분한 일을 하는 제 옆에서 커플 놈들이 농탕농탕. 그런 왁자지껄한 축제가 제 마음을 깊이 어지럽힙니다."

"서, 선생님? 뭔가 안 좋은 기억이라도?"

"신경 쓰지 마십시오."

그렇게 대꾸하고 우아하게 컵을 기울이는 쿠퍼.

성장 과정이 어떠했는지, 그는 자신에 대해 별로 이야기해주지 않지만, 마치 '세간의 이벤트 따위는 자신과 인연이 없다'는 듯한 분위기다.

"그래서 아가씨, 그 서클렛 나이트 의상이라는 건 뭔가요?"

"아, 네. 축제에 퍼레이드가 있는 건 알고 계세요? 커다란 란칸스로프 인형을 마을 구석구석 끌고 다닌 다음 마지막으로 광장의 화톳불에 던져 넣는 건데요. 그 퍼레이드의 인원 몇 명을 성 프리데스위데 학생이 맡게 되어 있어요."

그 영예로운 역할에는 당연히 인원제한이 있다. 해당 년도의 성적이 우수한 학생이 학년별로 선발되는 것이다. 무엇을 숨기랴, 학기 말에 실시된 공개시합은 그 퍼레이드에 참가하는 멤버를 심사하기 위한 자리이기도 했던 것이다.

그리고 영광스럽게도, 시합에서 많은 관객을 놀라게 한 활약을 보여 주었던 메리다에게도 그 기회가 돌아왔다.

"의상을 잘 보세요, 선생님. 수선은 돼 있지만 조금 낡았죠?"

"그러네요. 꽤 오래 쓰인 것 같군요."

"이건 학원이 생긴 당시부터 줄곧 계승되어온 거예요. 퍼레이드에 참가할 수 있는 것도 명예로운 일인 데다 학원의 대표로서 그 자리에 서는 거니까, 이 의상을 입고 서클렛 나이트에 나가는 일이 학원에 다니는 모든 학생들의 로망이에요."

"그렇군요. 역대 용사들의 혼이 담겨져 있다는 말인가요."

쿠퍼는 메리다에게서 의상을 받고 표면을 스르륵 쓸어본다. 수선한 흔적이 희미하게 보이는 스커트의 가장자리를 집고, 어째 눈이라도 부신지 한쪽 눈을 감고 물끄러미 본다.

"……실은 말이죠. 유년학교 시절에 엘리랑 약속했었어요."

불쑥 메리다가 흘린 말에 쿠퍼는 고개를 갸웃거렸다.

"약속, 이요? 그러고 보니 시합 전에도 그런 말씀을 하셨었죠."

"네. 예전에 그 애랑 함께 서클렛 나이트 퍼레이드를 봤을 때. 성 프리데스위데 선배분들이 요정처럼 아름다운 모습으로 손을 흔드는 걸 보고…… '우리도 언젠가 저 의상을 입을 수 있으면 좋겠다.' '같이 퍼레이드에 나가자.' 하고요."

가슴이 조이는 양, 메리다는 손바닥을 꽉 쥔다.

"……전 그 후로 뒤쳐졌으니까 이제 약속을 결코 지킬 수 없으리라 생각했었어요. 엘리가 퍼레이드에 나오는 모습을 바깥에서 바라볼 수밖에 없을 거라고 포기했었어요. 하지만 지금 이렇게 이 의상이 제 앞으로 여기에 와 있다니…… 꿈만 같아요."

눈물을 글썽거리며 메리다는 선생님 덕분이에요, 라고 마지막에 덧붙인다.

쿠퍼는 진심 어린 미소로 축복했다.

"약속을 지킬 수 있어서 다행입니다."

"네엣!"

메리다는 기운차게 대답을 하고서 갑자기 얼굴이 달아올라 고개를 숙였다.

"저기, 선생님…… 선생님은 어쩌면, 축제 같은 거 별로 안 좋아할지도 모르겠지만요……."

"네? 그렇지는 않습니다만, 왜 그러십니까?"

"아뇨, 그게……. 서, 선생님만 괜찮으시다면 캠프파이어 때 저하고 춤춰주시면 기쁘겠다 싶어서요……!"

"아……."

쿠퍼는 무심코 거북하게 들리는 목소리를 내고 말았다. 그 순간 메리다의 몸이 딱딱하게 굳는다.

"……죄송합니다, 아가씨. 에이미 씨에겐 벌써 이야기했습니다만, 실은 지금부터 이전 임무의 사정으로 인해 성왕구에 한번 돌아가야 합니다."

"그, 그랬었군요……."

"하지만 축제는 3일 동안이죠? 내일 바로 돌아올 수 있으니, 그때엔 꼭 저와 춤춰주시겠습니까? ──물론, 그때 아가씨의 손이 다른 남자분을 따라가지 않는다면, 입니다만."

장난치듯이 그렇게 말하자 메리다는 일변해서 매력적인 미소를 꽃피워주었다.

"후훗, 제 손은 선생님을 위해서 축제 내내 비워둘게요!"

"이런, 영광이군요."

이쪽도 빙그레 웃음으로 화답하자 마주한 소녀의 볼이 어째선지 화르르 녹은 것처럼 빨개진다. 쿠퍼의 제자는 감정을 정말, 총천연색으로 선명히 보여 준다.

그런 생각을 하는데, 이번엔 갑자기 뭔가 결심한 것처럼 몸을 내밀어 온다.

"저기, 선생님. 휴식시간, 조금만 더 받아도 될까요?"

"왜 그러십니까?"

"저 지금, 바로 갈아입고 올게요! 이 의상, 선생님한테 제일 먼저 보여 주고 싶어요!"

쿠퍼에게서 서클렛 나이트 의상을 받은 다음 메리다는 후다닥 저택으로 뛰어 돌아갔다. "기다려주세요―!"라고 당부하고 문 건너편으로 사라졌다. 분명 에이미를 불러내서 황급히 옷단장을 끝마치고 나올 것이다.

난처하다는 듯이 쓴웃음을 지으면서 쿠퍼는 찻잔을 받침에 돌려놓았다.

그리고 찻잔과 교체하듯이, 테이블 밑에서 슬쩍 물건을 하나 꺼낸다.

카메라였다.

"봐 달라고 말씀하신 건 아가씨 쪽이니까 말이죠."

저택의 메이드들이 '귀축'이라 불러 마지않는 미소로 쿠퍼는 뽀득, 뽀득, 뽀득, 렌즈를 닦기 시작했다.

그 후, 아가씨의 화려하게 차려입은 모습에 있는 대로 흥분한 에이미와 결탁해, 조금 섹시한 드레스 사양이 된 메리다가 부끄러워하는 것도 개의치 않고, 360도로 고저차를 바꿔가며 둘이서 셔터를 닦치는 대로 누른 것은―― 더 말할 필요도 없을 것이다.

† † †

시각이 17시가 되고, 드디어 서클렛 나이트 개최가 임박했다.

역으로 향한 쿠퍼를 배웅하고, 메이드의 도움을 받아 전통 드레스로 갈아입은 메리다는 사전에 통지된 학원생 집합장소로 향했다.

카디널스 학교구 시가지에는 건물 틈을 누비듯이 많은 샛길이 여기저기 나 있다. 샛길이 모이는 지점에는 대부분 수로가 모이는 광장이 있어서, 근처 주민들의 교류장으로서 애용된다.

그런 광장의 한 곳, 퍼레이드를 하는 차일즈 대로에서 가까운 공터가 성 프리데스위데 학생들의 약속장소였다. 메리다는 집합시간 30분 전에 도착했는데, 이미 퍼레이드 참가자 대부분이 모여 있었다. 다들 똑같은 순백색 드레스를 입고, 대담한 동시에 신비스럽기도 한 자신의 모습에 마음이 들뜬 분위기다.

벌써 큰길에는 사람들로 넘치고 있었다. 곧 저 많은 관중 속을 학원대표로 행진한다고 생각하자 점점 고동이 빨라진다.

"메리다, 이쪽이야!"

같은 반 그룹이 손짓으로 부른다. 마나를 쓰지 못했던 이전과는 달리, 이제 자신과 저들은 대등한 입장이다. 메리다는 주눅드는 일 없이 그 무리 속으로 들어갔다.

기대와 약간의 불안으로 볼이 홍조를 띠고, 같은 반 학생들과 수다를 떨면서 퍼레이드 개시시간을 기다리는 것도 잠시. 남은 퍼레이드 참가자도 속속 나타났고, 머지않아 "우와앗!" 하고 한층 더 커다란 환호성이 터져 나왔다.

무슨 일인가 싶어 시선을 돌리니 광장 한 모퉁이에 하얀 요정들이 모여 있었다. 중심에 서 있는 요정의 여왕을 둘러싸고 다들 떠들썩하게 칭찬하는 중이다.

"세상에, 어쩜 이리도 눈부시게 화려할까!"

"엘리제 님! 그 의상은 어떻게 된 거예요?!"

"……일하는 사람이 준비해줬어."

인파 건너편에 사촌 자매의 모습이 보여서 메리다는 "어……."
하고 자기도 모르게 의문이 새어 나왔다.

엘리제가 성 프리데스위데의 전통 드레스를 입고 오지 않았기
때문이다. 디자인은 거의 똑같지만, 고급소재를 썼음을 한눈에
알 수 있다. 빛이 닿는 위치에 따라 심홍색으로 보이는 플레임
버드 직물에, 티아라에 끼워져 있는 것은 염정(炎精)의 발화석
이다.

엘리제 본인이 지닌 세속을 초월한 분위기까지 맞물려, 획일
적인 의상을 입은 다른 학생들이 순식간에 들러리가 되어버렸
다. 무대의 주역을 떠받드는 것처럼 주위에 떼 지어 모이는 학
생들도 있었으나 불쾌한 듯이 거리를 두는 아이들도 많이 있다.

메리다 근처에 있는 2학년 선배들이 엘리제 쪽을 차가운 눈으
로 쏘아본다.

"……어떻게 생각하세요? 저거."

"마음에 안 드네."

흥. 선배는 진심으로 경멸했다는 듯이 내뱉었다.

"우리와 똑같은 모습은 싫다, 이거잖아? 기사 공작가문인지
뭔지 모르겠지만, 타인을 엑스트라로밖에 생각하지 않는 거지.
이 의상은 선배들로부터 물려받은 소중한 것인데도 그것조차
아무러면 어떠냐는 거야. ……믿어지니, 이 상황이."

비슷한 시선이 여기저기에서 엘리제를 향하고 있다.

선후배라는 입장만 아니라면 메리다는 "아니야!" 하고 변명하고 싶었다. 엘리제는 그렇게 제멋대로 구는 아이가 아니다. 옛날부터 이 의상을 입는 것을 고대하고 있었다. 틀림없이 무언가, 도저히 입고 올 수 없었던 이유가…….

그때 갑자기 엘리제가 학생들의 무리에서 이탈했다.

"어라? 엘리제 님, 어디로?"

"……티아라가 조금 아파서. 다시 쓰고 올게."

불쑥 그런 말을 남기고 그녀는 한 골목으로 들어가 버렸다. 그것을 지켜보는 선배들의 시선은 예상대로 따가웠다.

"이대로 돌아오지 않으면 좋을 텐데."

"……으!"

가만히 있을 수가 없어서 메리다는 뒤를 쫓듯이 뛰기 시작했다.

"메리다, 슬슬 나갈 차례야?!"

"으, 으음, 금방 돌아올게-!"

같은 반 아이들에게 일러두고 엘리제가 들어간 골목으로 뛰어들었다.

주민들은 대부분 나가고 없고, 이런 인기척 없는 골목으로 일부러 향하는 관광객도 없다. 축제의 떠들썩한 소리는 멀어지고, 주위는 혼자 남겨진 것처럼 조용하다.

그래서 엘리제는 금방 찾을 수 있었다. 목소리가 들렸기 때문이다.

"……으으……흐으, 윽……! 으으…………!"

바로 울음소리가. 메리다는 깜짝 놀라 자기도 모르게 발소리를 죽였다.

조금 전의 집합장소보다 더욱 후미진 골목. 이곳에도 조금 작은 광장이 있었고, 수목이 한 그루 심겨 있다. 물이 콸콸 솟구치는 조각을 앞에 두고, 엘리제가 주저앉아 있었다.

얼굴을 가린 손바닥 틈에서 눈물이 뚝뚝 떨어지고 있다.

"입고 싶었어…… 입고 싶었는데……. 나만 이런 건 싫어어……! 나도 입고 싶었어…… 입고 싶었다고……!"

"……!!"

그늘에서 쳐다보는 메리다의 가슴이 콱 메었다.

엘리제와의 관계가 멀어진 이래, 그녀가 저렇게 우는 모습은 본 적이 없다. 학원에서 가끔 보는 엘리제는 언제나 초연한 무표정으로 무슨 생각을 하고 있는지 알 수 없었기 때문에…… 이쪽도 그녀가 뭘 생각하고 있는지, 알려고도 하지 않았다.

저렇게 구슬피 우는 모습은 옛날 그대로다. 엘리제는 누구나가 반기는 인기인이지만, 특정한 누군가와 친하게 지내는 장면을 메리다는 본 적이 없다. 어쩌면 메리다와 소원해진 이후 줄곧 남의 눈으로부터 숨어서 저렇게 울고 그랬던 걸까…….

메리다가 무의식적으로 발을 내디디자 의상에 달린 장식이 짤랑하고 소리를 냈다.

그 기척에 엘리제도 흠칫 놀라 얼굴을 든다.

울어서 부은 푸른 눈동자가 메리다의 모습을 비추고, 한 방울 더 커다란 눈물이 흘러나왔다.

"……리, 타?"

"에, 엘리…… 저기……."

메리다가 한 발자국 더 그녀에게 다가가려고 한, 그 순간이었다.

쿠웅. 뒤에서 누군가가 몸을 밀쳤다. 행렬에서 밀고 밀리듯이.

"이봐, 좀 더 들어갈 수 있겠어?"

"아, 죄송해——"

바로 사과하려던 메리다는 깜짝 놀랐다.

뒤에 서 있었던, 온몸으로 괴물을 가장한 남자의 기묘한 외모에 놀라서는 아니다.

똑같은 가장을 한 몇 사람이 골목 여기저기에서 동시에 나타나 출구를 막았기 때문이다.

"어, 뭐, 뭐지…… 뭐야!"

갈팡질팡하면서 메리다는 엘리제와 함께 광장 중앙으로 몰려 버렸다. 괴물로 가장한 그들은 두 사람이 빠져나가지 못하도록 에워싸기 시작했다. 어떻게 생각해도 심상치 않다.

"뭐, 뭐야! 대체 뭐냐고, 당신들!"

메리다가 지지 않으려고 소리를 지르자, 조금 전 부딪쳤던 남자가 얼굴을 가리고 있던 후드에 손을 댔다.

"뭐긴…… 혹시 백마 탄 왕자님으로 보여?"

후드가 확 벗겨지고, 메리다와 뒤에 있는 엘리제는 말문이 막혔다.

실루엣은 청년이다. 그러나 인간이라고 부르기엔 생김새가 너무나도 괴이하다. 전신의 피부가 황야처럼 갈라져 있고, 얼굴 아랫부분까지 붕대로 칭칭 감아 보호하고 있지 않은가.

마치 그러지 않으면 당장에라도 안쪽의 썩은 살이 우수수 떨어지고 말 것처럼———.

상대의 정체를 직감적으로 깨닫고 메리다의 발이 무의식적으로 두세 발자국 뒤로 물러난다.

"란칸스로————!!"

소리치려고 하기 직전, 붕대남의 손이 잽싸게 눈앞에 내걸렸다.

그랬을 뿐인데 메리다는 급속한 졸음에 사로잡혔다. 다리의 힘이 풀리고, 곧 지면에 쓰러졌다. 소리를 지르기는커녕 손가락 하나 움직이기도 힘들다.

"리타! 리타……!!"

사촌 자매의 비통한 목소리를 끝으로 의식을 잃었다.

† † †

대체 자신들의 몸에 무슨 일이 있어난 것인가. 그 후 시간이 얼마나 지난 것인가————

어둠에 사로잡혔던 의식이 겨우 돌아오기 시작한다. 머리에 안개가 낀 것처럼 머엉했고, 눈꺼풀이 몹시 무겁다. 닫혀 있었던 오감이 한꺼번에 되살아나서 메리다는 전신을 부르르 떨었다. 주위가 찌를 듯한 냉기로 가득 채워져 있다.

"뭐야, 여기……?"

차가운 바닥에 쓰러져 있었던 메리다는 천천히 상반신을 일으켰다.

거울처럼 잘 닦인 돌바닥이 꼭 어딘가의 홀 같다. 작은 소리가 크게 메아리친다. 바닥 여기저기에 받침대와 오브제, 크고 작은 다양한 물체가 쌓여 있는 것 같은데 어두워서 잘 보이지 않는다. 등불 하나 없어서 몇 미터 앞도 분간이 안 된다.

메리다는 자신의 몸을 내려다보았다. 여전히 서클렛 나이트의 전통 드레스를 입은 상태로, 위해가 가해진 정황은 전혀 없고, 어디 묶이지도 않았다.

하지만 오른쪽 손목에 위화감이 있었다. 본 적도 없는 모양의 붕대가 감겨 있다. 즉시 떼어내려고 손톱을 세웠지만, 이상하게도 피부에 찰 달라붙어 떨어지지 않는다.

"뭐, 뭐야, 이거⋯⋯?"

"아, 일어났네."

남자의 목소리가 들렸다. 눈을 돌리자 전방에 복수의 사람이 여기저기 돌아다니는 기척이 난다.

잡동사니 같은 무언가에 걸터앉아, 온몸에 붕대를 감은 청년이 이쪽으로 얼굴을 돌리고 있었다.

"당신, 아까⋯⋯!"

의식을 잃기 직전의 광경이 선명하게 되살아난다. 메리다는 바로 마나를 해방하려다── 그것이 이루어지지 않음을 깨달았다.

아무리 사념을 보내도 마나가 타오르지 않는 것이다.

"어? 어째서……?!"

"마나를 쓰고 싶어서 그래? 괜히 헛수고 하지 마."

붕대남은 집게손가락을 척 움직였다. 기묘한 천이 감긴 메리다의 오른쪽 손목을 가리킨다.

"내 붕대는 능력자의 얼라인먼트를 로우 측으로 기울어지게 만들지. 요컨대 마나를 봉하는 이능이 있다는 소리야. 뭐, 실력자에겐 잘 안 먹히기도 하지만 너희가 상대라면 충분해."

이때 그림자 하나가 붕대남에게 달려왔다. 흉흉해 보이는 검은 옷을 입은 남자다.

"진 님, 지금 잠시 준비 시간을……."

"빨리해. 이런 넥타르 냄새가 진동하는 곳에는 1초도 있고 싶지 않으니까. ──그리고, 내 이름을 부를 때는 《친애하는 자(윌리엄)》를 빼먹지 말라고 항상 말하잖아."

"네, 네엡! 윌리엄 진!"

겁먹은 것같이 대답하고 하던 일로 돌아가는 검은 옷의 그 남자는 아마 인간일 것이다. 그러나 진이라 불린 붕대남은 이 붕대의 이능도 그렇고 틀림없이 란칸스로프일 것이다. 원래대로라면 양립할 수 없는 두 종족이 행동을 함께한다니, 메리다는 지금까지 들은 적 없는 얘기다.

설마 아니겠지, 하고 생각하면서 메리다는 붕대남에게 물었다.

"당신들, 목적이 뭐야! 유괴?! 몸값이라면 낼 테니 빨리 집에 연락을 취해줘!"

"응? 땡. 유괴는 유괴지만 돈이 목적은 아니야."

"……당신 란칸스로프 맞지?! 근데 어떻게 프란돌 안에 와 있는 거야! 왜 인간이랑 행동을 같이하는 거지! 뭐가 뭔지 모르겠어!"

"조금 틀렸어, 난 인간이야. ……절반이 란칸스로프이기는 하지만."

수수께끼 같은 말을 하고서 청년은 붕대 틈 사이로 후우, 하고 한숨을 내쉬었다.

"마나 능력자에게 대항할 힘을 얻기 위해서 《조직》에 의해 밤의 인자를 주입받아 인공적으로 란칸스로프로 다시 태어난 존재…… 그게 바로 나야. 윌리엄은 내가 인간이었을 때의 이름이고. 애정을 담아서 윌리엄 진이라고 불러줘."

메리다의 머리는 그가 한 말의 절반을 이해하는 데에만도 빠듯했다.

"이, 인공적으로……?! 다, 당신들, 대체 누구야……?!"

"우리 조직은 《여명희병단(길드 그림피스)》라는 이름을 대고 있어. 들은 적 있나?"

고개를 흔들기도 아니꼬워서 메리다는 침묵을 지킨다. 적어도 교본에는 실려 있지 않은 이름이다.

"……뭐, 모르는 편이 좋아. 아무튼 뭔가 좋지 않은 조직이라고 느낀다면 말이지."

"그, 그 좋지 않은 조직이 왜 나를 유괴하고 그러는데!"

"너, 팔라딘 아니잖아. 엔젤 기사 공작가문이면서."

느닷없이 핵심을 찔린 메리다의 심장이 쿵쾅댄다. 경애하는 가정교사가 '숨겨두는 편이 좋다.'고 당부했던 것이 바로 생각났다.

"무, 무슨 소리……."

"요전번 시합에서 한바탕 요란을 피웠었지? 나도 봤는데, 우리 의뢰인도 네 클래스를 눈치챈 거 같아. 아무래도 그 사람은 네가 팔라딘이 아니라는 게 마음에 들지 않는 모양이라서, 이렇게 좋지 않은 조직들에까지 일을 시키게 되었다는 얘기야."

"그 자식이 누군데!!"

"아니, 말할 리가 없잖아. 알려주는 건 알려줄 수 있는 것만이야."

그렇게 말하고 붕대남은 손가락으로 딱 소리를 냈다.

어두운 곳에서 복수의 그림자가 걸어 나온다. 불쾌한 기억과 함께 메리다의 뇌리에 새겨져 있는 실루엣……. 최하급 란칸스로프 펌킨 헤드가 둘.

그들은 요정처럼 아름다운 은발의 소녀를, 양팔을 붙잡아 질질 끌고 왔다.

"엘리!!"

자기도 모르게 달려가려 했지만, 손을 든 붕대남에게 즉각 제지당했다.

엘리제도 축 늘어져 눈꺼풀을 감고 깊은 수면 상태에 빠진 것 같다. 아까 봤던 고급스러운 카니발 드레스를 입은 채. 메리다와 마찬가지로 다친 데는 없어 보이지만, 예상대로 오른쪽 손목에는 마나를 봉하는 붕대가 감겨 있다.

펌킨 헤드들이 엘리제를 바닥에 내동댕이치고, 동시에 붕대남이 말한다.

"메리다 엔젤. 지금부터 너의 클래스를 팔라딘으로 강제적으로 변이시킬 거야."

"뭐…… 뭐어?!"

"그게 의뢰인의 바람이거든. 이쪽 지식은 우리 길드 그림피스의 전문분야니까 말이지. 다만 그렇다 해도 성공률은 5%……. 열 번 하면 아홉 번 이상 죽는 확률이지만, 의뢰인님은 네가 팔라딘이 아니라면 죽어주는 편이 낫다고 해서."

붕대남은 팔을 쓱 들고 메리다의 후방을 가리켰다.

메리다는 조심스럽게 뒤돌아보고 깜짝 놀랐다. 거기에 백골이 쌓여 있었기 때문이다.

"꺄아악!"

자기도 모르게 질러버린 비명이 넓게 울려 퍼진다.

……하지만 꼼꼼히 보니 그 뼈는 무서워할 것이 아니었다. 소리가 메아리치는, 뼛속까지 추운 이 공간도 친숙하진 않지만 익히 알고 있는 곳이었다.

박물관 혹은 미술관의 홀이다. 메리다의 등 뒤에 조립되어 있는 뼈는 어떤 거대동물의 골격을 절묘하게 균형을 맞춰 재현한 것이다. 지지대가 여러 개 보인다.

그리고 붕대남이 불손하게 걸터앉아 있는 것은, 옆으로 눕힌 위인의 조각상이었다.

"카디널스 학교구의 세인트 모르가나 기념박물관———. 일찍이 하늘에 파란빛이 가득 차 있었던 시대, 인간이 지금보다 훨씬 광대한 토지를 지배하고 있었던 무렵의 자료가 다양하게 전시되어 있댄다. 조만간 학교 친구들이랑 견학하러 오는 거 아냐? 나야 잘 모르지만."

"어, 어째서 이런 곳에 데려와서……."

"글쎄, 위쪽에서 어떤 거래가 있었는지는 몰라. 하지만 '이 캠벨에서 시술하라.'라는 게 의뢰인의 요청이니 어쩔 수 없지. ……나는 지금 명령을 따를 뿐이라서."

진심으로 귀찮다는 듯이 붕대남은 옷깃을 끌어올렸다. 란칸스로프이기도 한 그는 고층 가구(街區)에 가득 차 있는 넥타르의 기운을 거북하게 느끼고 있는 게 분명하다.

"서클렛 나이트 타원 짜증 나는 행사일 뿐이지만 우리 같은 존재가 잠입하기에는 절호의 무대였어. 게다가 성가신 감시자도 없고, 너희는 때마침 무리에서 이탈해 줘서 아주 스무스하게 납치에 성공했지."

"감시자…… 선생님들 이야기군……."

"맞아. 지금은 축제가 한창이라 사람들의 눈이 딴 데를 향해 있고, 이 주변 일대는 길드 녀석들이 봉쇄하고 있으니까 도움을 요청한다든가 하는 성가신 짓은 생각하지 마라? 의뢰인이 손을 잘 써서 길드의 배치를 바꿔놔서 말이지."

"길드의 배치를 바꿨다……?!"

메리다는 귀를 의심했다. 이곳 같은 성왕구 근처 캠벨에서 길드를 뜻대로 움직일 수 있는 자는 프란돌 전체를 뒤져도 손꼽을

정도밖에 없다. 최고 의사 결정기관인 평의회 클래스의 인간이
아니면 불가능하다. 각 레기온의 우두머리나 또는 공작가문의
인간이란 말인가⋯⋯━━━━━━.

"아버님⋯⋯?"

자기도 모르게 중얼거리고 만 가능성을 메리다는 고개를 세차
게 흔들어 부정했다.

메리다의 고뇌를 개의치 않고 붕대남은 발밑을 쳐다보고서 어
두운 목소리로 중얼거렸다.

"⋯⋯뭐, 네 선생한테는 나도 개인적으로 빚이 있는데. 널 넘
겨줄 때 얼굴 볼 시간도 있겠지. 그때 네가 살아 있을지 어떨지
는 모르겠지만."

"뭐어⋯⋯?"

"애당초 그런 늙다리가 나를 턱 하나로 부리고 있는 것도 따지
고 보면 그 자식이 내 임무를 망친 게 원인이야. 엘스네스 경으
로부턴 변변한 정보도 얻지 못하고, 하룻밤에 부하도 다 잃고,
농담도 유분수지, 정말⋯⋯!"

이미 메리다는 그가 무슨 말을 하는지 알 수 없었다.

붕대남 또한 이곳에 없는 누군가를 향해 계속 불평을 토하고
있는 것 같다. 걸터앉은 조각상의 머리를 잡고 말을 되풀이하며
원한을 꽉꽉 눌러 담는다.

"뭐, 됐어. 재회는 약속된 거니까 말이야. 이번에 만나게 되
면⋯⋯ 인간을 초월한 이 나에게 몹쓸 짓을 한 것을, 온몸을 꼬
챙이에 꿰어서 후회하게 해주겠어!"

조각상에 단숨에 균열이 일었고, 오직 손끝의 힘으로 석고의 머리 부분이 산산이 부서졌다.

　부스러기가 드레스 자락으로 날아왔고, 메리다의 가냘픈 다리가 후들거렸다.

　비로소 사태의 심각함을 실감하기 시작한 것이다.

　선생님의 도움은 바랄 수 없다. 길드의 구원도 기대할 수 없다. 자력으로 탈출하려고 해도 만약의 사태를 대비했다는 듯이 이쪽은 마나를 봉인당한 상태다.

　적도 이능(아니마)을 구사하는 붕대남 하나가 아니다. 주위에서 꺼림칙한 실험을 준비하는 검은 옷 남자들까지…… 숫자는 대략 열 명 정도. 게다가 그 안에는 란칸스로프도 섞여 있다.

　일찍이 없었던 궁지. 정녕 어디에서 활로를 찾아내라는 말인가──.

　"으……으음……."

　바로 이때, 자신의 것이 아닌 소녀의 목소리가 들렸다.

　펌킨 헤드들의 발밑에서 엘리제가 신음하면서 정신을 차리려고 하는 것이다.

　"엘리!!"

　"이제 일어났어? 온실에서 자란 애들은 위기감이 부족하구만."

　완전히 방심하고 있는 붕대남을 보고 메리다는 이것이 유일한 기회임을 확신했다.

　엘리제는 기초 스테이터스도, 마나 총량도 메리다보다 훨씬 높다. 가정교사 쿠퍼조차 '신입생 레벨이 아니다.' 라고 평했었다. 붕대남 일행이 완전히 방심하고 있는 지금이라면 순간적으로 허를 찌를 수 있을지도 모른다.

붕대남의 《마나를 봉하는》 이능(아니마)은 실력자에겐 잘 안 통한다고 말했었다. 그들이 엘리제의 실력을 알지 못하는 지금이 절호의 기회!

──부탁이야, 엘리!!

메리다는 한 가닥의 희망을 걸고 그녀의 각성을 지켜보았다.

"으······으응······?"

눈을 쓱쓱 문지르면서 엘리제는 상반신을 일으켰다.

평소처럼 멍한 눈을 뜨고서 정면에 있는 메리다를, 주위의 새카만 공간을, 그 안에서 수수께끼의 작업을 계속하는 어른들을 차례로 바라본다.

그녀의 사파이어 같은 눈동자가 조금씩 커졌다.

"안녕, 엘리제 엔젤. 정신을 잃기 전의 일은 기억이 좀 나?"

붕대남이 스스럼없이 말을 걸자 엘리제의 의식이 그쪽을 향한다.

메리다의 눈에는 엘리제의 전신이 순식간에 긴장하는 것을 알 수 있었다.

"똑같은 이야기를 여러 번 하고 싶지 않으니까 생략하고, 이제부터 너와 메리다 엔젤에게 어떤 시술을 할 거야. 실패하면 어느 한쪽 혹은 둘 다 죽겠지만, 뭐 편하게 있어. 우리 메리다한테는 가르쳐줬는데, 어차피 아무도 도와주러 안 오니까."

"······싫어······."

"이래저래 귀찮은 준비가 필요하니까 조금만 더 기다려. 뭣하면 메리다랑 얘기해도 돼. 도망만 안 치면 웬만한 일은 눈감아줄──."

"싫어어어!!"

돌연 엘리제는 머리를 싸매고 비명을 질렀다.

가냘픈 전신이 부들부들 떨고 있다. 붕대남은 눈살을 찌푸리며 손가락으로 신호를 보냈고, 펌킨 헤드들이 낄낄대며 꼭두각시 같은 움직임으로 엘리제의 얼굴을 들여다본다.

"안 돼! 싫어! 오지 마······!!"

엘리제는 엉덩방아를 찧은 채 일심불란하게 뒷걸음질 쳤다. 펌킨 헤드나 붕대남이 시야에 들어오지 않도록 양팔로 얼굴을 가리고 있다. 마치 유아처럼 꼴사나운 모습이다.

"······쟤 왜 저래?"

의아한 듯이 붕대남이 고개를 갸웃거리는 한편 메리다는 볼을 찰싹! 맞은 것 같은 충격을 맛보고 있었다.

그래, 왜 잊고 있었을까. 메리다가 아는 엘리제는 어리숙하고, 위태롭고, 거기다 실은 굉장한 울보고, 겁쟁이에──

괴물 같은 무서운 존재를 무엇보다 질색한다.

책에 실린 란칸스로프의 사진 좀 봤다고 '무서워, 무서워.'라며 밤에도 잠들지 못할 정도로 겁을 먹었었고, '이런 거랑 어떻게 싸워.'라며 울었으니까.

그래서 메리다는 '이 아이를 지키기 위해서 내가 강해져야 한다.' 라고 결심하고——

　그랬는데!!

　"……윽!"

　메리다는 아플 만큼 세게 주먹을 쥐고, 언 다리를 채찍질하며 일어섰다.

　그랬는데—— 어느 틈에 잊어버린 걸까.

　내 쪽이 엘리에게 보호받고자 하다니, 한심한 것도 정도가 있지!

　내가 엘리를 지켜야 하는데!!

　메리다의 붉은 눈동자가 화악 불타올랐다. 불끈 쥐고 있었던 주먹에 열이 담긴다.

　"어이, 많이 날뛸 것 같으면 단단히 붙잡아둬라."

　붕대남이 귀찮다는 듯이 지시를 내리고 펌킨 헤드 둘이 엘리제에게 손을 뻗친다. 엘리제는 거듭 손발을 휘저으며 날뛰었고, 커다란 비명이 전원의 주의를 끌었다.

　그 순간 메리다가 몸을 돌렸다.

　허리 높이에 쳐 있었던 [출입금지] 로프를 밑으로 빠져나가 그 앞의 모래밭으로 돌입한다. 거대 백골 모형을 받치고 있었던 지지대 하나를 달려가자마자 힘껏 걷어찼다.

　"……뭐 하는 거냐, 너."

　이쯤 되니 붕대남도 메리다의 행동을 알아챘지만, 메리다는 멈추지 않았다. 지주 하나를 뽑아 있는 힘을 다해 휘둘렀다. 모형 아랫부분을 몇 번이고 몇 번이고 두들긴다.

보통이라면 전시물이 그리 간단히 넘어지거나 하지는 않을 것이다. 그러므로 때린 위치가 좋았거나 혹은 여신이 미소를 보내준 것이리라. 거대한 백골 모형이 화악 기울었다.

올려다봐야 할 정도로 커다란 구조물이 균형을 잃고 서서히 쓰러진다.

"무슨……."

예상 못한 일에 붕대남도 눈이 휘둥그레졌다. 메리다는 즉각 지주를 내팽개친 다음 몸을 돌렸다. 망연자실 주저앉아 있는 엘리제에게 손을 뻗는다.

"엘리! 이쪽이야!"

"앗……."

반사적으로 뻗어온 엘리제의 손과 메리다의 손가락이 엉켰다. 그 직후.

백골이 돌바닥에 격돌해 요란한 소리가 박물관 전체에 메아리쳤다.

이명이 들릴 정도로 어마어마한 굉음이었다. 접합되어 있었던 부품들이 폭탄같이 사방으로 튄다. 날아온 뼛조각이 볼을 스치자, 얼굴을 감싸고 있었던 붕대남이 씁쓸해하며 혀를 찼다.

겨우 정적이 돌아오자, 무참히도 너덜너덜해진 뼈 더미가 흩어져 있었다.

"아주 난리도 아니구만……. 이거 꽤 귀중한 거 아닌가? 나야 잘 모르지만."

엉겁결에 투덜거렸지만 불평할 상대는 이미 이곳에 없었다.

뼈 더미 쪽에는 깔려서 기절한 펌킨 헤드 둘이 있을 뿐이다. 금색 머리칼과 은색 머리칼을 가진 그 공작가문 자매의 모습은 홀연히 사라지고 없다.

검은 옷을 입은 부하 한 명이 헐레벌떡 붕대남에게 달려왔다.

"지, 진 님! 타깃을 놓쳤습니다!"

"즉시 모든 출입구를 봉쇄해라. 이야기는 그다음부터다."

"……저항 못하게 약간 혼내주는 편이 빠르지 않겠습니까."

말을 건 검은 옷의 머리를 붕대남이 번개 같은 속도로 붙잡았다.

꽈악. 공업용 바이스 같은 괴력이 머리를 짓누른다.

"나도 죽이고 싶어서 아주 근질근질해. 그리고 윌 · 리 · 엄이다."

"네, 네, 엡……. 윌리, 아윽…… 커억……!"

붕대남이 손을 놓자 검은 옷은 실이 끊어진 것처럼 바닥에 쓰러졌다.

그쪽에는 눈길 한 번 주지 않고 붕대남은 외투 자락을 펄럭이며 걷기 시작했다.

"아이고~, 꼬여버렸구만. 귀찮게……."

말투와는 정반대로 발걸음에 망설임은 없다.

어린 소녀들의 구두 소리가 어둠의 건너편으로부터 확실히 들려오고 있었다.

† † †

세인트 모르가나 기념박물관은 전시물 카테고리별로 여섯 개의 구역으로 나뉘어 있다. 방문객이 스무스하게 견학할 수 있도록 엔트런스를 출발점으로 하여 전 구역이 도넛 모양을 이루고 있어서, 관내를 둥글게 일주하면 출입구로 돌아오는 구조로 되어 있다.

"제3구역 안쪽에 비상구가 있는 모양이야. 가자."

안내도에서 현재 위치를 확인하고 메리다는 빠른 속도로 걷기 시작했다. 하지만 그녀의 손을 잡고 따라가는 엘리제는 훌쩍거리며 울음을 그칠 줄을 모른다. 란칸스로프에게 유괴당한 현 상황이 무서워서 견딜 수 없는 모양이다.

"흐윽…… 으으, 으아아앙……!"

"울지 마, 엘리! 울어봤자 소용없으니까."

"으으…… 그렇지만…….'

메리다는 일단 발을 멈추고 엘리제의 등을 팔로 감고 꼭 껴안았다.

"자, 내가 같이 있잖아! 응?!"

엘리제는 메리다의 훤히 드러난 어깨에 눈물을 떨어뜨리면서 힘껏 매달렸다.

잠시 그런 다음, 크읍 하고 콧물을 크게 훌쩍였다.

"……응."

"옳지."

메리다는 몸을 떼고 싱긋 웃는 얼굴을 보여 주었다.

사실 메리다도 불안해서 견딜 수 없었지만, 자신이 동요하면 엘리제는 더욱 무서워할 게 뻔하다. 사촌 자매를 지탱해주겠다는 마음이 메리다 본인의 버팀목이 되어 있었다.

다시금 두 사람은 손을 잡고 걷기 시작했다. 어둠 속 여기저기에서 유괴범들의 구두 소리가 메아리쳐 무섭기 그지없었지만 엘리제는 이제 울지 않는다.

어떻게든 탈출할 방법을 찾아야 한다.

"역시 그거 못 떼겠어?"

"……응. 마나가 전혀 나오지 않아."

오른쪽 손목에 감긴 기묘한 붕대를 엘리제는 불안해하며 내려다보았다. 팔라딘인 그녀라면 혹시나 했지만 아무래도 막연한 기대였던 것 같다.

무장한 검은 옷과 란칸스로프로 이루어진 혼성 유괴범 그룹을 상대로 지금 일반인이나 마찬가지인 자신들론 희망이 없어도 너무 없다. 주위에 가득 찬 어둠이 현재 자신들의 상황을 은유하고 있는 것 같았지만, 메리다에게 발걸음을 멈추는 선택지는 없었다.

——만약 선생님이 내 입장이었다면 절대로 포기하거나 그러지 않을 테니까!

그 가차 없는 강인함과 하이에나와 같은 노련함, 거기에 다이아몬드도 이럴까 싶을 정도로 완벽함을 겸비한 가정교사라면 분명 생각도 못할 방법으로 돌파구를 열 게 틀림없다. 그의 제자를 자부한다면, 그에 부끄럽지 않은 행동을 해야 함을 항상 명심해야 한다.

쿠퍼를 생각하고 당차게 얼굴을 들었다. 그러자 눈이 어둠에 익숙해진 것인지, 서서히 주위의 광경이 떠오르기 시작했다. 유리 케이스에 전시된 수많은 물품이 보인다.

"얘, 이거………… 무기 아니니?!"

유리 케이스 하나에 메리다가 힘차게 뛰어갔다. 거기에는 보석이 장식된 단검과 삼지창에, 거너 클래스용으로 보이는 총기 등이 진열되어 있었다. 이곳은 아무래도 고대에 제조·사용된 무기나 병기를 소개하는 구역인 모양이다.

그러나 메리다 옆에 나란히 선 엘리제는 평소의 어조로 말했다.

"하지만 이곳의 무기에는…… 신성함이 안 느껴져. 란칸스로프한테는 통하지 않을 거야."

"으, 그건 그렇겠네……. 으~음, 어떻게든지 무기가 필요한 참인데."

골치 아파하면서 메리다는 끈덕지게 케이스 안에 있는 물품을 관찰했다.

마나 능력자들이 사용하는 무기에는 강도나 날카로움 외에 마나 전도율과 같은 중요한 요소가 있다. 인류의 적인 란칸스로프는 넥타르나 마나를 유래로 하는 공격 이외를 전부 무효화시키기 때문이다. 현재 자신들이 그들을 물리치고 탈출구를 열려면 뭔가 거기에 상응하는 신성을 띤 무기를 들지 않으면 안 된다.

보이는 범위에 있는 것은 총알 없는 권총에, 평범한 칼에, 그리고……————.

그때 메리다의 머리에 문득 아이디어가 번뜩였다.

옆으로 얼굴을 돌리자 엘리제가 작은 머리를 갸우뚱거린다.

"왜에?"

질문에 답하지 않고 메리다는 엘리제의 발밑에 웅크리고 앉았다. 시험 삼아 드레스 자락을 좌우로 잡아당겨 보지만 예상대로였다. 일급품 직물답게 실오라기 하나 풀리지 않는다.

그렇다면, 하고 주위를 둘러본 메리다는 적당한 막대에 주목했다. 진입금지 로프를 풀고, 1미터 정도의 길이를 가진 금속제의 그것을 어깨에 메고 번쩍 들었다.

그리고 엘리제가 놀랄 틈도 없이 유리 케이스에다 내동댕이쳤다.

귀청이 떨어지는 커다란 파쇄음이 홀 가득히 울려 퍼졌다.

"이, 이런 짓 해도 돼⋯⋯?"

귀를 누르고 놀라는 엘리제를 개의치 않고, 메리다는 깨진 케이스 안에서 보석이 장식된 단검을 빌렸다. 그리고 다시 엘리제의 발밑에 무릎을 꿇고 앉아 옷자락 부분에 칼집을 넣는다.

찌익찌익찌익. 스커트가 찢어지자 엘리제의 뺨이 조금 빨개졌다.

"리, 리타⋯⋯?"

"선생님한테 배웠어. '주변의 모든 가능성을 선택지에 넣고 싸우십시오. 필요하다면 세상을 파괴해서라도 살아남는 겁니다.' 라고. ──이쪽도 빌릴게."

드레스 자락 부분을 찢어 천을 만들고, 그것을 막대 끝에 둘러 감았다. 이어서 엘리제의 머리카락에서 티아라를 벗긴 다음 끼워져 있는 보석을 확인했다.

염정의 발화석……. 최고 랭크의 보석 장식품인 그것은 넥타르와 마찬가지로 신성을 띠는데, 단단한 무언가에 부딪치면 깎여 나가는 파편이 고열을 지니고 불씨가 된다.

그리고 엘리제가 입은 드레스의 소재인 플레임 버드의 직물. 이쪽도 소재로서는 최고 랭크의 양품으로, 수천 년의 생명을 가졌다고 하는 플레임 버드의 날개에는 신성이 깃들어 있다. 이것들로 횃불을 만들면 지금 고안해낼 수 있는 한에서 최고의 무기가 완성되는 셈이다.

놈들을 상대로 어디까지 유효할지는 모르겠지만, 해볼 가치는 있으리라.

"엘리. 위험하니까 조금 물러서——"

주의를 주다 메리다는 깨달았다.

어느 틈엔가 엘리제 등 뒤에 미끈거리는 이형의 그림자가 다가와 있었음을.

돌아봤을 땐 이미 늦어서 엘리제는 바닥에 내동댕이쳐져 있었다. 그리로 달려가려고 한 메리다의 눈앞에도 난데없이 검은 그림자가 나타났다.

머리가 움켜쥐어졌고, 메리다는 벌렁 자빠졌다.

"커헉……!"

후두부를 강타당해, 뇌 안이 찌잉 하고 저린다.

엘리제와 메리다를 누르고 있는 것은 펌킨 헤드였다. 유리 케이스를 깨뜨린 소리 때문에 위치가 발각된 걸까. 전혀 기척을 알아채지 못했다.

"리, 리타……!"

머리를 꽉 눌린 엘리제는 도저히 움직이지 못할 것 같아 보인다. 메리다도 필사적으로 발버둥 쳤지만, 목을 세게 조여 오는 손의 악력이 더욱 강해질 뿐이었다.

"아……으……으, 윽……!"

목구멍을 쥐어짜는 듯한 신음이 자신의 입술에서 흘러나왔다.

뇌가 산소를 잃어 사고가 뜻대로 되지 않는다. 펌킨 헤드의 손에 닿은 데부터 마치 돌이 되어가는 것처럼 감각이 사라져간다. 목, 몸통, 어깨, 팔로 점점 힘이 들어가지 않게 되었고, 마지막으로 남은 손바닥이—— 화악 하고 열을 품었다.

"……!!"

메리다의 두 눈에 빛이 돌아왔다. 그때와 똑같다. 그날 밤, 마나를 각성시키는 약으로 인해 죽을 뻔했을 때, 그리고 공개시합에서 네르바 마르티요에게 바짝 몰렸을 때.

메리다가 어찌할 수 없는 궁지에 몰렸을 때, 포근히 감싸주는 듯한 손바닥의 열과 함께, 그 사람의 목소리가 좌절할 것만 같은 자신의 마음을 다그쳐준다.

살아라, 살아라, 살아라, 살아라, 살아라.

——살아남아라!!

"————!!"

메리다는 눈을 번뜩 뜨고, 후들거리는 팔을 번쩍 들었다.

오른손에 쥐고 있었던 티아라를 힘껏 돌바닥에 내려쳤다.

몇 번이고, 몇 번이고, 몇 번이고 내려치는 소리가 주위에 드높이 메아리친다.

이윽고 티아라에서 떨어져 나간 발화석 파편이 급속히 열을 띠고 확 타올랐다.

왼손에 들고 있었던 즉석 횃불에 불을 붙여 눈부신 불길을 더욱 부풀어 오르게 한다.

『끼이익?!』

펌킨 헤드가 당황하여 물러난 순간을 메리다는 놓치지 않았다.

"————아앗!!"

기합과 함께 횃불을 치켜들어 끝부분을 호박 머리의 입 부분에 밀어 넣었다. 안면 내측부터 불길에 그을린 펌킨 헤드가 귀에 거슬리는 비명과 함께 나자빠진다.

메리다는 가쁜 숨을 쉬며 벌떡 일어난 다음 엘리제를 누르고 있었던 펌킨 헤드를 횃불로 후려갈겼다.

"엘리한테서 떨어져!"

펌킨 헤드가 버티지 못하고 거리를 벌리자, 메리다는 그 안면에 향해 횃불을 겨누었다.

"자! 너한테도 먹여줄 테니까 바보같이 입이나 벌려!"

그런 말을 듣고 순순히 따를 만큼 펌킨 헤드도 무능하진 않다. 황급히 입을 딱 닫은 다음 양손으로 꽉 누른다. 메리다는 그 순간을 정확히 노리고 뛰어들었다.

"눈알이 텅 비었어!"

얼굴에 난 구멍은 입만이 아니다. 횃불로 오른쪽 눈 부분을 정확히 관통해 내측부터 가차 없이 구웠다. 두 번째 펌킨 헤드도 절규하고 몸부림치다 바닥에 나자빠졌다.

"이제 너희들 따윈…… 무섭지도 아무렇지도 않거든!"

그렇게 일갈하고, 메리다는 엘리제를 부축해 일으켰다. 이미 신중하게 행동할 때가 아니다. 구두 소리도 팍팍 내며 뛴다.

"굉장하다, 리타……."

"이런 건 시작에 불과하지!"

오른손으로 햇불을, 왼손으로 엘리제의 손을 잡고 달린다. 제 3구역에 도착했다. 엔트런스 홀의 정확히 반대 측에 위치하는 이곳에 비상구가 있다고 쓰여 있었다.

"있다!"

붉은 로프로 구획된 가장 깊숙한 부분에 두짝문이 보였다. 하지만 철제다. 자물쇠가 걸려 있을 가능성도 생각할 수 있으나 이제 와서 발걸음을 멈출 수는 없다.

엘리제와 마주하고 고개를 끄덕이고 더욱 발걸음을 재촉했다. 문까지 앞으로 열 발자국 남았을 쯤에서,

"어이없을 만큼 터프한 공주님이구나, 너."

뜻밖의 목소리와 함께 전방에 어둠이 응집됐다.

공간이 뒤틀리고 그 안쪽에서 장신의 청년이 모습을 드러낸다. 외투를 걸치고 온몸에 붕대를 감은 남자. 자신들을 납치한 유괴범 그룹의 리더다.

자기도 모르게 덜컥 몸이 굳었지만, 오른손에 쥔 햇불의 감촉을 떠올렸다. 란칸스로프인 이상 신성한 불길이 약점인 것은 아

까 그의 태도로 증명됐다.

"이야아앗!"

메리다는 발을 멈추지 않고 과감하게 덤벼들었다. 그러나 공격이 닿기 직전 그의 모습이 사라져서, 횃불은 까만 안개만 걷고 끝났다.

"이쪽이야."

뒤에서 목소리가 들려서 메리다와 엘리제는 재빨리 뒤돌아보았다. 그리고 이번에는 말문이 막혔다.

어느 틈엔가 붕대남 뒤로 일고여덟 명의 검은 그림자가, 즉 유괴범 그룹 전원이 모여 있었다. 붕대남은 눈썹 하나 움직이지 않고 말했다.

"메리다, 기껏 팔라딘으로 만들어주겠다는데 왜 도망치는 거야?"

"……나한테는 이미, 선생님과 똑같은 훌륭한 클래스가 있으니까! 팔라딘이든 뭐든 필요 없어!"

"아, 그래?"

메리다의 주장은 한 귀로 흘리고 뺨을 북북 긁는다.

"참고로 너희 뒤에 있는 비상구는 잠가놨으니까 무슨 짓을 해도 안 열릴 거야."

"크윽……."

그런 말을 듣고 포기할 메리다가 아니다. 다시 횃불을 내세우고 돌격했다.

머리 위로 높이 쳐들고, 충돌 직전에 궤도를 바꿔 발밑을 노렸다. 붕대남은 가볍게 발을 뒤로 빼더니, 대신에 상체를 앞으로 기울였다. 그것을 노리고 메리다는 두 번째 공격을 연결했다. 첫 번째 공격을 힘껏 휘둘러 만든 원심력으로 몸을 회전시켜, 두 번째 공격을 안면을 향해 내찌른 것이다.

"——윽."

붕대남의 눈이 휘둥그레진 직후, 그 얼굴에 콰앙! 횃불이 처박혔다.

메리다는 확실한 타격감을 느끼면서도 곧바로 눈을 부릅떴다.

"주저하지 않고 안면을 노리는 배짱은 대단하다만……."

횃불의 끝을, 불길이 활활 타는 부분을 붕대남의 손이 잡아냈다.

피부가 타고 있었지만, 그는 횃불을 콰악! 쥐어서 뭉개버렸다.

"상대가 나빴군."

붕대남의 한쪽 손이 희미해졌고, 직후 복부에 엄청난 충격을 받고 메리다가 날아갔다.

깨끗이 닦인 홀 바닥에 미끄러지고, 움찔움찔 경련이 일어났다. 움직일 수가 없다.

"리타…… 으윽!"

메리다에게로 달려가려고 한 엘리제 역시 뺨을 세게 얻어맞았다. 엄청난 충격에 어쩔 도리 없이 쓰러졌다. 두 소녀는 나란히 차가운 바닥 위로 엎어진다.

"저항하지 말라고 했지? 죽이지 않게끔 조절하는 게 더 어렵단 말이야."

귀찮다는 듯이 손을 팔랑팔랑 흔들고, 붕대남은 어린 소녀들에게 한 발자국 다가갔다.

"뭐, 이만하면 대충 깨달았을 테니까 얌전히 좀 있어라."

메리다와 엘리제에게 남은 방법은 없다. 누가 봐도 명백하다. 당사자인 메리다는 목소리도 내지 못하고 엎어져 쓰러져 있을 뿐이다. 팔이 조금씩 경련을 일으켰고, 그때마다 맑은소리가 메아리쳤다.

——소리?

붕대남 진은 발걸음을 멈췄다.

자세히 보니 메리다는 경련을 일으켰던 게 아니었다. 오른손에 쥔 발화석을 바닥에 내던져 다시 한번 불을 피우려고 한 것이다. 이런 최악의 상황에 빠지고도, 포기하지 않았다.

"리타……!"

그것을 깨달은 엘리제 역시 입술을 꽉 다물고 상반신을 일으켰다. 눈물을 글썽이면서도 자신의 손으로 스커트 자락을 찢어 무기를 만들려고 한다.

"너희……."

진이 무심코 중얼거렸을 때, 엎어져 있었던 메리다의 눈동자가 부리부리한 빛을 발하며 이쪽을 노려보았다. 그 시선에 꿰뚫린 순간——오싹! 그의 란칸스로프로서의 본능이 등줄기에 전율을 일으켰다.

진은 붕대 위로 입가를 눌렀다.

"……안 좋은걸. 예정변경이다."

"네에?"

"변이술은 없다. 이 자식들은 여기서 처치하고 간다. 이 자식들을 살려두면 조만간 반드시 우리에게 위협이 될 거다."

진이 단호히 선언하자 배후에 있던 검은 옷들에게 술렁거리는 동요가 일었다.

"어, 아, 아니, 하지만! 우리의 임무는……!"

"어차피 살아남을 가망이 없는 시술이다. 어떻게든 변명할 수 있어. 잠자코 있어라."

위기감이 없는 부하들을 단념시키고 진은 과감히 발을 내디뎠다.

이 소녀들을 이대로 살려두어 성장하게 놔두면 언젠가 자신과의 스테이터스 차이가 뒤집힐지도 모른다. 그만큼 헤아릴 수 없는 가능성을 지니고 있다. 그런데 팔라딘 클래스까지 부여하겠다고? 당치도 않다.

팔을 움직이는 게 고작으로 보이는 메리다 앞에 서서, 진은 손가락으로 딱 소리를 냈다.

"……5년 후였다면 사냥당한 건 내 쪽이었을지도 모르겠군."

하지만 지금은 아직 성장 중인 어린애다.

충분히 성장하지 않은 지금 죽여 마땅하다.

"……으!!"

메리다가 눈을 부릅떴다. 현재의 자신이 무력하다는 사실은 다름 아닌 자기 자신이 가장 통감하고 있는 부분이다. 가격당한 배가 죽을 만큼 아프고, 전신에 납이 달린 것처럼 몸이 무겁다.

티아라를 쥔 손이 바들바들 떨리고, 몇 번을 때려도 불은 붙을 줄을 모른다.

그래도 모든 정신력을 쥐어짜서, 다시 한번 팔을 들고 바닥에 내려쳤다.

치는 방향을 잘못 잡아, 땡그랑 하고 메마른 소리가 티아라로부터 나왔다.

"잘 가라."

붕대남이 담백하게 말하고 왼손을 들었다. 그 손가락 끝이 희미하게 발광하고── 움찔.

갑자기 움직임을 멈췄나 싶었더니, 홱! 하고 얼굴을 들어 메리다의 배후를 본다.

그리고 붕대 너머로도 알 수 있을 만큼, 짜증이 밀려온다는 듯이 얼굴을 잔뜩 일그러뜨렸다.

"……치잇!!"

혀를 차는 동시에 바닥을 박차 후방으로 펄쩍 물러선다. 메리다와 엘리제가 무슨 일인가 하고 눈살을 찌푸린 직후.

비상구의 문이 날아갔다.

그 파편이 머리 위를 스쳤고, 동시에 뒤에서 선명한 빛이. 메리다와 엘리제는 자기도 모르게 뒤돌아보고, 역광 속에서 날아드는 두 명의 사람을 보았다.

""선생님!!""

쿠퍼와 로제티는 각자의 학생을 확인한 다음 그대로 바람같이 옆을 빠져나갔다. 미리 뽑아 든 무기를 번쩍 들고 검은 옷들에게 달려든다.

적 집단 선두에 있었던 붕대남이 어두운색의 군복을 보자마자 핏! 두 눈을 부릅떴다.

"꼬맹이 둘은 됐다! 기사놈들을 죽여!!"

명령에 호응하듯 우렁찬 외침을 지르며 검은 옷들이 일제히 앞으로 나왔다. 세 명이 쿠퍼를 포위해 퇴로를 부수듯이 무기를 내려친다. 이에 맞서 쿠퍼는 허리 높이로 들고 있었던 검은 칼을 일섬.

눈에 보이지도 않을 만큼 빠른 참격이 몇 줄기나 난무했고, 거의 동시에 세 명의 무기가 날아갔다. 땡그랑, 시원한 금속음을 내면서 검은 옷들의 상체가 뒤로 밀린다. 숨이 막힐 듯한 달인의 기술── 그 틈을 유린하는 것처럼 튀어나온 둥근 칼날이, 붉은 불길을 퍼뜨렸다.

금속 고리에 손잡이가 달린 차크람이라는 무기다. 몸의 균형을 잃은 검은 옷들을 종횡무진 썰면서 쿠퍼에게는 상처 하나 입히지 않는다. 의사를 가진 것처럼 되돌아오는 그것을 로제티는 공중에서 받아냈다. 흡사 무용을 연기하는 것같이 옷자락을 나부끼면서, 양손에서 다시 차크람을 발사한다.

검은 옷들의 주의가 머리 위로 쏠린── 순간 시커먼 그림자가 몇 미터의 거리를 질주한다. 팔을 힘껏 휘두른 자세로 정지한 쿠퍼가 침착하게 칼을 거두어들이자 한 박자 늦게 피가 튀었다. 베인 것조차 깨닫지 못한 것 같은 표정으로 몇 명의 몸이 기우뚱하고 기운다.

쿠퍼는 칼집에 넣은 검은 칼로 한 명의 팔을 봉쇄한 다음 턱을 손바닥으로 올려치고, 몸쪽으로 잡아당기며 집어 던졌다. 이어서 아크로배틱하게 몸을 비틀어 머리 위로 킥을 날린다. 상공을 향한 발뒤꿈치가 공중을 날고 있었던 로제티의 구두 바닥과 접촉, 그녀는 그 반동을 이용해 더욱 상공으로 날아올라 누구의 손도 닿지 않은 높이에서 천사의 고리 같은 붉은 불길을 날렸다.

끼어들 여지도 없는 두 사람의 완벽한 연계에 수적으로 앞서는 검은 옷들은 어찌할 도리가 없었다──.

"괴…… 굉장해……!"

메리다와 엘리제는 숨 쉬는 것도 잊고 그 광경을 주시하고 있었다. 일찍이 본 적 없는 하이 레벨 전투. 성왕구에서 열리는 어전 시합에서조차 이 정도의 검무는 좀처럼 볼 수 없을 것이다. 가정교사들의 압도적인 스테이터스가, 쌓아온 경험치가 숫자로 표시되지 않아도 피부에 절절히 전해져온다.

어린 소녀들은 무의식중에 서로의 팔을 꽉 쥐고 있었다.

저것이──.

저것이 우리가 목표로 하는, 경지!!

마지막으로 남은 검은 옷 두 명의 움직임을 쿠퍼가 칼과 칼집으로 동시에 막았다.

"로제!!"

부름과 동시에 날아온 그림자가 그의 머리 위를 스치고 배후

에 착지. 흡사 사냥감을 잡는 매와 같이, 양손에 쥐어진 차크람은 이미 적의 HP를 깎고 있었다.

마지막 두 명이 무너지고——갑자기 조용해졌다. 정신이 드니 검은 옷 전원이 바닥에 쓰러져 있고, 서 있는 것은 쿠퍼와 로제티뿐이었다.

로제티는 손에 든 차크람을 내려다보고, 무언가 감격한 것처럼 중얼거렸다.

"……뭐지, 방금. 이런 감각…… 일체감, 처음이야……."

그 뒤로는 휘잉, 휘잉 칼을 휘두르고서 태연한 표정으로 칼집에 집어넣는 파트너의 모습이 있었다. 로제티는 관찰 또는 관통이라도 할 것 같은 시선을 던졌다.

"당신, 정말로 누구야?"

"보잘것없는 가정교사입니다. 우리 얘기보다 지금은……."

"아, 그렇지!"

로제티도 황급히 무기를 거둔 다음 아이들 쪽으로 달려갔다. 그녀는 옷이 너덜너덜해진 제자의 모습을 발견하자 안쓰러운 듯이 얼굴을 일그러뜨렸다.

양손을 펼치고…… 엘리제의 살갗에 닿기 직전 팔을 내려버렸다.

"아, 아가씨……. 미안해, 내가 좀 더 정신을 차려야 했는데."

말을 마치기 직전, 엘리제의 은발이 로제티의 가슴에 뛰어들었다.

완전히 안심한 것처럼, 열세 살 소녀는 언니 같은 가정교사에게 체중을 맡긴다.

"선생님……."

"하, 하아아, 흐아……!"

로제티는 혼란인지 감동인지 통 알 수 없는 표정으로 품 안의 소녀와 쿠퍼의 얼굴을 바쁘게 번갈아 본다. 쿠퍼가 못 말리겠다는 얼굴로 고개를 끄덕여 주자, 결단을 내린 듯 엘리제를 꼬~옥! 세게 껴안아주었다.

엘리제가 "좀 답답해."라고 불평할 때까지 그 포옹은 풀리지 않았다.

그 광경에 메리다는 자기도 모르게 입꼬리가 올라가고──털썩, 바닥에 주저앉았다.

"아가씨?"

"괘, 괜찮아요. 기운이 좀 빠져서요……."

즉각 옆에 무릎을 꿇은 쿠퍼가 살짝 어깨에 손을 올리며 말했다.

"무사하셔서 천만다행입니다. ……늦어서 죄송합니다."

메리다는 고개를 붕붕 흔들어 대답했고, 문득 의문이 들었다.

"그러고 보니 선생님, 어떻게 이쪽에? 성왕구로 외출하셨던 거 아니었나요……."

"그랬죠. 한데 가는 도중에 기병단 본부(길드 롯지)로부터 '범죄조직이 카디널스 학교구에서 활발한 움직임을 보이고 있다.' 라는 연락을 받아서요. 불길한 예감이 들어 주행 중인 열차에서 뛰어내렸습니다."

"뛰, 뛰어요······?!"

"그러길 잘한 것 같군요. 서둘러 이쪽으로 되돌아와 보니, 아가씨들이 행방불명이라며 허둥대는 로제티 씨와 마주쳤습니다. ──학원 휴가 전에 약간 신경이 쓰이는 게 있었는데, 미리 조사를 의뢰해둬서 다행이었네요."

로제티도 엘리제와의 포옹을 풀고, 바닥에 쓰러져 있는 유괴범들을 다시금 둘러본다.

"이 자식들 대체 뭐야? 가만 보니 란칸스로프까지 섞여 있잖아."

"으음, 길드 그림 어쩌구······라고 했었어요."

"길드 그림피스?!"

숨을 삼키는 로제티는 예민해 보였고, 쿠퍼 또한 눈살을 심하게 찌푸린다.

"두, 두 분 다 알고 계세요?"

"으~음, 엄청 나쁜 놈들입니다! 왜 그런 녀석들이 아가씨들을?!"

"그게, 제 클래스를 팔라던으로 바꾸네, 어쩌네 그랬어요."

"············."

거기까지 들은 다음 쿠퍼는 말없이 일어섰다. 마치 '답이 나왔다.' 라고 말하기라도 하듯이.

"로제티 씨, 아가씨들을 부탁할 수 있을까요? 길드의 위저드라면 두 분께 걸린 주술을 풀 수 있을 터. 편성과 정비를 마친 그들에게 보호해달라고 해주세요."

"어? 당신은?"

"붕대를 감은 란칸스로프 남자가 없습니다. 놓친 모양입니다."

그 말에 메리다도 깨달았다. 바닥에 쓰러져 있는 유괴범들 중에 진이라고 불린 그 붕대남의 모습이 없음을. 쿠퍼는 검은 칼이든 칼집을 다시 움켜잡는다.

"놈이 아마 가장 뛰어난 실력자…… 유괴범 그룹의 리더겠죠. 도주 루트를 더듬어서, 가능하다면 아지트를 알아내고 오겠습니다."

"위, 위험하게! 나도 같이……!"

"그들의 목표는 아가씨들입니다? 이대로 두 분을 이곳에 방치해 두는 쪽이 훨씬 무섭습니다. 제 걱정은 마십시오, 깊이 쫓지는 않겠습니다."

그렇게 말하고, 지체 없이 몸을 돌리려 하는데 메리다가 직전에 조심스럽게 불러 세웠다.

"저기, 선생님…… 좀 들어주셨으면 하는 게 있어요."

"무슨 일이십니까?"

"아까 붕대를 감은 사람이 말했어요. 자신들에게 의뢰를 한 사람이 있다고. 그 사람은 제가 팔라딘이 아니면 곤란하다고. ……그거, 누구일까요?"

"……아가씨."

쿠퍼는 도로 메리다 앞에 무릎을 꿇은 다음 어깨에 다정하게 손을 올렸다.

"실은 이곳에 오기 전, 길드의 배치가 부자연스럽게 바뀌어 있는 것을 깨닫고 아가씨들이 계신 곳을 도출해내는 데에 도움을 주신 분이 있습니다. 누구인 것 같습니까?"

"네……?"

"페르구스 공…… 아가씨의 아버님이십니다."

그것이 대답이라는 듯 미소를 지으며 쿠퍼는 일어났다.

"로제티 씨, 그럼 부탁하겠습니다."

"아, 잠깐만! …………어휴."

만류하는 목소리도 듣지 않고 눈 깜짝할 사이에 어둠의 건너편으로 달려가 버렸다.

메리다도 쿠퍼가 무척 걱정되지만 지금의 자신이 따라가도 거치적거리기만 할 뿐이다. 얌전히 길드의 보호를 받고, 무사히 돌아오기를 기다리자.

"……고마워요, 아버님."

아무도 모르게 혼잣말을 하고, 불현듯 고개를 갸우뚱거린다.

그럼 저들에게 의뢰를 한 사람은 대체 누굴까?

쿠 퍼 방 피 르

클래스:사무라이

HP	6378		MP	592		
공격력	592(499)		방어력	501	민첩력	683
공격지원	0~20%		방어지원	–		
사념압력	50%					

주요 스킬 / 어빌리티

은밀Lv9 / 심안Lv9 / 결계무효Lv X / 증폭로Lv9 / 저연비Lv9 / 항주Lv9 /
환도구수(幻刀九首) · 공아나생섬(空牙羅生閃) / 천도술(千刀術) · 절화현란(絶華絢爛) /
극치발도(極致拔刀) · 전람휘야(戰嵐輝夜) / 오의살도술(奧義殺刀術) · 파계의 극의(極意)

로 제 티 프 리 켓

클래스:메이든

HP	4926		MP	647		
공격력	467(633)		방어력	464	민첩력	549
공격지원	0~20%(25%고정)		방어지원	0~20%(25%고정)		
사념압력	45%					

주요 스킬 / 어빌리티

카구라(神楽)Lv X / 매혹Lv8 / 마나 리바이벌Lv2 / 증폭로Lv8 / 저연비Lv8 /
항주Lv9 / 베이직 얼라인먼트 / 하렘 셰이크 / 폴카 스패니시 / 플레어 크래프트 원 피스 /
마하라간

[무녀 / 메이든]

마나 그 자체를 구현화하여 전투하는 방식에 탁월한 클래스. 미들 레인지에서 펼치는 다채로운
전투기술은 겉보기에도 아름다워 전장을 화려하게 수놓는다. 전용 어빌리티 《카구라》가 있어서,
춤에 전념하면 지원능력을 B랭크까지 끌어올리는 것도 가능하다.

적성 [공격 : C　방어 : C　민첩 : B　특수 : 중거리 공격 A　공격지원 : C(B)　방어지원 : C(B)]

LESSON : V ～임계점의 저편에～

──몰드류 경! 그 빌어먹을 영감은 대체 무슨 생각을 하는 거
야!

암흑에 휩싸인 통로를 말없이 달려나가면서 쿠퍼는 속으로 욕
을 퍼부었다.

메리다와 엘리제를 납치한 녀석들은 길드 그림피스라고 이름
을 댄 모양이다.

그것은 프란돌의 이면에 뿌리를 내린 테러 조직의 이름이다.
길드를 자칭하고는 있지만, 인간세계의 수호를 사명으로 여기
는 길드 페르닉스나 쿠퍼가 소속된 길드 잭 레이븐과는 성질이
완전히 정반대. 사람들로부터 '범죄 길드'라는 이름으로도
불리는 위험집단이기 때문이다.

기원을 따지면 프란돌 설립보다도 역사가 길다고 하는, 현존
하는 가장 오래된, 그리고 역사상 가장 흉악한 비밀결사. 권위
를 잃은 고대의 위정자에, 다양한 이유로 몰락한 귀족, 심지어
다수의 란칸스로프까지 규합하여 현 귀족체제의 철폐를 표어
로 테러 행위를 반복하는── 요컨대 권력의 자리를 되찾고 싶
을 뿐인 똥멍청이들이다.

그러나 마나 능력자를 원수로 보는 조직의 성격 때문에 인체 메커니즘에 관한 연구는 《이쪽》보다 훨씬 열심이라는 설도 있다. 클래스를 다른 것으로 변이시키는 비술도 소문으로라면 들은 적이 있는데, 쿠퍼가 이전에 메리다를 상대로 한 마나 이식술과는 비교가 안 될 만큼 위험한 방법이었다. 성공률은 10%가 채 안 되며, 살아남은 자조차 정신이 병들어 두 번 다시 정상적인 생활로 돌아갈 수 없는 수준이라고.

　요컨대 '식물인간 팔라딘이라도 좋으니 팔라딘이 되어라.'라는 말인가. 지난 공개시합에서 메리다의 클래스가 들통 난 게 확실하다. 그래서 초조함에 사로잡혀 이랬는지는 알 수 없지만, 아무리 그래도 그런 분별없는 녀석들에게까지 매달리다니……. 대체 얼마나 노망이 난 거야, 그 영감탱이는!!

　격정이 온몸을 흐르고, 자기도 모르게 구두 소리가 드높이 메아리친다.

　아무튼 메리다의 진상이 알려지고 만 이상 내버려 둘 순 없다.

　유괴범 그룹 전원——의 입을 막겠다!

　마지막으로 남은 거리를 단숨에 도약한다. 제6구역을 넘으면 그 앞은 넓은 엔트런스 홀이다. 2층까지 훤히 트였고, 두꺼운 원기둥이 저 위에서 천장을 지탱하고 있다.

　정면 입구 앞, 개방적인 홀 한복판에 외투를 입은 사람이 보인다. 너덜너덜한 붕대가 옷자락 아래로 길게 뻗어 나와 있다. 손에는 머리만 한 크기의 유리 케이스를 안고 있었다.

　"놓치지 않을 겁니다."

쿠퍼가 등 뒤에서 거리를 줄여가자, 붕대남 진은 "응?" 하고 돌아보았다.

"아, 뭐야. 굳이 쫓아오지 않아도 금방 돌아갔을 텐데."

"……그 아니마. 예상대로 당신이었군요."

얼굴을 맞대니 확신이 들었다. 벌써 아득한 지난날처럼 느껴지는 지브니 엘스네스 저택에서의 첩보 임무. 그때 서재에서 쿠퍼와 맞붙었던 검은 외투의 남자다. 생각해보니 지난 공개시합 날, 몰드류 경과 밀담을 나누고 있었던 인물도 바로 이 남자임이 틀림없으리라.

쿠퍼는 검은 칼을 허리 높이로 들고, 언제든지 발도할 수 있도록 자세를 취했다.

"이 이상 아가씨들에게 손을 대지 못하게 하겠습니다."

그러자 진은 "후우." 하고 한숨을 내쉬었다.

"……사정은 잘 모르겠지만 말이야, 애당초 전임자인 네가 농땡이나 치고 그러니까 우리가 동원된 거 아니야? 왜 팔라딘이 아닌 메리다를 방치하는 거지?"

"당신하곤 상관없는 일입니다."

"아, 그래?"

그렇게 대꾸하며 붕대남은 손에 들고 있었던 유리 케이스를 가볍게 부쉈다. 녹색 액체가 사방으로 튀고, 안에 담겨 있었던 물체가 손바닥에 떨어진다.

인간의 뇌수처럼 보이기도 하는 살덩이. 뻐끔뻐끔하고 기분 나쁘게 맥동하고 있다.

"이게 바로 우리의 비장의 카드야. 요전 같은 이레귤러가 발생했을 때 적과 함께 죄다 작살내 버리고 《없었던 일》로 만들기 위해서 데리고 온, 궁극의 생체병기지."

수수께끼의 액체가 가득 든 주사기를 꺼내 살덩이에 주입한다. 그러자 살덩이는 더욱 크게 뻐끔! 소리를 내며 명동하고, 한층 더 부풀어 올랐다.

진의 손에서 바닥으로 떨어진 살덩이는 직후 폭발적으로 거대해졌다.

마치 묘목이 급속히 성장하는 모습을 보는 듯하다. 안쪽에서부터 끊임없이 부풀어 오른 살덩이는 가공할 만한 속도로 부피를 키우고 있다. 앞다리, 뒷다리로 보이는 돌기가 튀어나와 액체를 튀기면서 돌바닥을 두드린다. 몸통이 커지고, 등이 부풀어 오르고, 긴 목에서 뻗은 악마 같은 머리는 20미터가량 되는 천장에 닿을락 말락 할 때까지 뻗고야 말았다.

그 발치에서 무표정을 유지하며 진이 말했다.

"인조 란카스로프 《헌티드 키마이라》. 개발 콘셉트는 『인간은 절대로 이길 수 없는 괴물』. 그 비결은 모든 스테이터스를 임계에 도달(카운터 스톱)시키는 것에 있다."

"카운터 스톱……!"

"HP, 공격력, 방어력…… 모든 수치가 인간의 한계를 목표로 하고 있지. 사이즈 문제로 인해 민첩력이 300에서 멈춘 결함품이지만, 어떤 실력자라 해도 이 녀석 앞에서는 날파리나 마찬가지야."

돌연, 붕대 안에서 살기를 내뿜으면서 진이 선고한다.

"그럼, 드디어 전에 못 다한 전투를 이어서 하게 되겠군. ——
내 이름은 윌리엄 진. 란칸스로프로서의 종족은 《시인귀(구울)》
야. 붕대를 조종하는 아니마는 이제 와서 가르치고 자실 것도 없
겠지?"

"······!"

"그 점잔빼는 말투는 하지 말자, 암살자. 이번에야말로, 너를,
죽이겠어."

말을 마친 직후, 초현실적인 괴물 헌티드 키마이라가 귀청을
찢는 듯한 절규를 발사했다.

앞다리를 번쩍 들어 바닥을 쓸 듯이 휘두른다. 단순한 동작이
지만 거구라곤 생각되지 않을 만큼 빠르다. 돌바닥을 도려내는
압도적인 질량의 습격에, 쿠퍼는 순간적으로 마나를 해방하고
바닥을 박찼다.

공중에서 검은 칼의 칼자루를 쥐고, 뽑자마자 일섬. 등 뒤로
쇄도하던 진의 팔과 격돌했다. 그는 이쪽의 회피 루트를 읽고
미리 움직인 것이다.

"여전히 빠르군."

"너야말로."

한 마디씩 교환하고, 금속음과 함께 거리가 벌어진다. 그 가운
데를 가르듯이 헌티드 키마이라의 강인한 팔이 수직으로 떨어
졌다. 돌바닥이 부서지고, 박물관 전체가 이 세상에 종말이라
도 온 게 아닐까 싶을 정도로 진동한다.

거리를 두고 착지한 진은 표정 하나 바꾸지 않고 중얼거렸다.

"역시 스피드가 장난이 아닌데……. 내 붕대만으론 움직임을 잡을 수 없겠군."

한편 바닥에 미끄러지며 정지한 쿠퍼도 날카로운 시선을 전방에 겨누고 있다.

"성가신 붕대로군……. 저게 몸을 보호하는 이상 통상공격으론 대미지가 안 들어가."

그렇다면, 하고 쿠퍼는 검은 칼을 눈앞으로 가져와 자세를 취했다. 헌티드 키마이라는 분명히 가공할 만한 존재지만, 우선적으로 쳐야 할 상대는 어디까지나 진이다. 다리에 마나를 집중해 민첩력을 높인 다음 단숨에 바닥을 찼다.

공기가 휘잉! 떨리고 쿠퍼의 모습이 사라졌다. 진은 눈을 크게 뜨고, 돌아보자마자 가까스로 팔을 쳐올렸다. 배후에서 가로로 날아온 칼날을 눈앞에서 막아낸다.

"좋은 반응입니다만——."

방금 것은 페이크임을 말없이 선고하고, 쿠퍼는 진에게 지근거리까지 붙어 펀치를 한 발, 킥을 두 발 날려 진의 겉보기 이상으로 무거운 몸을 공중으로 밀어 올렸다.

직후에 채앵, 칼을 집어넣고 자신도 바닥을 차고 날아오른다.

"《극치발도(極致拔刀)……"

폭발적인 푸른 불길이 치솟았고, 그 전부가 순식간에 허리에 있는 칼로. 과도하게 압축된 마나가 공명을 일으켜 키이이이이이——! 하고 날카로운 울음소리를 냈다.

"《전람휘야(戰嵐輝夜)》!!"

신속(神速)의 발도술이 포효했다.

극한까지 민첩력을 높인 참격이 검은 칠을 한 칼집에서 연달아 뿜어져 나왔다. 총 연격 수 47에 달하는 노도와 같은 초고속 공격 스킬. 속도가 상식을 너무나도 벗어나 있는 탓에 참격음이 거의 하나로 겹쳐서 들린다. 공간이 절단된 듯한 무시무시한 음색과 함께, 유성우처럼 검섬(劍閃)의 폭풍이 진에게 쇄도했다.

감당할 수 없는 검격을 그 몸에 뒤집어쓰면서 진은 뼛속까지 전율했다.

──눈으로 포착할 수 없어!!

한편, 끊임없이 팔을 휘두르는 쿠퍼도 이를 악물고 있었다.

──단단하다!!

마지막 한 발을 혼신의 힘으로 때려 박아 외투를 입은 진을 날려 버렸다. 진은 바닥을 수차례 튕겨 나간 끝에 원기둥에 격돌했다. 먼지가 피어오른다.

원기둥에 반쯤 묻힐 정도로 커다란 대미지를 받은 진은 콜록거리며 피를 토했다. 그래도 타격이 적잖이 있었던 듯, 입가를 닦으면서 화가 치미는 양 투덜댄다.

"괴물 같은 놈⋯⋯!! 스킬의 예비동작까지 타임래그를 없앨 줄이야⋯⋯!"

인상을 쓰고 으르렁거리며 몸을 일으킨다. 그리고 외투에 묻은 돌조각을 털어낸다. 스스로에게 실망하는 눈치다.

"후우⋯⋯. 하지만, 방금 공격 스킬로 끝장내지 못한 건 계산

밖이었겠군."

"――읍."

아직 낙하 중인 쿠퍼가 날카롭게 숨을 삼킨다.

"1대1이라면 문제없었을지도 모르지만, 지금 경솔하게 뛴 건 악수 아니야?"

그 말이 끝난 직후, 최고속도로 달리는 열차와 같은 압력이 공중의 쿠퍼를 측면에서 집어삼켰다. 헌티드 키마이라의 강인한 팔이다. 최대의 공격력을 때려 박는 일격이 쿠퍼를 정통으로 타격, 탄환처럼 날려 버렸다.

쿠퍼의 몸은 원기둥을 관통했고, 그러고도 멈출 줄을 몰랐다. 벽에 부딪히자 몇 미터나 되는 균열이 방사형으로 퍼졌다. 구름 같은 먼지가 일어나고, 돌조각이 후드득 떨어진다.

"어라라……. 한 방에 HP가 싹 날아가 버린 건가?"

아니다. 진은 이내 마음속으로 부정했다.

공중에 반짝이는 광선이 보였다. 와이어다. 아마도 격돌 직전에 후방으로 뛰어 위력을 조금이나마 죽인 것이 분명하다. 공연히 두려워지는, 무시무시한 반사속도다.

그 추측을 뒷받침하듯이, 먼지가 걷힌 벽이 깨진 자리에는 쿠퍼의 모습이 없었다.

직후, 선혈이 튀었다. 헌티드 키마이라의 발이 일직선으로 갈라져 있었다.

단속적인 참격에 키마이라가 절규를 지르지만 정작 적의 모습이 보이지 않는다. 돌바닥이 여기저기 튀고, 바람이 맹렬히 소리를 낸다. 진의 동체시력으로도 잔상을 포착하는 게 고작이다.

"과연……. 순수한 공격력이 아니라 민첩력을 실어서 날카로움을 높이는 건가."

"하지만 유감이군." 진은 어른거리는 아우라를 걸치면서 양손 양발을 쫙 펼쳤다.

"나도 있다는 사실을 잊으면 곤란하지."

그 말이 끝나자마자 외투 소맷부리에서 붕대 다발이 확산됐다. 저마다 별개의 의사를 가진 것처럼 불규칙한 궤도를 그리며 전 방위에서 쿠퍼를 향해 쇄도한다. 군복 자락을 스치고, 볼을 얕게 도려낸다. 발을 노리는 붕대를 피하고자 쿠퍼는 바닥을 박찼고, 그 순간을 키마이라가 노렸다.

순간적인 허점을 노리고 휘두른 앞다리가 공중에 있는 쿠퍼를 붙잡았다. 몸이 기역자로 접히고, 우둑, 우둑, 뚜두둑! 뼈가 부러지는 소름 끼치는 소리가 울려 퍼졌다.

"크윽……!!"

거의 동시에 다가온 구울의 붕대가 쿠퍼의 오른쪽 손목에 휘감겼다.

"옙, 마침내 허점 발견. 이걸로 스테이터스는 반감되겠군. 견딜 수 있겠어?"

견딜 수 있을 턱이 없다. 붙잡힌 상태에서 얻어맞고, 또다시 화살처럼 벽으로 내던져졌다.

흩날리는 돌조각에 섞여, 사방으로 피를 흩뿌리는 무언가가 허공을 날다 바닥에 낙하했다.

군복 어깻죽지에서부터 떨어져 나간 왼팔이었다.

"아~아, 한쪽 팔이 빠져버렸네. 인간은 참 약하……."

진이 말을 마치기도 전에, 다른 방향에서도 피가 튀어 올랐다.

헌티드 키마이라가 절규를 지르고 있다. 그 오른쪽 앞다리가 중간부터 찢어 발겨져 있다. 썰려 나간 살덩이가 돌바닥 위에 철썩 떨어진다.

"……날아가기 전에 일격을 넣었나 보군."

진이 재미없다는 듯이 코웃음을 친 것과 동시에, 먼지가 개고 쿠퍼가 발을 내딛기 시작했다. 이미 만신창이에 팔도 한쪽밖에 없다. 게다가 진의 이능으로 마나는 반감된 상태. 그럼에도 불구하고 오른손으로 꽉 쥔 검은 칼을 쳐들고, 남보랏빛 눈동자에는 한 점의 그늘도 없는 살의가 어른거린다.

진은 볼을 북북 긁고, 먼지투성이가 되어 구르는 쿠퍼의 왼팔을 내려다보았다.

"너도 인간 중에선 톱클래스의 전사였을 텐데, 유감이군. 이걸로 네 미래는 끊어졌다. 그렇게까지 해서 지킬 가치가 《저것》한테 있는 거냐?"

"──있고말고."

쿠퍼는 본연의 어조로 돌아와 화살 같은 시선으로 진을 매섭게 쏘아본다.

"너도 느꼈을 테지, 그 둘이 지닌 헤아릴 수 없는 가능성을. 그 예감은 옳아. 아가씨는 언젠가 나를 넘어 온갖 달인을 이기고 이 프란돌의 정점에 설 거다. 《무능영애》라고 멸시당했던 그녀의 당당한 모습은. 보답 받을 수 없는 환경에 사는 모든 사람의 희망이 될 거야."

검은 칼의 칼끝을 쑥 내밀고 쿠퍼는 단언했다.

"고로 나는 여기에 있다. 목숨을 걸고 그녀를 키워 보이겠어."

"……그 부분에 대한 인식은 동감이지만."

진은 손바닥을 들어 키마이라에게 신호를 보냈다.

"너희 전부 다—— 무슨 일이 있어도 여기서 없애놓지 않으면 안 되겠어."

헌티드 키마이라가 거대한 포효 후 쿠퍼를 향해 돌격했다. 쿠퍼는 즉각 자세를 갖췄지만 종합적인 민첩력은 이미 4분의 1 이하였다.

다시 말해 헌티드 키마이라보다도 느리다. 피할 수 있을 턱이 없다.

철퇴같이 수직으로 떨어진 굵은 팔뚝이 쿠퍼를 때려눕혔다. 무시무시한 충격이 바닥을 뚫어 크레이터 같은 균열이 사방으로 퍼지고, 이어서 맹렬한 분진이 인다.

엄청난 굉음과 충격이 한 박자 늦게 엔트런스를 뒤흔들었다.

먼지를 귀찮다는 듯이 털면서 진이 중얼거렸다.

"……마지막엔 움직이지도 못했구만. 뭐, 헌티드 키마이라 상대로 그만하면 잘 싸운 거지. 아마 HP가 500은 깎였을 것 같은데."

돌아오는 목소리는 당연히 없다. 그는 숨을 내쉬고 발길을 되돌린다.

"자, 앙금도 다 풀었고. 그럼 이만 귀여운 메리다를 죽이러 가볼까."

화아악! 말하는 도중에 먼지가 날려 왔다.

소용돌이치는 돌풍이, 그 중심에 선 청년의 모습을 드러낸다.

쿠퍼는 오른팔 하나로 헌티드 키마이라의 일격을 받아낸 상태였다.

"……허?"

진이 멍청한 목소리를 흘린 직후.

헌티드 키마이라의 강인한 팔이 오히려 튕겨 나가고 그 거구는 벌렁 나자빠졌다. 땅을 들어 올리는 듯한 충격이 바닥을 흔들어서, 진은 다리를 벌리고 버티며 간신히 정신을 차렸다.

"……뭐야? 너무 봐줬나? 한 방 더 가라!! 온 힘을 다해!"

명령을 받은 헌티드 키마이라가 거구를 빙글 회전시켜 돌격 자세를 잡는다. 이 무제한 헤비급에게 뭉개지면 물리적으로 그냥은 끝나지 않을 것이다──.

그러나 다시 한번 진의 확신이 뒤집혔다. 바닥을 발로 차 부수며 돌진한 헌티드 키마이라를, 쿠퍼는 믿을 수 없게도 칼조차 쓰지 않고 손바닥으로 정면에서 막아낸 것이다.

쿠퍼의 발밑에서 요란한 소리를 내며 바닥이 깨진다. 하지만 쿠퍼 본인은 꿈쩍도 하지 않는다. 거꾸로 헌티드 키마이라의 전신이 한계까지 휘고, 몸 여기저기에서 피가 뿜어져 나왔다.

사태가 여기에 이르자 진이 황급한 목소리로 외쳤다.

"이럴 수가!! 스테이터스가 카운터 스톱한 놈이라고! 인간이

당해낼 리가 없어!!"

"카운터 스톱이라…….”

대답하는 목소리는, 나락으로부터 울려오는 것처럼 차갑게 식어 있었다.

"안됐지만 이쪽은——”

쿠퍼가 숙이고 있었던 얼굴을 천천히 들었다.

진을 응시한 눈동자가, 화아악! 푸른 불길을 내뿜었다.

"한계를 돌파(리미트 브레이크)해서.”

그가 손가락을 꽉 오므렸다. 무시무시한 악력이 헌티드 키마이라의 커다란 몸 전체에 순식간에 퍼졌고, 곧바로 내측에서 폭렬이 일어났다. 엄청난 혈액이 사방으로 튀고, 단말마의 절규가 엔트런스에 울려 퍼진다.

살점이 뺨에 튀었으나, 그것조차 의식하지 못하고 진은 뒷걸음질 쳤다.

"뭐…… 뭐야……?!"

쿠퍼는 다친 몸이라고는 도저히 생각할 수 없는 발걸음으로 홀을 횡단하여, 바닥을 구르는 자신의 왼팔을 주워들었다. 절단면을 어깨와 맞추자 희미한 빛이 상처를 감쌌고——

잠시 후에는 아무렇지도 않게 왼쪽 어깨를 빙글빙글 돌리는 그의 모습이 있었다.

"……?!"

진은 점점 더 믿지 못하겠다는 눈초리로 바라보았으나, 아직 끝이 아니었다.

이어서 쿠퍼는 재생한 왼손으로 오른쪽 손목에 감겨 있었던 진의 붕대를 잡은 다음 강력한 주술이 걸려 있는 그것을 종이쪼가리라도 되는 양 뜯어내 버린 것이다.

인간의 한계를 넘은 스테이터스에, 불사가 아닐까 싶을 정도의 재생능력. 고위 란칸스로프인 진의 아니마를 초월하는 압도적인 마나————아니.

"설마, 너의 그 힘은……!!"

진이 그 가능성에 겨우 생각이 미친, 직후.

쿠퍼의 머리카락이 뿌리부터 털끝까지 순식간에 새하얗게 물들고 어깨까지 자랐다.

송곳니가 엄니같이 뾰족해지고, 선홍색의 입술 밖으로 삐져나온다.

그리고 양쪽 안구가 빛을 쏘았고, 맹수와 같은 살의가 두 개의 화살이 되어 진을 꿰뚫었다.

"말도 안 돼…… 어째서……!"

군복을 입은 전신에서 연옥과 같은 푸른 불길이 휘몰아쳤고, 동시에 발밑을 기는 절대영도의 숨결이 홀을 얼어붙게 만든다. 상반된 두 개의 힘이, 밀고 밀리는 중간지점에 무시무시한 압력을 만들어낸다.

그 실체에 전율한 진은 두세 발자국 뒷걸음질 쳤다.

"《흡혈귀(뱀파이어)》!! 최강의 란칸스로프 종족이 왜 이런 곳에 있는 거냐!!"

"……피차일반이잖아, 구울."

녹슨 철 같은 뒤틀린 목소리로 쿠퍼가 대답한다.

"나도 절반은 인간이야. 너와 비슷한 반병신이지."

"무, 무슨⋯⋯."

"내 어머니는 야계 출신이었어. 목숨만 부지해 프란돌에 도착했을 때, 어머니는 이미 어린 나를 데리고 있었다. 아버지의 얼굴 따위 몰라. 나머진 말하지 않아도 알겠지."

"⋯⋯하프 뱀파이어!!"

"그럼." 하고 관심 없다는 듯이 내뱉고 쿠퍼는 걷기 시작했다. 한 발 한 발 내디딜 때마다 지옥문조차 녹여버릴 정도로 뜨거운 푸른 불길이 솟구쳐 진은 온몸을 와들와들 떨었다.

"안심해라, 널 죽이지는 않을 거야. 비슷한 놈들끼리 친하게 지내야 하지 않겠어?"

"뭐, 뭐라고⋯⋯?"

"넌 유괴한 메리다 엔젤에게 클래스 변이술을 시도했다. 하지만 그 직전, 그녀의 방어본능이 작용한 것인지, 극히 미약하긴 하지만 팔라딘다운 힘이 발현되었다. 이것을 통해 메리다 엔젤이 기사 공작가문의 핏줄이라는 사실은 거의 확정적이게 되었다."

"⋯⋯응?!"

"먼저 임무에 착수하고 있었던 쿠퍼 방피르와 협의한 끝에 임무의 목적은 달성된 것으로 판단. 높은 확률의 죽음을 동반하는 클래스 변이술은 보류해야 한다는 결론에 도달했다. 의뢰인께서는 메리다 엔젤의 생사가 자신의 입장에 어떤 영향을 끼칠지, 충분히 고려한 다음 이후의 방침을 검토해주기를 요망⋯⋯."

진의 머리를 힘껏 쥐고, 코앞까지 얼굴을 들이민다.

"네 의뢰인한테는 그렇게 전해라. 알았지?"

"……아, 알았다."

"좋아."

손을 떼고 몸을 돌린 후 쿠퍼는 뱀파이어 모드를 풀었다. 외견이 원래대로 돌아오고, 스테이터스도 인간의 영역으로 가라앉았다. 가슴 속에서 펄펄 끓어올랐던 살의가 서서히 진정된다.

후우. 식은땀을 흘리면서 숨을 쉬었다. 방대한 힘과 맞바꾸어 자아가 잡아먹히는 기분이 들어서, 흡혈귀의 모습이 되는 건 썩 내키지 않는 일이긴 하다.

"……이해를 못하겠군."

뒤에서 약간 떨리는 목소리가 울렸다.

마나에 의한 푸른 불길의 격류와 아니마에 의한 공간의 동결, 그 프레셔가 공기 중으로 흩어지고 나서야 어렵사리 냉정함을 되찾은 진이 못마땅한 표정을 지으며 말했다.

"너, 정말로 메리다 엔젤을 최강의 전사로 키울 셈이냐…… 란칸스로프 주제에. 그 계집애가 성장하면 사냥당하는 건 너일지도 모른다고!"

"그때는 기꺼이 이 목을 내놓을 거야."

담담한 목소리로 대답하고, 쿠퍼는 바닥에 널브러진 검은 칼과 칼집을 주워들었다.

언젠가 성장한 그녀가 나를 죽일 것인가. 아니면 그 전에 내가 그녀를 베어버릴 것인가.

어느 결말이든 받아들이자. 왜냐하면——

"그것이 나의, 암살교사의 서약(어새신즈 프라이드)이니까."

쿠퍼는 우아하게 뒤돌아보고서 미소와 함께 잘라 말했다.

? ? ? ? ?

종족:뱀파이어

HP	??????	MP	?????		AP	?????
공격력	????		방어력	????	민첩력	????
공격지원	-		방어지원		-	
사념압력	???%					

주 요 스 킬 / 어 빌 리 티

???Lv?? / ????Lv?? / ???LvX / ???Lv?? / ?????Lv?? /
???? · ???? / ?????? / ?? · ????? / ? · ??? / ????? · ????

※규격 외이므로 계측 불능

HOMEROOM LATER

"음~, 어디 보자⋯⋯. 이리하여 카디널스 학교구를 노렸던 길드 그림피스의 테러는 미연에 저지되었고, 그 실행부대는 리더를 제외한 전원이 처치되었습니다. 예의 헌티드 키마이라는 살점을 샘플로 채취한 뒤 완전히 없애버렸습니다. 경사났네, 경사났어⋯⋯ 라."

눈앞의 리포트로부터 얼굴을 들고 그 남자는 "푸하아." 하고 담배 연기를 내뿜었다.

"하여튼 그 자식은⋯⋯ 신청도 하지 않고 뱀파이어의 힘을 함부로 쓰면 어떡해. 안 그래도 우리는 이상한 녀석들만 품고 있어서 입장이 위태로운데, 이러면 또~오 내가 욕먹어야 하잖아."

제멋대로 뻗친 머리칼을 벅벅 긁적이고, 담배를 테이블 재떨이에 꾹 누른다.

이곳은 남자가 총괄하는 길드 롯지.

옆에서 보면 구조가 상당히 기묘한 방이었다.

모자이크 무늬 테이블에, 마주 보고 있는 두 개의 소파. 장식품이라고는 길쭉한 꽃병 하나뿐. 심지어 병에 꽂혀 있는 것은 자연계에는 존재하지 않는 파란 장미다.

두꺼운 벨벳 커튼이 사방에 몇 겹이나 드리워져 있어서 벽은 고사하고 출입구가 어디에 있는지조차 알아보기 힘들다. 빛도, 소리도 완전히 바깥 세계와 동떨어진 이질적인 공간———.

소재지는 프란돌 성왕구로 되어 있지만, 실제로 그들의 본부가 어디에 있는지, 어느 길을 더듬어 가면 이 방까지 다다를 수 있는지, 그것을 알고 있는 자는 거의 없다.

남자는 양피지 몇 장을 집어 들고 테이블을 사이에 둔 맞은편 소파를 향해 내밀었다.

"자, 이 보고서. 너라면 어떻게 보겠나? ———《블랙 마디아》."

소파에는 온몸이 검정 일색인 자그마한 인물이 앉아 있었다.

깡마른 몸을 완전히 가린 검은 군복. 구두도 검정이거니와 장갑도 검정. 한술 더 떠 검은 후드를 깊이 눌러썼고, 검은 옷깃을 높이도 끌어올렸다. 자신이라는 존재를 완전히 가두려고 하는 것처럼 보였고, 당연히 남자의 질문에도 소리를 내서 대답하지 않는다.

대신 메모를 썼다. 검은 수첩에 하얀 잉크가 거침없이 글자를 써나간다.

'그는 거짓말을 하고 있어.'

"호오…… 왜 그렇게 생각하지?"

남자의 반응을 확인하면서 검은 인물은 메모를 쓰고 보여 주고, 쓰고 보여 주고를 반복한다.

'이번 사건, 단순한 테러리즘으론 정리할 수 없어.'

'애당초 왜 길드 그림이 학교구를 노린 것인지.'

'몰드 경이 사전에 부대를 멀리 떼어 놓았던 까닭은 무엇인지.'

'그리고 그가 홀로 적의 아지트에 뛰어든 것은 어째서인지.'

찌익, 찌익, 찌익. 한 마디씩 찢어진 검은 메모가 테이블에 쌓여간다.

'그의 보고는 언뜻 보면 이치에 맞지만.'

'그렇기에 오히려, 다양한 피스가 부자연스러우리만치 맞물리고 있어.'

'마치 극작가가 열심히 생각한 시나리오같이.'

"요컨대 그 녀석이 임무에 거스르고 있다는 말인가…… 쉽게는 못 믿겠는데."

수염을 쓱쓱 쓰다듬는 남자를 쳐다보고, 검은 인물은 잠시 생각에 잠긴 것처럼 고개를 기울인다.

술술 써내려간 검은 메모가 여자다운 동작으로 내밀어졌다.

'이번 건에 관해서 몰드 경은 뭐라고?'

"모르쇠로 일관하고 있어. 정말이지, 이놈이고 저놈이고……. 결국 진상은 우리가 찾는 수밖에 없을 것 같다. ──그래서 오늘 너를 호출한 거야, 《블랙 마디아》."

검은 인물은 갸우뚱하며 반대쪽으로 고개를 기울였다. 불필요한 것은 메모하지 않는다.

남자는 테이블 아래에 간수하고 있었던 꾸러미를 집어 든 다음 홱 던졌다. 꾸러미를 받은 검은 인물이 안에 든 것을 확인하고, 살짝 놀라는 눈치가 후드 밖으로 새어 나왔다.

남자의 시점에서는 보이지 않지만, 꾸러미에 든 것은 여학생용 교복 한 벌이었다.

　"네게 새로운 임무를 주마. 성 프리데스위데 여학원에서는 2학기가 되면 자매학교와의 교류회가 매년 개최되고 있다. 얼굴도, 이름도 모르는 타학교 여학생이 성역에 대량으로 흘러든다, 이 말이지. 너는 그 틈을 타서 동 학원에 잠입하여 문제의 메리다 엔젤 및 그 가정교사 쿠퍼 방피르와 접촉하고, 녀석이 무엇을 숨기고 있는지를 탐색하고 와라. ——뭐, 걱정할 건 없어. 이 임무는 틀림없이 네가 적격인 일이야."

　민얼굴이 보이지 않는 검은 인물은 잠시 소파에서 인형처럼 굳어버렸다.

　이윽고 꾸러미를 한 번 꽉 안은 다음 일어났다. 한쪽 손에는 검은 메모가 있다.

　'만약 그가《진범》이었을 경우, 해버려도 돼?'

　"……너희는 정말 혈기왕성하구나. 대체 누굴 닮아 그러는지."

　'우리를 이렇게 키운 건, 아빠, 당신이야.'

　'우리《백야》는 언제고 전력으로 싸울 수 있는 상대를 찾고 있어.'

　마지막 메모를 던지고 검은 인물은 마치 보물이라도 받은 양 꾸러미를 꼭 안고 뒤로 돌았다. 이 방 어디에 있더라도 알 수 없을 문을 통해서 바깥 세계로——《그》가 있는 곳으로 향하는 것이리라.

　검은 인물을 눈으로 전송한 남자는 "푸하아." 하고 크게 담배 연기를 뿜고서 얼굴을 앞으로 되돌렸다.

"……치우고 좀 가라. 진짜 우리 애들은 이놈이고 저놈이고."

불길한 검은 메모로 가득 메워진 테이블을 바라보고 진절머리가 난다는 듯이 어깨를 떨궜다.

메모들 중앙에, 검은 인물이 어느 틈엔가 남기고 간 한 줄의 말이 있었다.

'이제부터 즐거운 카니발이 벌어질 것 같아.'

† † †

불꽃들이 하늘에 활짝 핀다. 늘 어두운 하늘이 오늘 밤만큼은 일곱 가지 색 불꽃으로 물들었다.

악단이 쾌활한 곡을 연주하고 있다. 노천 아래 여기저기가 음식 냄새로 가득해, 위가 흐느껴 울 것 같은 향긋한 공기가 감돌고 있다. 손을 잡고 걷는 연인들이 보인다. 눈동자를 빛내며 뛰노는 어린 남매가 있다. 남매를 따뜻한 눈으로 지켜보는 가족의 모습이 있다──.

축제 속에 자신이 있을 곳이 있다는 사실이 이토록 멋진 일이었다니. 쿠퍼는 감격하고 있었다. 반짝반짝 춤추는 빛 속에서 이성을 잃어버리기 직전, 바로 앞에서 들린 시무룩한 목소리에 의식이 되돌아왔다.

"납득이 안 갑니다만."

로제티다. 눈살을 찌푸린 불편해 보이는 표정조차 액자에 끼워 제목만 붙이면 훌륭한 그림이 나온다는 점이 대단하다. 그런 동시에 쿠퍼와 맞잡은 오른손 손바닥도, 쿠퍼의 팔에 댄 왼손 손바닥도, 미끄러지는 듯한 다리의 스텝도 홀딱 반해버릴 만큼 세련되었으니, 흠잡을 데가 없다는 표현은 바로 이런 것을 두고 하는 말이리라.

쿠퍼는 정말로 이 여자에게 지는 일이 있어서는 안 되겠다고 결의를 새로이 다졌다.

지금은 서클렛 나이트가 한창인 시간. 두 사람은 카디널스 학교구에서 가장 북적이는 마르크트 광장에서 춤을 추는 중이다. 이들 외에 주위에는 커플이 다수 있고, 광장을 둘러싼 구경꾼이 꽃잎을 날리거나 휘파람을 불며 분위기를 돋우고 있다.

로제티에게 지지 않으려고 우아하게 댄스를 리드하는 쿠퍼가 물음표를 띄우며 고개를 갸우뚱거렸다.

"납득이 안 간다니?"

"어제 유괴사건 말이야! 완전 큰일이었잖아. 공작가문 아가씨들이 납치되다니 그런 중대사가 어딨냐고. 당장에라도 길드에 통보해야 하는데…… 왜 비밀로 하는 거야?!"

스텝은 멈추지 않은 채 쿠퍼는 "후우." 한숨을 쉬었다.

"조사는 제대로 진행하고 있습니다. 굳이 공작가문의 위신을 훼손하는 짓을 할 필요는 없지 않겠습니까. ——그리고 우리 쪽에서 대책은 세워뒀으니 적어도 엘리제 님이 위험에 노출될 만한 일은 없지 않나 싶습니다."

"그, 그런 문제가 아니라……!"

"모처럼의 서클렛 나이트인데 찬물을 끼얹는 것도 눈치 없는 짓이죠."

"그런 말을 할 상황이야?! 애당초 그놈들의 목적이 뭐였었는지도 전혀——"

"로제티 씨."

꾸욱. 스텝을 멈추고 쿠퍼는 진지한 눈동자로 로제티를 응시했다.

"아무쪼록 이해해주세요. 저는 로제티 씨의 쓰리 사이즈를 세상에 공표하는 짓 따위는 하고 싶지 않습니다."

"그러니까 나의 그런 거에 왜 그렇게 빠삭하냐고, 당신은!"

"직업병입니다."

빙긋하고 미소를 보여 주자, 뾰로통해진 로제티는 뺨에 불만을 모았다.

그런 그녀의 가냘픈 허리를 옆에서 쿡쿡 찌르는 자그마한 손가락이 있다.

"로제 선생님, 다음은 내 차례."

청순하면서도 매혹적인 퍼레이드용 드레스를 입은 엘리제 엔젤이었다. 로제티는 당황한 듯이 스텝을 중단한 다음 쿠퍼의 손을 그녀에게 확실히 넘겨주었다.

"아, 응, 교대할 시간이었네. 그럼 부탁할게!"

"맡겨줘."

뭐가 뭔지 모르는 사이에 쿠퍼의 다음 파트너가 결정되어 버렸지만, 이쪽으로서는 이의가 있을 이유가 없다. 메리다와 키가 비슷한, 엘리제의 작은 몸집에 맞춰 쿠퍼는 천천히, 물결과 같이 스텝을 재개했다.

빙글, 빙글. 쿠퍼가 이끄는 대로 요정의 드레스가 나부낀다.

"춤춰주셔서 영광입니다, 엘리제 님. 엘리제 님과도 느긋하게 이야기하고 싶었습니다."

"응."

"메리다 님과 나눈 약속을 지켜주셔서 고맙게 생각합니다. 아가씨도 기뻐했습니다."

그렇게 말하자 말수가 적은 엘리제의 뺨이 화악 붉어졌다.

지금 그녀의 모습은 더는 요정의 여왕이 아니다. 특별히 맞춘 드레스가 어제 엉망이 되어버렸기 때문이다. 하지만 저택의 메이드들이 일부러 반송하지 않고 숨겨둔 성 프리데스위데 전통 드레스를 가지고 와주었다.

엘리제는 이따금, 이쪽의 귀에 닿을락 말락 하는 목소리로 이렇게 말했다.

"……나도 솔직히 체념하고 있었어. 리타가 퍼레이드에 나가주지 않을 줄 알았거든. 그런데 당신이 우리의 약속을 이루어주었어. 그러니 고맙다는 말을 해야겠지."

"아닙니다, 이런. 황공합니다."

"하지만."

꾸우욱. 엘리제의 구두가 쿠퍼의 구두를 밟았다. 스텝이 끊겼다.

"신경 쓰지 마십시오. 자, 다음 선율의 처음부터……."

리듬을 타고 다시 스텝을 밟는다. 하지만 몇 발자국도 밟지 않은 사이에 또다시 꾸우욱. 좌절하지 않고 다시 한번. 스텝, 꾸우욱, 스텝, 꾸우욱, 스텝, 꾸우욱, 꾸우우욱.

최종적으로 엘리제는 이쪽의 구두를 꾸~욱 밟은 채 움직이지 않게 되었다.

"에, 엘리제 님?"

"나 요즘, 다시금 리타와 많이 이야기할 수 있게 되었어."

"네? 네, 알고 있습니다. 아가씨도 엘리제 님과 있을 때는 즐거워 보이는……."

"그래. 리타는 무척 즐겁게 이야기를 해── 당신에 대한 것만. 선생님이 이런 이야기를 했다든가, 선생님과 이런 일을 했다든가, 선생님이 이런 표정을 짓고 있었다든가. 피부가 곱다든가, 눈동자에 빨려 들어갈 것 같다든가, 선생님의 목소리가 몸에 울린다든가, 끝도 없이 줄줄줄줄……."

엘리제가 이쪽을 올려다보았다. 평소와 같은 무표정으로, 아무런 온도도 없이 보는 이마저 얼어붙게 만들 것 같은 차가운 시선이 쿠퍼를 꿰뚫는다.

"이것저것 부끄러운 일도 있었다고 들었는데, 그거, 정말이야?"

그거라는 게 대체 어떤 것을 말하는 걸까.

대답을 잘못했다간 입장이 난처해진다. 쿠퍼가 진심으로 사회적 죽음을 각오한 순간.

"선생님, 오래 기다리셨죠!"

구원의 여신이 쿠퍼 일행이 있는 곳으로 다가왔다.

바로 황금색 머리칼을 휘날리는 메리다 엔젤이다.

그녀의 드레스 또한 엘리제와 똑같은 성 프리데스위데 전통 드레스다.

메리다는 원래 맨 먼저 쿠퍼의 손을 독점하려고 했었지만, 마을 전체를 순회하는 퍼레이드를 마친 후 '헤어스타일이 망가졌다.' 느니 '장식이 구부러졌다.' 느니 하면서 자신의 모습에 트집을 잡고 에이미가 있는 곳으로 몸단장을 고치러 돌아갔었다.

고치지 않아도 충분히 예쁘다고 쿠퍼는 당연한 감상을 말했지만,

"선생님과 춤추는 거니까 제일 예쁜 내가 아니면 안 돼요!"

라며 야단을 맞고 말았다. 평소와 같은 군복인 점이 조금 미안해졌다.

메리다는 해맑은 표정으로 엘리제를 향해 빙긋 웃었다.

"고마워, 엘리. 선생님 손을 지켜줘서."

"응? 무슨 뜻입니까?"

고개를 갸우뚱하자 메리다는 조금 어이없어하는 표정으로 이쪽을 올려다보았다.

"……선생님도 참, 눈치채지 못한 거예요? 오늘은 성 프리데스위데 학생 전부가, 선생님의 댄스 파트너가 되고 싶어서 안절부절못하고 있다구요."

말을 듣고 주변을 둘러보니, 확실히 광장 한 모퉁이에 가련한 요정들이 부자연스러울 만큼 무리를 이루고 이쪽을 쳐다보면

서 기대와 안타까움으로 몸을 쭈뼛거리고 있었다. 그들 한 명한 명의 파트너를 해주었다면 가장 중요한 메리다와의 춤을 추기도 전에 아침이 와버렸을 것이다.

그렇구나. 저택으로 돌아가는 메리다와 교대하듯이 돌격해와서 누구보다도 빠르게 쿠퍼의 손을 꽉 쥔 붉은 머리의 열의에는 그러한 의도가 있었구나, 하고 뒤늦게 납득했다. 어쩐지, 툴툴거리면서도 몸을 떼려고는 하지 않더라니.

그러나 메리다가 돌아온 지금, 그 역할도 경사스럽게 종료——되는 줄 알았는데.

무슨 일인지, 엘리제는 쿠퍼의 손을 꽉 쥔 채 놓으려고 하지 않았다.

"미안해, 리타. 이 사람의 손을 리타한테 건넬 수는 없어."

"뭐……? 어, 어째서?"

"두 사람이 손 잡는 걸 보고 싶지 않으니까."

"뭐, 뭐어엇?!"

메리다는 얼빠진 비명을 지르며 얼굴이 새빨개졌고, 이어서 새파래졌다.

"그, 그 말은 다시 말해, 엘리도 선생님을……?! 안 돼, 그런 건! 절대로 안 돼!!"

"……으음. 그럼 이렇게 할까? 다 함께 손을 잡고, 이렇게, 원이 되어서."

"그럼 하나도 로맨틱하지 않잖아! 선생님과의 첫 댄스인데!"

"——둘이서 왜 싸우는 거야. 참나, 진짜."

보고 있을 수 없다는 듯이 로제티가 걸어와 엘리제에게서 쿠퍼의 손바닥을 이어받은 다음 그대로 춤추기 시작했다.

"내가 붙잡아놓을 테니 둘이 찬찬히 납득이 갈 때까지 의논해."

"치, 치사해요! 아무리 로제티 님이라도 그 자리는 양보 못해요!"

"리타, 어쩔 수 없어, 나랑 춤추자. 선생님 말에 우리가 따라야지 어쩌겠어."

"아, 진짜~~! 이럴 줄 알았으면 집에 안 돌아갔지~~~!!"

일찍이 없을 만큼 시끄러운 상황에 쿠퍼는 누구의 상대를 하면 좋을지 현기증이 날 것만 같았다. 공주님 세 명이 파이 쟁탈전을 벌이는 듯한 상황은 당연히 사람들의 이목을 모을 만하기에……

"치정 싸움이에요!"

구경꾼 쪽에서 어딘가 환호성에 가까운 목소리가 들렸다. 네 사람이 퍼뜩 움직임을 멈추자, 성 프리데스위데의 요정들이 시끌벅적하게 흥분해 있는 광경이 보였다.

"쿠퍼 님을 둘러싸고 엔젤 가문의 두 분과 캐리어 마키스가 다투고 있어요!"

"자존심을 건 여자의 싸움이에요! 이런 장면, 소설에서 읽은 적이 있어요!"

"대형 스캔들이에요! 신문부 사람한테 이야기해서 바로 기사로 만들어야겠어요!"

"흐아, 흐아아아……?!"

전혀 경험하지 못한 형태로 주목받게 된 메리다는 가벼운 패닉에 빠졌다. 커다란 눈동자 속에 빙글빙글 혼란이 소용돌이치는 아가씨를 보고, 원흉인 자신이 있는 한 아무리 시간이 지나도 수습이 되지 않겠다고 쿠퍼는 판단했다.

그렇다고 소용돌이 속에 있는 주인을 이대로 내팽개치고 갈 수도 없는 노릇.

"실례하겠습니다, 아가씨."

"네?──꺄아아악!"

쿠퍼는 메리다를 공주님처럼 번쩍 안아 들고서, 여학생들이 "앗!" 하고 놀라는 사이에 몸을 돌렸다. 인파를 빠져나가 광장을 나가기 직전 """꺄아~~~~악!!""" 하고 한층 더 날카로운 환호성이 등에 쏟아졌다.

"서, 선생님! 이거 나중에 어떻게 해명해야 하는 거예요?!"

그건 알 바가 아니었기 때문에 메리다의 항의는 깨끗이 무시했다.

† † †

인기척 없는 돈대까지 와서야 쿠퍼는 겨우 메리다를 팔 안에서 해방시켜 주었다.

이미 완전히 단념하고 인형처럼 운반되던 메리다였으나 지면에 발이 닿은 순간, 역시나 새빨갛게 끓어오른 얼굴로 여기저기 펀치를 갈기기 시작했다.

"진짜, 진짜아, 진짜아~! 선생님은 숙녀 다루는 법을 좀 배워야 돼요!"

"이거, 실례. 키가 작아서 그 숙녀가 눈에 들어오지 않았습니다."

시치미를 떼자 메리다는 불루~욱하게 볼을 부풀리고, 입술을 삐죽인다.

"선생님과 있으면 가슴이 두근거리는 일뿐이에요. 이런 건 태어나서 처음이에요!"

"저야말로 아가씨와 만나고, 인생에서 언제 이랬을까 싶을 만큼 두근거린답니다."

"선생님도?"

예상 밖이라는 듯이 메리다가 눈을 동그랗게 뜬다. 쿠퍼는 확실히 고개를 끄덕여 대답했다.

이 소녀와 만나지 않았다면, 지금처럼 임무를 등지는 행위는 이전에도 이후에도 생각하지 않았을 것이다. 이 소녀의 모습을 본 바로 그 순간부터, 피투성이였던 쿠퍼의 세계는 형형색색으로 물들기 시작했다. 그것은 날마다 모습을 바꾸고, 새로운 꽃을 싹트게 하여 쿠퍼에게 놀라움을 가져다준다.

——내가 이 소녀에게 살아남는 방법을 가르치는 것과 비슷하리만큼 나 또한 이 소녀로부터 배우는 점이 많다.

그것이 어떤 결과를 가져올는지, 지켜보자, 이《무능영애》의 장래와 함께.

언젠가 그녀의 목숨을 꺾는, 그날까지——…………

바로 이때, 퍼엉 하고 드높은 소리가 울렸고, 하늘이 일곱 가지 색으로 물들었다.

　서클렛 나이트가 클라이맥스를 향하고, 불꽃놀이의 하이라이트가 펼쳐진다. 이 돈대에서는 거리가 한눈에 들어오는데, 마치 일루미네이션처럼 화톳불이 춤추는 모습이 보인다. 사람들의 환호성이, 웃음소리가, 파도같이 밀려오고, 또 지나간다.

　대조적으로 쿠퍼와 메리다의 주변은 어둡다. 그 어둠에다 부끄럼을 감추려는 것처럼 메리다는 살며시 쿠퍼 옆으로 다가와 손을 잡았다.

　"선생님, 있잖아요. 선생님은 언제까지 저의 선생님으로 있어 주실 건가요?"

　"왜 그러십니까, 갑자기?"

　"어제, 선생님께서 싸우는 모습을 보고 생각했어요. 저 같은 풋내기랑은 서 있는 자리가 다르다는 걸요. 솔직히 지금처럼 같이 있는 게 부자연스러운 게 아닌가 싶어서."

　낙오자였던 시절처럼 힘없이 토로하다 "하지만." 하고 메리다는 얼굴을 들었다.

　"하지만 저는 선생님이랑 계속 같이 있고 싶어요! 지금은 아직 선생님에게 《리틀 레이디》일지라도, 언젠가 분명 선생님의 옆자리에 어울리는 《레이디》가 될게요! 그러니…… 제 말은, 으으음………… 기, 기다려주셨으면 좋겠다, 싶어요."

　단단히 벼르고 말한 것이었지만, 무심코 지껄여버린 것이 창피한지 메리다는 고개를 숙인다. 뺨을 붉힌 주인을 바라보고,

쿠퍼는 미소를 지으며 천천히 한쪽 무릎을 꿇었다.

맞잡은 손가락에 힘을 넣자, 메리다의 눈물이 그렁그렁한 눈동자가 쿠퍼를 인식했다.

"안심하십시오, 아가씨. 바로 그 때문에 제가 이 자리에 있습니다. 제가 아가씨를, 이곳보다도 훨씬 까마득한 높은 곳으로 인도하겠습니다. 아무것도 걱정할 것 없습니다. 왜냐하면——."

퍼엉. 불꽃이 핀다. 밤을 가르는 일곱 가지 빛깔이, 그들을 축복하듯 쏟아져 내렸다.

"아가씨는 저의 자랑스러운 학생(어새신즈 프라이드)이니까요."

후기

　나이 차이가 나는 연애, 란 참으로 근사하죠.

　그중에서도 교사와 학생, 이건 금단의 사랑입니다. 어쨌든 《교사》는 존경해야 할 대상이고, 성실한 학생이라면 그 사실만으로도 전폭적인 신뢰를 보여 줍니다. 가끔 약간 이치에 맞지 않는 지도가 있더라도 '선생님의 말씀이라면' 하고 받아들여 주는 학생의 모습이란 어찌나 사랑스러운지.

　더구나 그 상대가 학생에게 있어 사랑하는 남성이라면 연심 또한 더더욱 깊어지는 법.

　다만 이번 작품의 교사는 웃는 얼굴 뒤로 꿍꿍이속을 품고 있습니다만……

　여러분, 처음 뵙겠습니다. 아마기 케이라고 합니다.

　지난 제28회 판타지아 대상에서, 어찌된 영문인지 〈대상〉의 영예를 받게 되었습니다. 본 작품 『어새신즈 프라이드 암살교사와 무능영애』는 응모했던 원고를 가필하고 수정한 것입니다.

　여기까지 읽어주신 독자님에게. 본 작품은 어떠셨습니까? 몇 페이지만 더, 작가의 잡담을 함께해주신다면 감사하겠습니다.

그리고 '후기만 먼저 읽어주마!' 하고 서서 읽고 계신 독자님에게. 설령 작가가 재미없는 인간이라고 해서……. 어허! 책을 놓는 것은 경솔한 생각입니다.

이 책의 가치에 의문을 느낀다면 우선 처음 몇 페이지를 넘기고…… 스토리의 프롤로그는 뒤로 미뤄도 괜찮으니 형형색색의 컬러 일러스트 페이지를 감상해주세요. 필시 계산대에 가지고 갈 마음이 싹틀 겁니다.

해서 해서, 몇 페이지나 달하는 이 후기에 도대체 뭘 써야 하나 망설였습니다만, 일단은 신세를 진 분들에게 감사의 말을 다하고 싶습니다. 기념비적인 데뷔작이니까요.

우선 판타지아 문고 담당자님에게.

항상 정확한 지도 감사합니다. 작품이 더욱더 빛날 수 있도록 열심히 갈고 닦아주시는 담당자님의 수완이 아주! 작가로서 겸손해질 뿐입니다.

단순히 스토리 전개에 그치지 않고 비주얼, 디자인 면에서도 최적의 어드바이스를 해주시는 게 담당자님의 굉장한 부분입니다. '쿠퍼의 옷은 이렇게 하죠.' '메리다의 헤어스타일은 이렇게' '표지 일러스트는 이런 이미지로' 등등 마법같이 계속해서 아이디어를 주시는 것이 담당자님이고, 그에 대해서 '네, 그러네요' '괜찮은데요' '저도 그렇게 생각해요!' 라고 머리만 끄덕이는 게 접니다. 반성하고 있습니다.

그리고 담당자님의 아이디어와 저의 적당한 뇌내 이미지를 더할 나위 없이 선명하게 디자인해주신 분이 바로 일러스트레이터 니노모토니노 님.

그분께서 일러스트를 맡아주시는 것을 알았을 때는 어찌나 기쁘던지. 그리고 실제로 디자인해주신 캐릭터들의 멋짐, 귀여움이란 정말이지!

특히 히로인들이 너무나 매력적이어서 그만 욕심이 나 '가슴은 조금 부풀다 만 게 베스트예요!' '말랐지만 허벅지는 포동포동한 쪽이 좋은 대비를 이루네요!' 등등 다소 정색하실 만큼 고집을 부린 것도 이제 와서 보면 좋은 추억입니다(뜻 : 반성하고 있습니다).

현재 불만을 달 곳이 없는 일러스트와 달리 허접한 문장으로 발목을 잡는 셈입니다만, 조금이라도 어울리는 작가가 될 수 있도록 정진하겠습니다.

이어서 판타지아 문고 편집장님.

몇 번이나 전화를 주셔서 감사했습니다. 이야기할 수 있어서 영광입니다.

수상 소식을 받았을 때, 코미디언처럼 좀 더 유쾌한 반응을 했다면 좋았겠지만 '네, 네에, 대상이라고요' '그거 대단하네요' 같은 바보 같은 응답밖에 하지 못해 매우 죄송했습니다. 반성하고 있습니다.

영예로운 판타지아 문고에서 데뷔, 아주 기쁘게 생각합니다.

제28회 판타지아 대상 전형에 관여하신 여러분. 전형 위원 여러분.

졸작을 발탁해주시고, 그뿐만 아니라 〈대상〉으로 올려주셔서 감사합니다. 정말로 제가 대상을 받아도 되는 건지 불안은 떨어지지 않습니다만, 해주셨던 말씀을 언젠가는 가슴 펴고 마주할 수 있도록 작가로서 성장하고 싶다고 생각합니다.

본 작품의 출판에 있어서 제가 알고 있는 한에서도, 그 너머에서도 정말로 많은 분이 힘써주셨습니다. 다시 한번, 관계자 여러분들에게 진심 어린 감사를. 앞으로도 아무쪼록 잘 부탁드리겠습니다.

그리고, 그리고, 마지막 페이지까지 함께 해주신 독자 여러분.

감사합니다. 다시 한번 여쭙겠습니다. 본 작품은 어떠셨나요?

재미없었다면 코웃음 치고 잊어주세요. 잘 모르시겠다면 어이없어해 주세요.

만약 조금이라도 마음에 드셨다면 바라마지 않던 기쁨입니다! 이 마지막 한 페이지를, 다음 한 페이지로 연결해주신다면, 그보다 큰 행복은 없을 겁니다.

서서 읽고 계시던 독자님은…… 틀림없이 지금은 벌써 계산대로 달려가는 중이겠지요. 이렇게 엘레강트한 외관의 책은 필시 문장도 판타스틱할 게 틀림없다고 믿고 있겠지요. 아싸.

……죄송합니다, 반성하고 있습니다.

그럼, 작가에게 반성을 시키자 코너도 일단락되었으니 수다
는 이쯤에서.

아무쪼록 쿠퍼와 메리다의 이야기를 '경사났네, 경사났어,'
로 매듭지을 수 있기를.

한 명이라도 더 많은 독자분이 그들의 앞길을 지켜봐 주시기를.

그럼 꼭 다시 뵙겠습니다.

아마기 케이

3대 기사 공작가문,
《용기사》와《마기사》소녀, 내방

학원에 잠입한,
암살교사의 배임을 의심하는
조직에서 보낸 자객

사방이 적투성이인 세상에서
암살교사는 제자의 비밀을,
목숨을 끝까지 지켜낼 수 있을까—

어새신즈 프라이드
제2권은 2017년

명문교와의 교류전, 개시

3학년밖에 출장할 수 없는
교류전에, 누구의 책략 때문인지
참가하게 된
메리다와 엘리제

가속하는
무능영애의 비밀을
둘러싼 음모
3월 발매예정

어새신즈 프라이드 1

2017년 06월 25일 제1판 인쇄
2018년 03월 07일 5쇄 발행

지음 아마기 케이 | **일러스트** 니노모토니노 | **옮김** 오토로

펴낸이 임광순 | **제작 디자인팀장** 오태철
편집부 황건수 · 정해권 · 김동규 · 신채윤 · 이병건 · 이경근 · 이홍재
디자인팀 박진아 · 정연지 · 박창조
국제팀 노석진 · 엄태진

펴낸곳 영상출판미디어(주)
등록번호 제 2002-000003호
주소 21311 인천광역시 부평구 평천로 132 (청천동)
전화 032-505-2973(代) | **FAX** 032-505-2982

ISBN 979-11-319-6069-1
ISBN 979-11-319-6068-4 (세트)

 노블엔진(NOVEL ENGINE)은 영상출판미디어(주)의 라이트노벨 및 관련서적 브랜드입니다.

• • •
NOVEL ENGINE

아마기 케이
작품리스트

◆

청춘의 상상, 시동을 걸어라!

TV애니메이션 『퀄리디아 코드』의 프리퀄
「역내청」 작가 와타리 와타루가 쓴 「치바편」이 소설로 등장!

아무래도 좋아, 이딴 세계는 ─ 퀄리디아 코드 ─

초판한정 특별부록
일러스트 카드 + 미니 마우스 패드

정체불명의 적 〈언노운(unknown)〉에 의해 세계가 붕괴된 근미래.
지금도 〈언노운〉과의 전쟁 중인 방위도시 치바에 사는 치구사 카스미는 오늘도 「끝없는 잔업과 헛된 영업」을 상대로 싸우고 있었다─.
성적이 부진해 순진무구 덜렁이 렌게와 함께 전투과에서 생산과로 좌천된 카스미를 기다리고
있었던 것은 똑 부러지는 상사, 아사가오가 진두지휘하는 악독한 직장. 생산과의 지위 향상을 꾀하는 아사가오의 진정한 목적은─?!

와타리 와타루(Speakeasy) 지음 / saitom 일러스트
©2016 Wataru WATARI(Speakeasy)/SHOGAKUKAN
©Speakeasy, Marvelous Illustrated by saitom

NOVEL ENGINE 와타리 와타루(speakeasy) 지음 | saitom 일러스트
청춘의 상상, 시동을 걸어라!

——모두와 다시, 만나고 싶어.
가상의 세계에서, 만날 수 없었던 소녀를 다시 만난다.

칠성의 스바루

1

초판한정 특별부록
고급 일러스트 책갈피 + 미니 노트

타오 노리타케 지음 / 부-타 일러스트
©2015 Noritake TAO / SHOGAKUKAN illustrated by booota

과거 세계적 인기작 MMORPG 〈유니온〉에서 전설이 됐던 파티가 있었다. 이름은 스바루. 초등학생인 소꿉친구들로 결성됐던 그 파티는 각자의 센스로 게임의 정점에 도달했지만— 어떤 사망 사고를 계기로 〈유니온〉은 서비스를 종료. 소꿉친구들은 뿔뿔이 흩어져 버린다.

……6년 후. 고등학생이 된 하루토는 로그인한 신생 〈리유니온〉에서 한 소녀와 재회한다. 스바루의 동료이자, 6년 전에 분명 죽었던— 아사히. 그녀는 전자(電子)의 유령인지, 아니면……? 리얼과 게임이 교차하는 혁신적 청춘 온라인!!

불우의 사고로 소녀를 잃고, 뿔뿔이 흩어진 소꿉친구들.
그러나 가상의 세계에 나타난 소녀를 계기로, 그들은 다시 모이기 시작한다.
가상 세계에서 벌어지는 재회와 후회, 그리고 감동의 스토리, 그 1권.

 타오 노리타케 지음 | 부-타 일러스트
청춘의 상상, 시동을 걸어라!

이 '이능'——얼마에 파시겠습니까?
이능전매업자의 이야기를 담은 색다른 이능 판타지!

끝없는 욕망의 새크라멘트
1

초회한정 특별부록
고급 일러스트 책갈피

오야마 쿄헤이 지음 | 페라구라 일러스트
©2015 Kyohei OYAMA / SHOGAKUKAN
Illustrated by Pellagra

「이능」이란 초능력이나 비적 등으로 불리는 불가사의한 힘이다. 이는 사람이 무언가를 원하는 순간 나타나고, 어느샌가 사라지고 마는 한때의 기적. 특별히 희귀한 것은 아니나, 누구든지 자유롭게 손에 넣을 수 있는 것 또한 아니다. 그렇기에 이를 갖지 못한 이는 이렇게 생각한다——— 자신도 가지고 싶다……고. 그리고 바로 그 심리에서 비즈니스 찬스가 태어나고, 이능전매업이 태어났다. 주인공, 요스기 미시루가 일하는 비적상회 역시 그런 이능전매업 중 하나이다. 아직 규모는 작지만, 그들은 다가올 성공을 꿈꾸며 밤낮으로 분투하는 것이었다.

제9회 소학관 라이트노벨 대상 심사위원상 수상작.

오야마 쿄헤이 지음 | 페라구라 일러스트
청춘의 상상, 시동을 걸어라!